LES QUATRE COINS

KATE MCMURRAY

LES QUATRE COINS

KATE MCMURRAY

DREAMSPINNER PRESS

Publié par
DREAMSPINNER PRESS

5032 Capital Circle SW, Suite 2, PMB# 279, Tallahassee, FL 32305-7886 USA
http://www.dreamspinnerpress.com/

Les quatre coins
Copyright de l'édition française © 2014 Dreamspinner Press.
Titre original: Four Corners
© 2012 Kate McMurray.
Traduit de l'anglais par C.L.

Illustration de la couverture :
© 2012 L.C. Chase.
http://www.lcchase.com
Conception graphique :
© 2012 Mara McKennen.
Les éléments de la couverture ne sont utilisés qu'à des fins d'illustration et toute personne qui y est représentée est un modèle

Édition imprimée en français : 978-1-63477-100-9
Première édition française en version papier : décembre 2015
Édition ebook en français : 978-1-63216-320-2
Première édition française : novembre 2014
Première édition : août 2012
Édité aux Etats-Unis d'Amérique.

L'écriture de ce roman n'aurait pas été possible sans la patience et le soutien de nombreuses personnes, notamment (mais pas exclusivement) : Marsha, Alexis, Livvy, et Sean ; l'employé du Apple Store Genius Bar qui m'a été d'un grand secours en essayant de récupérer discrètement le fichier de ce roman quand mon disque dur a rendu l'âme ; tous les membres de mon club d'écriture qui m'ont relue et ont donné leur avis, même après le passage des licornes arc-en-ciel ; et enfin tous mes amis et les membres de ma famille habitant Chicago, qui ont gentiment répondu à mes stupides questions sur la ville. Merci à tous, du fond du cœur.

I

LA VEILLÉE était déjà horrible en soi, mais le pire fut lorsque je vis débarquer la personne au monde que j'avais le moins envie de voir. La dernière personne que je m'attendais à voir, d'ailleurs. Adam Boughton. Celui qui nous avait laissés tomber, qui était parti.

C'était la veillée funèbre de mon ancien entraîneur de baseball. Je ne l'avais pas vu depuis des années, mais je m'étais senti obligé de venir lui rendre un dernier hommage. Cet homme avait été un des piliers de mon adolescence. Le voir dans un cercueil et rencontrer tout un tas d'anciens coéquipiers, tout cela faisait remonter à la surface de nombreux souvenirs. J'avais passé presque une heure à me rappeler des matchs auxquels je n'avais pas pensé depuis quinze ans, à écouter chacun raconter ses souvenirs de notre entraîneur et à faire le deuil à la fois de cet homme et d'une part de mon enfance que j'avais depuis longtemps laissée derrière moi. Quelqu'un me demanda même si je jouais encore, et j'eus du mal à me rappeler la dernière fois que j'avais touché une batte et un gant. Comment était-ce possible ? À une époque, je ne vivais que pour le baseball. La femme de l'entraîneur vint à ma rencontre et me dit qu'elle se souvenait de moi et de toute l'équipe de cette année-là. Nous étions les derniers à avoir gagné les championnats d'État sous la houlette de son mari. Triste après-midi.

Puis je vis Adam. Il se tenait là, ridiculement séduisant dans son costume noir, ses cheveux bruns légèrement décoiffés, les mains dans les poches. Il contrastait de manière intéressante avec le décor rouge et or de la Salle B du funérarium. Il semblait ne regarder personne en particulier, laissant ses yeux errer sans but sur les personnes présentes, mais d'un seul coup, il tourna la tête et nos regards se croisèrent. Je me figeai.

— Hé, Jake, dit Kyle derrière moi. Jakey. Jake ? La terre appelle Jacob, allô ?

Ce fut difficile, mais je réussis à me retourner et à faire face à Kyle. Brendan était à côté de lui, les sourcils froncés.

— Tu as vu un fantôme ? demanda Brendan.

— Adam, murmurai-je.

Mes deux amis regardèrent par-dessus mon épaule et le virent. Je ne pus voir leur réaction car j'étais extrêmement occupé à contempler mes pieds. Brendan me tapota l'épaule. Kyle, fidèle à lui-même, me dépassa et tendit la main.

— Eh bien, si ce n'est pas ce bon vieux Adam Boughton, en chair et en os.

J'entendis Kyle entamer une conversation bruyante, mais je n'écoutai pas. À la place, je levai les yeux vers Brendan, qui me sourit d'un air compatissant.

— Ça c'est une surprise, dit-il.

— Excuse-moi, il faut que j'aille vomir.

Je m'éclipsai aux toilettes et me passai de l'eau sur la figure, priant pour quelques minutes de calme afin de pouvoir rassembler mes esprits et analyser logiquement l'avalanche de sentiments que sa réapparition venait de déclencher. Je regardai mon reflet dans le miroir, me félicitant intérieurement de ne pas avoir réellement vomi. Bien sûr, c'est ce moment précis que choisit Adam pour entrer.

— Jakey, dit-il

— Qu'est-ce que tu fous ici ?

— Je ne sais pas si tu te souviens, mais M. Lombard était aussi mon entraîneur, dit-il en enfonçant les mains dans ses poches et en s'appuyant sur le lavabo

— Pas besoin d'être sarcastique.

— Ma mère m'a appelé pour me dire qu'il était mort et j'étais à Chicago en voyage d'affaires, donc je me suis dit que j'allais venir lui rendre un dernier hommage. Je n'étais pas sûr que tu serais là, mais je me suis dit que ce serait sans doute le cas. Avec Ox et Longo, évidemment. Rien n'a changé, à ce que je vois.

Une partie de moi avait envie de régler ses comptes à l'instant même. D'expliquer qu'Ox et Longo – Brendan et Kyle – m'avaient soutenu lorsqu'il n'était pas là, que nous étions restés amis malgré les années. Que j'étais le parrain de la fille de Kyle, que j'avais été le témoin de Brendan à son mariage. Que j'étais resté, moi. Que c'était lui qui était parti. Qui nous avait abandonnés. Qui m'avait abandonné.

Adam ôta les mains de sa veste, des mains aux doigts longs et élégants, et en glissa une dans sa poche arrière. Nous savions tous les deux que cela n'était ni le lieu, ni le moment de régler nos comptes. Pas avec la famille de M. Lombard à portée de voix, pas alors que de nombreuses choses étaient plus importantes qu'une amitié perdue cinq ans plus tôt.

Il tira une carte de sa poche. Il saisit un stylo abandonné sur le bord du lavabo et écrivit quelque chose à l'arrière, puis me la tendit.

— Je suis à Chicago jusqu'à la fin de la semaine. Mon hôtel est dans le Loop. Passe me voir ou appelle-moi, mon numéro de portable est là. On discutera.

Je jetai un œil à la carte. Une de ses faces déclarait fièrement 'Adam R. Boughton, PDG, Boughton Technology'. Sur l'autre, il avait inscrit le nom d'un hôtel très cher et le numéro de sa chambre : 1126.

— Adam…

— C'est comme tu veux. Qui ne tente rien n'a rien, n'est-ce pas ?

D'un seul coup, je me rendis compte que le fait de me tendre sa carte l'avait rapproché de moi. Nous n'étions plus qu'à quelques centimètres, je pouvais voir ses épaules larges et sa poitrine, sa cravate un peu desserrée, la barbe de trois jours qui hérissait sa mâchoire. De près, il était magnifique. Puis je réalisai qui j'étais en train d'admirer et levai les yeux. Il avait le regard intense, fixé sur moi sans ciller.

— J'aime bien ce que tu as fait à tes cheveux.

Il leva la main pour toucher une mèche qui pendait près de mon visage.

Je ne pouvais pas répondre, je regardais sa bouche. Il se lécha les lèvres. Un instant, je crus qu'il allait m'embrasser, mais au lieu de cela il laissa échapper un soupir. Il recula d'un pas.

— Bon, Jakey. À bientôt.

— Ouais.

Il était parti.

UNE DEMI-HEURE plus tard, alors que la foule s'était majoritairement éclaircie, je trouvai Brendan assis sur les marches en granit devant le funérarium, une bière à la main. Je m'assis à côté de lui.

— Où as-tu eu ça ? demandai-je.

Il pointa la bouteille vers le marchand de vin de l'autre côté de la route.

— Ça semblait une bonne occasion pour boire. Tu en veux une ?

— D'accord.

Il tira une autre bouteille du sac en papier posé sur la marche en dessous de lui puis me lança son trousseau de clés d'où pendait un décapsuleur. J'ôtai le bouchon de ma bouteille et pris une longue gorgée avant de lui rendre ses clés.

— Rien de tel qu'un enterrement pour se rappeler que la vie est courte, hein ? dit Brendan. Au lycée, j'avais l'impression que M. Lombard était invincible. Je veux dire, il était aussi musclé que Hulk. Le cancer l'a eu quand même, putain.

— Je sais, c'est flippant. Et je me sens horrible parce que je n'avais pas pensé à lui depuis des années et maintenant il est juste… parti.

Brendan acquiesça puis reprit une gorgée de bière. Il me lança un regard en coin.

— Et Rosie.

— Ouais. Rosie.

— Tu lui as parlé ?

— Vite fait.

Brendan hocha la tête.

— C'est dingue qu'il débarque ici. Longo y est allé et lui a serré la main comme si on était encore tous potes. Rosie avait l'air de ne pas savoir quoi en penser.

— Ouais, et bien, il m'a trouvé, moi. Il m'a dit qu'il était en ville pour affaires jusqu'à la fin de la semaine et que je devrais passer par son hôtel pour qu'on discute.

— Discute.

— Ouais, je sais. Mais c'est ce qu'il a dit.

Brendan ramassa une capsule de bière et la lança vers la rue. Elle atterrit au milieu des haies qui encadraient la chaussée.

— Tu vas y aller ?

— Non, je n'ai rien à lui dire.

— Mais bien sûr.

Kyle apparut avant que je puisse protester. Il s'appuya sur une des colonnes au pied des escaliers et fit signe à Brendan de lui donner une bière.

— C'est affreux, ce qui est arrivé. Vous arrivez à y croire, vous ? Je viens de passer dix minutes à revivre cette finale qu'on a perdue en première avec Hank Hernandez. J'ai l'impression que c'était hier.

— Oh mec, je me souviens de ce match, dit Brendan.

— Ouais, ce fut brutal.

Kyle se tourna vers moi.

— Et Rosie.

— Ouais, ouais.

Je pointai du doigt vers la porte du funérarium.

— On est là parce que M. Lombard est mort, pas parce que cet enfoiré d'Adam Boughton a décidé de revenir à Glenview et de nous faire l'honneur de sa présence.

— Sujet sensible, dit Kyle en levant sa main libre.

Brendan jeta un œil au parking vide.

— Je devrais y aller. J'ai dit à Maggie que je serai rentré à six heures. Elle va se demander ce qui m'est arrivé.

Kyle imita le son d'un fouet qui claque.

— Va te faire voir, dit Brendan en se levant. Ce n'est pas parce que tu n'arrives pas à garder une fille que les mecs qui réussissent leur mariage sont menés à la baguette.

Kyle rit. Il prit la place de Brendan sur la marche à côté de moi et passa un bras autour de mes épaules.

— Parfois, je me dis que c'est Jakey qui a tout compris. Aucun mec ne te demanderait d'être à l'heure pour le dîner.

Je pris une gorgée de bière, sans répondre.

— Bien sûr, le mauvais côté, c'est qu'il faut sucer des queues, ajouta Kyle.

— Tu n'as pas un gosse qui t'attend ? lui demandai-je.

— Elle est chez Michelle, donc non. Je suis un homme libre ce soir, mec. Tu veux qu'on laisse Ox retrouver sa geôlière et qu'on aille se prendre une bonne cuite chez Dickie ? Ça sera comme au bon vieux temps.

— Non, c'est bon. Je crois que je vais me contenter de rentrer chez moi.

— Tu veux que je te conduise à la gare ? demanda Brendan.

— Oui, ce serait génial.

Kyle leva les yeux au ciel.

— Tu n'es pas drôle, Jakey.

— Je suis juste fatigué. La journée a été assez épuisante, tu sais ? Mais si tu veux sortir demain, je suis partant.

Je me levai pour suivre Brendan jusqu'à sa voiture.

— D'accord, demain alors. Je passerai te chercher, on pourra aller quelque part en ville. Mais pas de bar gay cette fois-ci.

Je ris malgré moi. La dernière fois que nous étions sortis, j'avais emmené Kyle dans un bar gay de mon quartier. L'orientation de Kyle restait une question sans réponse, même s'il finissait plus souvent au lit avec une femme. J'avais été curieux de voir ce qui allait lui arriver dans une salle remplie d'hommes. Comme je le suspectais, il avait bu du petit lait à chaque fois qu'un mec le draguait.

— Hé, je n'y peux rien si je suis irrésistible pour les hommes. À part un que je ne nommerai pas, évidemment, dit Kyle.

— C'est parce que je t'ai connu quand tu étais haut comme ça, dis-je en levant la main à environ un mètre du sol. Apparemment, ça m'a immunisé contre ton charme dévastateur.

— Ouais, ouais.

Kyle se leva et épousseta son pantalon de la main.

— À demain, Jakey. Toi et moi allons semer le chaos dans Chicago, ne laissant sur notre passage que destruction et cœurs brisés. Ça va être dément. Tu peux venir aussi, Ox, si la dame est d'accord pour te laisser sortir de ta cage.

— Ha. Ha.

Brendan sortit ses clés de sa poche.

— Allez, Jake. Si je me souviens bien, il y a un train dans vingt minutes.

Kyle et moi échangeâmes notre signe, la poignée de main élaborée que nous avions imaginée enfants. À notre âge, c'était plus une habitude qu'autre chose, mais le signe avait fini par vouloir dire un grand nombre de choses : 'bonjour', 'au revoir', 'je t'aime'. Kyle me surprit en me prenant dans ses bras pour me donner une grande tape dans le dos.

— C'était dur, de lui dire adieu, me dit-il dans l'oreille

— Ouais.

Je ne savais plus s'il voulait parler de M. Lombard ou d'Adam.

J'AVAIS LES cheveux longs la dernière fois que j'avais vu Adam. En fait, j'avais eu les cheveux hirsutes pendant la majorité de mon adolescence, pour la simple raison que ma mère détestait ça. Je les avais laissé pousser encore davantage à la fac, surtout par fainéantise. Mais en deuxième année, j'étais sorti avec un mec qui adorait passer ses doigts dedans, donc je les avais gardés. Une des dernières fois où j'avais vu Adam avant qu'il quitte la ville en catimini, ils m'arrivaient en dessous des épaules en une masse informe et rebelle. Adam avait tiré sur une boucle en me disant que j'avais l'air ridicule, mais je pouvais lire l'admiration dans ses yeux.

Je les avais coupés en partie parce que j'en avais assez de devoir les démêler, et en partie parce qu'Adam les aimait tellement.

6

Je passai une main sur mes cheveux courts en pénétrant dans mon appartement de West Melrose, près de Boystown. C'était un vrai cliché, d'habiter dans le quartier gay, mais l'appartement – le premier étage d'une jolie maison en briques dont les propriétaires, un couple de gays d'âge moyen, n'étaient quasiment jamais là – était magnifique. J'étais tombé amoureux au premier regard du parquet, des murs aux couleurs chaudes et des boiseries.

Je laissai tomber mes clés sur la table près de la porte et jetai ma veste sur une chaise de la cuisine avant de m'avachir sur le canapé et de me frotter le visage. *Adam,* pensai-je. *Adam…*

Je n'avais aucune obligation. Je pouvais juste ignorer son invitation et attendre patiemment que la semaine s'écoule. Ensuite, il serait parti, hors de ma ville, hors de ma vie encore une fois.

Je pris la carte dans ma poche et la retournai. Son écriture était telle que je m'en souvenais, des lettres nettes et souples en une ligne parfaite. Chambre 1126.

Angoisser n'allait pas faire avancer les choses. Je me demandai s'il voulait vraiment parler ou s'il avait juste voulu être poli.

Cinq ans. Cela faisait cinq ans que je ne l'avais pas vu. Un temps à la fois si court et si long.

Je lançai la carte sur la table basse. Je la contournai pour aller dans la cuisine et sortis une bouteille de bourbon du placard. Je n'aimais même pas cette marque, mais c'était la préférée de Kyle. Il avait dû laisser une bouteille la dernière fois que j'avais fait une fête. Je versai quelques doigts dans un grand verre. Avant que je puisse prendre une gorgée, mon téléphone vibra dans ma poche.

J'imaginai un instant que cela pouvait être Adam, même si je ne lui avais pas donné mon numéro. Mais non, le téléphone affichait David.

— Comment vas-tu ? demanda-t-il après que nous ayons échangé quelques banalités.

David était très loin dans la liste des gens à qui j'avais envie de parler ce soir. Cependant, je trouvais que je lui devais d'être honnête.

— Ça pourrait aller mieux. Mon entraîneur de baseball du lycée est mort.

— Oh, je suis désolé. Comment tu te sens ?

— Ça va. C'est triste, mais on ne s'était pas parlé depuis des années.

— Toutes mes condoléances.

— Merci, ça me touche.

Je ne voulais pas discuter de mes sentiments avec David. Je ne voulais pas que David me console. J'aurais sans doute dû, ce qui me faisait me sentir encore plus mal.

— Je peux venir si tu veux, dit-il.

Oh non.

— Non, pas la peine, ça va aller.

Il soupira.

— Je sais qu'entre nous c'est un peu compliqué en ce moment, mais je suis ton ami.

— Je préférerais être seul, là. La veillée funèbre était aujourd'hui.

— Ça s'est passé comment ?

— Ça a été.

J'hésitai sur quoi lui dire, puis décidai qu'un peu plus ou un peu moins… Je me dis qu'au pire j'allais le mettre assez en colère pour qu'il raccroche, ou que je saurais s'il était vraiment mon ami.

— J'ai… Adam était là.

— Adam.

Il avait l'air contrarié.

— Oui, euh, il est en ville pour affaires. Je suis… Je veux dire, je ne l'avais pas vu depuis qu'il est parti. Je lui ai juste parlé quelques minutes.

— Tu vas le voir pendant qu'il est là ?

— Il m'a invité à le faire, mais probablement pas.

Il y eut un long silence.

— Pourquoi pas ?

Ça, c'était une surprise. Je ne pouvais imaginer David vouloir que je rencontre Adam. Et comment lui expliquer pourquoi ? Parce qu'Adam était parti. Parce qu'Adam était tellement beau, tellement tentant. Parce qu'il y avait toujours des étincelles lorsque nous nous retrouvions à moins de trente centimètres l'un de l'autre. Parce que c'était *Adam*.

— Oh, eh bien, tu sais… dis-je.

David rit, mais ce n'était pas un son très joyeux.

— Putain, Jake.

Je ne savais pas quoi dire.

Pour clarifier, David était un ex que j'avais rencontré par hasard quelques semaines auparavant dans mon bar préféré. Nous nous étions revus. David avait été très important pour moi à une époque, mais les choses étaient plus compliquées dorénavant. Je lui avais dit que nous ne ressortirions pas ensemble, même si nous avions couché ensemble quelques fois depuis que

8

nous avions repris contact. Ça n'avait pas l'air de le déranger. Il semblait faire beaucoup d'efforts pour ranimer notre amitié, cependant. Moi, je n'étais pas encore sûr de savoir ce que je voulais.

David toussa.

— Dis-moi au moins dans quel hôtel il a pris une chambre, que je puisse aller lui casser la gueule. Je lui dois bien ça pour avoir foutu en l'air notre relation.

— Il n'a pas… Tu ne l'as jamais rencontré.

— Non, mais j'ai l'impression de le connaître, vu tout le temps qu'il a passé avec nous au lit.

Je n'avais pas envie d'avoir cette conversation.

— Je suis désolé, murmurai-je.

— Ça fait combien de temps que tu es amoureux de lui ? Depuis que tu as, genre, quinze ans ? Je suis bien placé pour le savoir. C'est Adam, ça a toujours été Adam. Il est en ville, il t'a invité, et tu me dis que tu ne vas *pas* aller le voir.

— C'est trop tard. Après ce qu'il a fait, je ne vois pas comment je pourrai.

— Peut-être que c'est trop tard, oui.

J'entendis un sifflement dans le combiné, et j'imaginai David, narines pincées comme quand il était triste ou en colère.

— Mais peut-être pas, ajouta-t-il.

— Je dois y aller.

— Comme tu veux. À plus.

Il raccrocha. Je laissai tomber mon téléphone sur le plan de travail puis avalai mon verre de bourbon cul sec.

II

JE NE sais pas si c'est pareil pour tout le monde, mais pour moi tout est devenu clair en un instant magique. J'avais quinze ans et j'étais assis dans un box à Mama's Pizza.

Nous étions venus y manger après un match de baseball et avions hésité pendant de longues minutes sur quelle pizza choisir. Kyle et moi mangions de tout, mais Adam était dans une phase où il refusait de manger des légumes, et Brendan avait toujours été difficile. Nous avions fini par choisir les boulettes de viande, et Adam s'était levé pour aller passer la commande. En revenant, il m'avait souri de toutes ses dents d'un air de conspirateur, avant de s'asseoir face à moi dans le box. Il savait que cette pizza était ma préférée, et son expression semblait dire *'Hé, on a gagné !'*

Kyle et Brendan étaient en pleine discussion sur les batteurs de l'équipe que nous venions de battre. Brendan avait pensé qu'ils allaient arriver en finale régionale, et Kyle avait répondu 'N'importe quoi !', donc, je m'étais dit que j'allais lancer une autre conversation avec Adam. J'allais annoncer que mon père m'avait offert de nouveaux crampons pour mon anniversaire, quand je m'étais rendu compte qu'il souriait encore.

Ses cheveux sombres étaient collés à son front, mais bouclaient près des oreilles, un résultat affreux causé par son casque. Il s'était passé la main dedans, mais cela n'avait rien fait pour arranger les choses. Il ne s'en était pas rendu compte et avait continué à sourire. Je n'avais pas pu détacher mes yeux de lui. Il avait quelques taches de rousseur sur le nez et nous avions seulement récemment perdu l'habitude de le charrier pour ça. Sa lèvre avait été légèrement coupée car il était tombé à la troisième base à l'entraînement l'autre jour. Ses yeux noisette étaient fixés sur moi avec une intensité qu'ils n'avaient jamais eue. Autour de nous, tout avait semblé s'évanouir : les voix de Kyle et Brendan, comme une vieille radio, le brouhaha du restaurant se réduisant à un fond sonore. Adam avait continué de sourire.

Kyle avait donné un coup de coude dans les côtes d'Adam.

— Hé Rosie, bravo de ne pas t'être explosé la figure en glissant au marbre à la sixième manche.

— Oh merci…

Adam s'était tourné vers Kyle et l'instant passa, ce qui était sans doute aussi bien car j'avais été sur le point de faire une crise de nerfs. Intellectuellement, j'avais su que ce n'était que la confirmation de certains soupçons que j'avais eu depuis longtemps. Émotionnellement par contre, ça avait été un cauchemar éveillé. Parce qu'Adam m'avait souri et que j'avais eu une érection. Parce que j'avais déjà du mal à accepter que tous mes rêves érotiques concernent des hommes musclés et en sueur. Parce qu'au fond de moi, je savais depuis longtemps que j'étais gay, mais il n'y avait jamais eu de preuve concrète jusqu'à ce moment. Parce que j'avais un gros, un énorme béguin pour Adam Boughton, un garçon que je voyais tous les jours, qui habitait la maison en diagonale de la mienne, que je connaissais depuis que nous étions bébés, qui avait des taches de rousseur et des yeux bruns et des épaules larges, qui était absolument tout ce dont je rêvais.

J'avais été mortifié.

Ted, le type qui était au comptoir pendant la semaine, nous avait appelés.

— Hé ! Les mômes, votre pizza est prête.

Je m'étais figé. Ma première réaction avait été de quitter la table précipitamment, mais je n'avais pas voulu révéler mon petit problème à tout le restaurant. Kyle, Brendan et Adam avaient débattu pour savoir qui devait se lever, j'en avais donc profité pour penser au baseball et faire redescendre mon érection par la force de ma pensée.

— J'y vais ! avais-je hurlé en sautant hors du box une fois que j'avais réussi.

J'avais récupéré la pizza et étais retourné à notre table. Aucun des gars n'avait semblé réaliser que ce mardi était différent de tous les autres mardis. Ils avaient attrapé des parts de pizza et avaient commencé à manger, parler et rire. J'avais pris une part et étais resté assis à la regarder parce que ma vie entière venait de prendre un tournant inattendu.

Adam avait tendu la main au-dessus de la table et m'avais touché le bras.

— Tu ne manges pas, Jakey ?

— Oh, si, bien sûr.

J'avais pris une grande bouchée, trop grande ; le fromage m'avait brûlé la langue et j'avais dû me forcer à mâcher.

Adam avait ri et avait pris un morceau de boulette sur ma part. Je l'avais regardé la mettre dans la bouche. Je n'avais pas pu détacher mon regard de ses lèvres.

— C'est quoi ton problème, mec ? avait demandé Kyle.

J'avais cligné des yeux plusieurs fois.

— Quoi ? Oh, rien.

— Tu es bizarre. Bon, je disais…

JE ME souviens d'un jour, je devais avoir environ dix-neuf ans, où j'étais assis par terre dans le sous-sol des parents d'Adam. Lui hurlait sur un jeu vidéo quelconque. Nous faisions ça souvent, passer du temps ensemble sans vraiment se parler. C'était les vacances de Noël et nous étions tous les deux revenus de l'université. Par une sorte d'accord tacite, nous avions donc passé tout notre temps libre ensemble.

Le personnage d'Adam s'était fait assassiner horriblement dans le jeu. Il avait grogné et avait lancé la manette sur le coussin du canapé à côté de lui. J'avais levé les yeux, puis j'étais revenu à ma lecture.

— Alors, Longo t'a dit ? Il pense qu'il est bi maintenant, avait déclaré Adam.

— Quoi ?

J'avais de nouveau levé les yeux vers Adam. Il avait les sourcils haussés et un léger sourire aux lèvres.

— Tu es sérieux ?

— Je sais, c'est dingue non ? Il dit qu'il est super curieux de voir comment c'est avec un mec. Je ne sais pas, peut-être qu'un gay lui a fait du rentre-dedans et maintenant, il se dit qu'il pourrait essayer.

Je n'avais pas été très à l'aise à l'idée d'avoir cette conversation avec Adam, donc j'avais secoué la tête et étais retourné à ma lecture.

— Tu ne t'es jamais demandé comment ça serait ? m'avait-il demandé après une longue pause.

Son ton avait été tellement sérieux, j'en avais été surpris. Je n'avais pas été capable de le regarder, j'avais peur que mon expression me trahisse. Voyez-vous, je n'avais pas besoin de me demander ce que ça ferait avec un mec parce qu'à ce moment-là, je le savais déjà. J'avais haussé les épaules.

— Oh, pardon, j'oubliais. Le petit Jake est encore puceau. Tu es tellement pur et innocent, je parie que tu ne te masturbes même pas.

J'avais senti mon visage rougir horriblement. Je n'avais pas osé me retourner. Adam ne pouvait pas savoir combien de temps je passais non seulement à me masturber, mais à le faire en pensant à lui.

— Je ne suis pas puceau.

— Oh ouah ! avait ri Adam.

Il avait tendu la main et avait tiré sur une de mes longues mèches.

— C'est arrivé quand ? Pourquoi tu ne m'as rien dit ?

J'avais rentré le cou dans les épaules

— L'an dernier. Et ça ne te regarde pas.

— Avec qui ? Je la connais ?

— Non. Ce n'était pas…

J'avais failli dire *'Ce n'était pas une fille'*, mais m'étais rattrapé et avait décidé de me taire.

— Ce n'était pas important.

— Bien sûr que si. Tu as couché, tu es un homme maintenant.

— N'importe quoi, c'est juste du sexe.

Un souvenir de cette première fois m'étais revenu. Le mec s'appelait Brad. Je ne dirais pas qu'il ressemblait à Adam, mais il avait quand même les cheveux bruns et des taches de rousseur. Notre relation avait essentiellement consisté en des séances de pelotage dans la chambre de l'un ou de l'autre, jusqu'à ce qu'un beau jour, il sorte une capote et me la montre. J'avais pensé *'Eh bien, pourquoi pas ?'*

Ce n'était pas que je prenais le sexe à la légère. Déjà, peu après l'incident de la pizzeria, j'avais dû assister à la projection d'un documentaire sur le SIDA pendant un cours d'éducation sexuelle. Le professeur avait bien pris la peine d'insister sur la façon dont la maladie faisait des ravages dans la communauté gay. Dans ma tête, sexe voulait dire maladie. Mais après des semaines de pelotage avec Brad, j'avais été frustré et de moins en moins effrayé. J'avais également été curieux. Brendan venait de rencontrer Maggie et m'avait appelé le lendemain de leur première fois pour me raconter la chose de manière beaucoup trop détaillée. Tout cela m'avait peu à peu donné envie de coucher avec quelqu'un, tant pis pour les risques.

Donc, au moment où j'avais rencontré Brad, j'avais été mûr à point. Et même si j'avais pensé, comme beaucoup de monde, que le sexe était une expression d'amour et d'émotions, à la minute où Brad avait enlevé son pantalon et j'avais vu son sexe en érection sous son boxer, j'avais décidé que le sexe exprimait surtout le sexe. J'aimais bien Brad et il était sexy, et il avait envie de moi. C'était tout ce qu'il avait fallu pour équilibrer l'équation.

À ce moment-là, dans le sous-sol d'Adam, je m'étais pris à regretter Brad, et le mec d'après, et le mec qui était à mon étage dans le dortoir et avec qui je faisais des trucs, parfois, dans les douches, si personne d'autre n'était présent. Le truc, c'était que *j'aimais* le sexe. Énormément. Donc lorsque j'avais des opportunités, je les saisissais. Mais la vérité, c'est que c'était avec Adam que j'aurais voulu coucher.

Adam avait fredonné quelque chose entre ses dents, puis avait repris sa manette.

Une idée très intéressante m'étais venue.

— Est-ce que *tu* es encore puceau ?

— Non, avait-il dit d'un ton qui m'avait fait comprendre que oui.

J'avais choisis de ne rien ajouter.

NOUS ALLÂMES tous les quatre dans différentes universités, nous éparpillant dans tout le Midwest. Mais lorsque nous étions tous à la maison, nous continuions à nous voir assez souvent. Parfois nous allions manger une pizza, choisissant notre vieux box à Mama's Pizza comme si le temps n'avait pas passé. En deuxième année, après que nous ayons tous eu nos vingt et un ans, nous avions commencé à aller dans les bars. En fait, c'est dans un bar que j'avais fait mon coming out auprès de mes plus vieux amis. Nous étions chez Dickie, un bar sportif à la décoration quelconque où la sélection de bières était assez limitée. Mais il n'était pas cher et Kyle l'aimait bien, car les filles qui travaillaient dans une boutique de vêtements pour femme de la galerie marchande à côté venaient y prendre un verre après le travail. Ce soir-là, Kyle et moi étions complètement saouls, et nous nous incitions l'un l'autre à prendre des shots d'un whiskey de qualité tellement médiocre qu'il aurait pu servir d'acide à batterie. Adam conduisait et Brendan n'avait jamais été un gros buveur, donc nous étions les seuls à avaler les shots.

Kyle avait passé un bras autour de mes épaules et avait pointé du doigt une femme blonde qui se tenait de l'autre côté du bar.

— J'aimerais bien coucher avec elle, avait-il dit.

Il avait reçu des murmures d'approbation de la part d'Adam et Brendan, même si Brendan avait fait attention à ne pas parler trop fort – il était déjà fiancé à Maggie à ce moment-là.

Kyle s'était tourné vers moi.

— Et toi, petit Jakey ?

J'avais ri.

— Je ne veux pas coucher avec elle.

Kyle avait hoché la tête.

— D'accord, tu n'aimes pas les blondes. Tu vois quelqu'un ici qui avec qui tu *voudrais* coucher ?

Et, complètement saoul et ne réfléchissant pas bien, j'avais pointé du doigt un mec avec une veste en cuir et une barbe de trois jours savamment entretenue

— Le vieux beau en cuir à deux heures.

C'était le genre de choses que j'aurais dit à mes amis de l'université et, dans mon état, j'avais oublié qu'aucun de mes amis – mes amis d'enfance, mes frères – n'était au courant de mon orientation. C'est seulement lorsqu'ils m'avaient regardé tous les trois, bouche bée, que j'avais réalisé. Pour une raison inconnue, cela m'avait paru extrêmement drôle, donc je m'étais mis à rire.

— Oh. Oups ?

Kyle s'était esclaffé.

— Eh bien, Jacob Isaacson !

Brendan avait froncé les sourcils, ce qui l'avait fait ressembler à mon père. Ou peut-être que c'était la désapprobation confuse dans ses yeux.

— Beurk, vraiment, Jake ?

J'avais levé les bras au ciel.

— Et au fait, je suis gay !

Rien ne m'avait jamais paru plus amusant et je m'étais plié en deux, riant si fort que j'en avais eu du mal à respirer.

Kyle m'avait frappé dans le dos lorsque j'avais commencé à tousser.

— Hé, attention, mon chou.

Il m'avait pris le menton pour me faire lever les yeux.

— C'est vrai, Jakey ? Tu es gay ?

— Et ouais, cent pour cent pure laine, avais-je dit.

C'était toujours drôle. Jusqu'à ce que je réalise que tout le monde avait l'air très sérieux. Surtout Adam.

— Euh, vous ne me détestez pas, hein ?

Kyle avait été le premier à répondre.

— Non, pourquoi on te détesterait ?

— Je m'en étais toujours douté, avait ajouté Brendan.

Et voilà, avais-je pensé. Kyle et moi étions retournés à nos shots comme si rien ne s'était passé. À deux heures, nous nous étions tous empilés dans la voiture d'Adam et je m'étais donc retrouvé sur le siège passager lorsqu'il s'était garé dans sa propre allée. Je m'étais dit qu'il allait juste me dire de traverser la rue, mais il était resté assis une fois le moteur coupé.

— Adam ?

— Tu...

Il avait eu l'air en colère. Il avait ouvert la bouche comme s'il avait été sur le point d'ajouter quelque chose, mais rien n'était venu.

— D'accord. Bon, eh bien, bonne nuit.

J'avais fait mine de sortir de la voiture.

Il avait tendu le bras pour poser la main sur ma jambe, et elle m'avait brûlé la peau.

— Jake, attends.

— Quoi ?

— Tu es... ça veut dire que tu as sauté des mecs.

— Eh bien, ouiiiiiii.

J'étais encore pompette, l'alcool me faisait tourner la tête et rendait tout très drôle, particulièrement la tête si sérieuse d'Adam. J'avais gloussé.

— J'en ai même laissé quelques-uns me sauter.

L'expression d'Adam s'était assombrie. Il s'était détourné.

— Putain, Jake !

— C'est ça, ouais.

J'avais senti mon estomac se retourner.

— Je n'ai pas envie d'écouter tes conneries homophobes, d'accord ? Tu vois, c'est exactement pour ça que je ne voulais rien vous dire. Tu n'es qu'un connard, Adam. Merci, et bonne nuit.

J'avais voulu sortir de la voiture, cette fois parce que j'avais eu l'impression d'être enfermé dans une boîte minuscule avec juste Adam, dont j'étais amoureux et qui m'attirait désespérément depuis presque huit ans. J'avais senti la panique disperser les brumes de l'alcool.

— Non, je ne voulais pas dire... Enfin, je comprends, mais... Non, ne sors pas, laisse-moi juste dire un truc...

Je ne l'avais pas laissé s'expliquer. D'un seul coup, je m'étais rendu compte que j'étais en colère. J'étais sorti de la voiture et avais claqué la portière, puis j'avais traversé le croisement en courant et étais rentré chez moi.

LORSQUE NOUS étions au collège, nous nous étions rendu compte que 'Mad Adam[1]' était un palindrome. Il s'agissait d'une expression très pertinente parce qu'Adam était en colère une bonne partie du temps quand nous étions adolescents. Il s'énervait facilement, mais sa colère était rarement dirigée contre nous. Le plus souvent, il était en colère contre ses profs ou ses parents. Il avait quatre frères aînés qui l'embêtaient continuellement. Les Boughton avaient six enfants. Adam était le cinquième et le plus sage, et ses parents ne lui prêtaient donc pas beaucoup d'attention. Avant qu'ils ne mettent la télé au sous-sol, Adam et moi avions passé bien des après-midi sur le canapé du salon des Boughton. Je ne saurais dire combien de fois Mme Boughton était passée dans la pièce, nous jetant un œil en disant 'Adam, mon cœur, Jake est là. Pourquoi tu fais la tête ? C'est ton ami non ?'

C'est un peu comme cela qu'il avait hérité de son surnom. En deuxième année de lycée, le livre de Stephen King *Rose Madder*[2] sortit. Kyle et moi l'avions vu alors que nous passions le temps dans la galerie marchande un après-midi. Kyle avait commencé à faire des blagues sur le titre.

— Qu'est-ce qui rend Rose plus en colère ? Qui est plus en colère que Rose ? Je parie qu'Adam en colère est plus en colère que Rose.

Nous étions allés au cinéma avec Adam ce soir-là, et Kyle avait continué ses blagues toute la soirée. Il avait appelé Adam 'Rose-Adam en colère' ou 'Adam plus en colère que Rose', jusqu'au moment où il avait fini0 par appeler Adam, Rose. Cela avait rendu Adam dingue de se faire appeler par un prénom de fille, mais cela n'avait fait que motiver Kyle davantage. Il avait fini par l'appeler Rosie peu de temps après. Au bout d'un moment, nous l'avions tous fait.

DU PLUS loin que je me souvienne, ce n'était jamais contre moi qu'Adam était en colère. En tout cas, pas avant que je sorte du placard. Après, il avait eu l'air en colère contre moi tout le temps. Il ne faisait rien de particulier, mais il était souvent froid et sec avec moi. Une nuit, quelques mois après ma grande révélation, nous étions en train de nous amuser chez Dickie – en tout cas, c'était ce que j'avais pensé. J'avais raconté une anecdote à propos de quelque chose qui s'était passé au boulot. À ce moment-là, je travaillais dans une

---

[1] 'Adam en colère' en anglais. (NDT)
[2] Double sens. Il signifie 'rose garance', mais peut aussi se lire 'Rose en colère'

librairie pendant que je faisais des dossiers de candidature pour poursuivre mes études. J'avais raconté une stupide histoire de client.

— Tu n'aurais pas besoin de supporter des clients débiles si tu te trouvais un meilleur job, avait dit Adam.

Ça avait été la plus longue phrase que je l'avais entendu me dire depuis des semaines. J'avais tellement été sous le choc qu'il m'avait fallu un instant pour rassembler mes esprits et répondre.

— C'est temporaire.

Adam s'était renfrogné sur son tabouret. Contrarié, j'avais marché jusqu'au juke-box et y avais glissé quelques pièces. Tandis que je passai en revue les chansons, un type assez grand aux cheveux blonds, s'était approché de moi.

— Salut, avait-il dit avec un grand sourire.

— Salut beau gosse, avais-je répondu, charmé par la façon dont il me souriait. Tu veux m'aider à choisir une chanson ?

À ce moment-là, j'avais abandonné l'idée qu'Adam s'intéresse un jour à moi et je n'avais donc aucun scrupule à flirter avec des mecs devant lui. J'avais laissé le beau gosse blond m'aider à choisir quelques chansons, puis lui avais glissé mon numéro avant de retourner vers mes amis.

Adam avait été complètement furieux à ce moment-là.

— Putain, mais tu baises tous les mecs qui te draguent ?

— Hein ? Je lui ai juste filé mon numéro, qui parle de baiser ?

Adam avait attrapé sa veste.

— Je me casse, avait-il dit.

Et il était sorti avec fracas.

— C'est quoi son problème ? avait demandé Kyle.

Brendan s'était contenté de secouer la tête.

III

APRÈS L'ENTERREMENT de notre entraîneur, je tentai d'oublier la carte de visite d'Adam, ainsi que sa réapparition dans ma vie. Je n'y arrivais que pendant une heure, par-ci, par-là. J'étais capable de fonctionner normalement, mais d'un seul coup je voyais sa carte sur la table basse du salon et tout me revenait en mémoire.

Ma façon de gérer les choses consista en un aller simple pour le bar gay au bout de ma rue le dimanche soir. J'avais pensé à appeler David, mais je m'étais dit qu'il valait mieux éviter un tel embrouillamini. Je suppose que c'était un des avantages d'habiter à Boystown. Ce bar était assez calme, franchement, mais assez grand pour que j'aie tout de même des chances de trouver quelqu'un. Un type roux qui dansait dans la foule attira mon attention. Je me demandai s'il m'attirait parce qu'il était si différent d'Adam, ce qui me fit seulement réaliser à quel point j'étais paumé.

— Ça va Jake ? me demanda Ken, le barman.

— Ouais, ça va, répondis-je. Un whiskey, pur.

Il me versa un verre.

— Il s'appelle Trey, le roux.

— Cool.

— Il vient une ou deux fois par mois. Aux dernières nouvelles, il est célibataire.

— Bon à savoir.

Ken poussa le verre vers moi, j'en pris donc une grande gorgée. Je savourai la brûlure le long de ma gorge. Lorsque j'eus vidé le verre, Ken m'en versa un autre.

— Va danser avec lui, Jake.

Je suivis le conseil de Ken et me dirigeai vers la piste. Je pénétrai dans la foule d'hommes et mon esprit se vida pendant quelques instants. Je posai les mains sur la taille de Trey et nous dansâmes. Il se pencha vers moi pour chuchoter 'Tu es adorable' dans mon oreille.

Je ris.

— J'habite tout près.

La bouche de Trey se tordit en un demi-sourire. Il se pencha et m'embrassa sur la joue.

— Pas le premier soir, mon chou, dit-il. Mais j'ai déjà noté notre second rendez-vous dans mon agenda.

Pour finir, nous ne fîmes que nous peloter un petit peu dans un coin du bar. Dommage d'ailleurs, parce que ça ne fut pas suffisant pour me faire oublier mes soucis, mais assez pour me faire culpabiliser. Je revins à la maison ce soir-là et vis la carte d'Adam posée sur la table basse. Je m'assis sur le canapé et la pris dans ma main.

Je ne sais pas ce qui me prit, mais d'un seul coup je me retrouvai en train de composer son numéro. Il décrocha à la troisième sonnerie.

J'avais à peine ouvert la bouche qu'il murmura :

— Jake.

— Tu veux parler ? Eh bien, parle.

JE SAVAIS qu'il était gay, même si je ne savais pas comment je le savais. Appelez ça le gaydar, ou l'intuition, mais un jour, alors que nous étions au début de la vingtaine, je levai les yeux vers Adam et *sus.*

Nous étions tous les quatre revenus dans la banlieue de Chicago après le diplôme, pour une raison ou pour une autre. Kyle avait trouvé un job de gratte-papier dans une entreprise pharmaceutique du nord de Chicago, et il avait déménagé dans un appartement minuscule non loin de là. Brendan et Maggie avaient pris un appartement ensemble à Glenview, près de notre ancien lycée. Je n'avais pas de plans définis en sortant de l'université avec mon diplôme de biologie, et j'étais donc retourné chez mes parents en attendant de trouver quoi faire. Et Adam s'était retrouvé de nouveau à vivre dans le sous-sol de ses parents.

Au milieu de tout ça, j'avais rencontré David. Je venais d'avoir vingt-quatre ans et d'être accepté dans le programme d'ingénierie chimique et biologique à l'Université du Nord-Ouest. David était un chercheur postdoctoral dans la même université. Il aimait passer son temps libre dans les cafés près du campus. Je l'avais déjà aperçu, et il était toujours hyper sexy : blond, mince, musclé, bien habillé. Pour finir, trois jours après la rentrée je l'avais à nouveau rencontré et lui avais demandé de sortir avec moi. Il m'avait fait un énorme sourire et avait accepté.

J'avais à peine vu mes amis durant ce semestre. Ce n'est que pendant le week-end de Thanksgiving que nous nous étions rejoint, le vendredi, chez Dickie.

— Ça va les cours ? m'avait demandé Kyle quand j'étais arrivé.

— C'est dur. Intéressant, mais hyper compliqué. Désolé, j'ai été un peu pris ces derniers temps.

— Ne t'inquiète pas, on comprend, avait dit Brendan. Tu es en train de sauver le monde, ou quelque chose comme ça.

— Quelque chose comme ça, avait pouffé Kyle.

Nous étions tous accoudés au bar, en train de boire. Kyle s'était tourné vers les tables, et j'avais suivi son regard tandis qu'il observait un couple de jolies brunes discuter de l'autre côté de la pièce. Brendan avait surtout été concentré sur le match qui passait à la télé au-dessus du bar. Et Adam, de manière assez surprenante, avait semblé vraiment intéressé par un groupe d'hommes en train de jouer au billard à la table de l'autre côté du juke-box.

— Je suis content de voir que tu fais quelque chose d'utile, avait dit Kyle. D'ailleurs, comment va ton copain ?

Adam avait écarquillé les yeux. Je n'avais pas voulu en parler aux autres avant que nous soyons réellement un couple établi. Et je n'avais surtout pas voulu en parler à Adam, parce que cela aurait signifié la fin de tous les espoirs que j'aurais pu avoir avec lui. Mais Kyle avait appelé un soir où je passais la nuit chez David, et c'est lui qui avait répondu à mon téléphone. Kyle avait mis environ quinze secondes à comprendre et je n'avais pas vraiment pu démentir.

— Ça va, avais-je répondu, incapable de réfréner un sourire.

Même si je n'avais pas particulièrement voulu en parler, j'étais tout de même bien accro. J'avais un peu décris David, à l'attention de Brendan plus que d'Adam : nom, âge – vingt-sept ans – et comment nous nous étions rencontrés.

— C'est mignon, avait dit Brendan.

— C'est ça ouais, avait rétorqué Adam en levant les yeux au ciel.

— Ouais, enfin, ce n'est même pas vraiment mon copain, avais-je dit, peut-être un peu trop sur la défensive. On sort juste ensemble de temps en temps.

— Oui, et tu couches avec lui, avait ajouté Kyle. Quand tu combines ça au fait que vous avez rendez-vous de temps en temps, je dirais bien que c'est ton copain.

Adam avait pâli. J'avais désespérément eu envie de changer le sujet, même si une partie de moi avait espéré qu'Adam serait jaloux. Mais Kyle m'avait poussé, et j'avais dit :

— Oui, enfin, je l'aime vraiment bien. C'est juste que ce n'est pas officiel quoi.

Kyle avait ri.

— Tu vois, ça c'est le bon côté de sortir avec un mec. Personne pour te saouler avec des questions d'engagement.

— Tu es sorti avec combien de mecs ? avait demandé Adam.

— Euh… Aucun, maintenant que tu le dis. C'est bien dommage d'ailleurs, mais j'aime trop les seins et les fesses des filles. Si j'étais gay, le sexe serait beaucoup plus simple.

Je m'étais esclaffé.

— Ouais, ouais, comme si c'était hyper simple d'être homo.

— Je veux juste dire que les mecs se prennent moins la tête. Ne t'excite pas.

Kyle m'avait donné un coup dans les côtes.

— Et toi Rosie ? Ça marche comment avec ta chère et tendre ?

Je n'avais pas été au courant qu'Adam sortait avec qui que ce soit.

— Comment tu fais pour savoir tout ça sur tout le monde ? avais-je demandé.

J'avais posé ma question en partie pour ne pas entendre Adam parler de cette fille. Et franchement, est-ce qu'*Adam* ne savait pas qu'il était gay ?

— Je suis curieux, c'est tout, avait dit Kyle. Allez, Rosie, je veux des détails. J'aurais bien demandé à Jakey, mais je me suis dit que ça allait donner la nausée à Ox.

— Euh, je suis là, avait dit Brendan.

Il s'était tourné vers moi.

— Je n'ai pas la nausée parce que tu es gay.

— C'est bon, avais-je dit.

Adam avait répondu d'un air grognon.

— Elle m'a larguée.

Tout le monde y était allé de son bruit de gorge compatissant.

— Qu'est-ce qui s'est passé ? avait demandé Kyle.

Adam avait haussé un sourcil.

— Tu es *vraiment* curieux.

Il avait pris une longue gorgée de sa bière.

— Déjà, on est à peine sortis ensemble, donc ce n'est pas vraiment important. Et ensuite, eh bien, elle… ça ne marchait tout simplement pas.

Kyle avait laissé tomber, et Brendan avait ramené la conversation sur le jeu de baseball à la télé. Les commentaires d'Adam étaient restés monosyllabiques. Je les avais laissé parler. Adam avait levé les yeux pendant la conversation et nos regards s'étaient croisés. J'avais eu l'impression qu'il cherchait quelque chose et j'avais vu tout ce qu'il y avait dans ses yeux. Tout ce qu'il avait besoin que je sache. J'avais regardé les hommes qu'il avait observés pendant qu'ils jouaient au billard. Ils étaient tous attirants, et certains portaient des tee-shirts très près du corps. J'avais su à ce moment-là pourquoi sa dernière relation avait échoué.

Je m'étais éclipsé aux toilettes. Adam était entré tandis que je me lavai les mains.

— Ne leur dis rien, d'accord ? Je ne suis pas prêt à ce qu'Ox et Longo le sachent. Surtout Longo, il ne me laissera jamais tranquille avec ça.

— Leur dire quoi ?

Je n'avais pas pu le regarder, je m'étais concentré sur mes mains dans le lavabo.

— Pour… tu sais quoi.

Je n'avais pas été sûr de savoir combien de temps j'allais tenir à ce petit jeu. J'étais énervé, et je me sentais un peu honteux aussi. Pourquoi était-ce d'accord que moi je sois gay, mais pas Adam ? Pourquoi est-ce qu'il pensait devoir le cacher ? S'il avait honte de lui-même, est-ce que cela voulait dire qu'il avait aussi honte de moi ? Et pourquoi aurais-je dû être le seul à être charrié par nos amis ? D'ailleurs, ce n'était même pas important. Kyle et Brendan n'en avaient rien à foutre de savoir avec qui je couchais. Le comportement d'Adam n'avait pas de sens.

— Dis-le-moi, avais-je ordonné. Dis-le tout haut.

— Tu sais de quoi je parle, avait affirmé Adam.

Il avait marché jusqu'au lavabo et s'était approché de moi, envahissant mon espace personnel d'une manière qui m'avait mis mal à l'aise. C'était vraiment bizarre. Adam et moi avions partagé des tentes, des lits, toutes sortes d'endroits depuis que nous étions petits, et il n'y avait jamais eu le moindre malaise. Mais à cet instant, j'avais commencé à paniquer légèrement lorsqu'il m'avait acculé au lavabo.

— Dégage, Rosie, avais-je grincé.

Il avait grimacé et s'était reculé d'un pas.

— D'accord, désolé. Mais je sais que tu sais de quoi je veux parler.

— Ouais, mais je veux te l'entendre dire.

— Je ne peux pas. Je…

— Dis-le-moi. Dis-le une bonne fois. Fais-le sortir.

Il avait hésité, bouche ouverte.

— D'accord. Pourquoi est-ce que cette fille t'a largué ?

Il avait mis une main sur sa bouche et s'était pincé la lèvre inférieure avant de la rabaisser.

— Ça n'a pas marché.

— Et pourquoi ça n'a pas marché ?

Il avait secoué la tête.

— Parce que je ne pouvais pas… Parce que… Je veux dire, je l'aimais bien, mais… je… n'étais pas attiré par elle.

— D'accooooord. Et pourquoi à ton avis ?

— Tu couches vraiment avec ce type ? David ?

J'avais reculé.

— Ça ne te regarde pas. Ne change pas de sujet.

— Dis-le-moi.

— Oui, je couche avec lui. Fous-moi la paix avec ça, d'accord ? Je n'ai pas envie de jouer à ce jeu. Trois petits mots, Rosie. Je. Suis. Gay. Tu vois comme c'est simple ?

— Mais ce n'est pas…

Je l'avais repoussé et étais sorti des toilettes sans attendre de réponse. J'avais répondu à l'air interrogateur de Kyle par un grognement.

— J'y vais, lui avais-je dit avant de sortir en courant du bar.

RETOUR AU présent. Adam rit, et ce son un peu essoufflé résonna de manière familière, même à travers le haut-parleur du téléphone.

— De quoi veux-tu que je parle ?

— Je ne sais pas. Je n'ai rien à te dire, ça, je le sais. C'est toi qui voulais parler.

Il rit de nouveau, mais il semblait plus nerveux cette fois.

— Je ne sais même pas par où commencer. Mais je suis heureux que tu aies appelé. Je…

Je soupirai et laissai retomber sa carte sur la table basse.

— On va commencer par le début alors. Pourquoi es-tu à Chicago ?

— Pour la Tech Expo.

Ça, au moins, je voulais bien le croire. Je savais qu'un des plus grands salons de l'année avait lieu à Chicago cette semaine. C'était le genre d'événement que l'on retrouvait partout dans la presse, mettant en scène tous les gadgets que les gens allaient acheter dans les années à venir. Les mots 'Boughton Technology' semblèrent me sauter aux yeux, imprimés sur le devant de sa carte.

— D'accord. Et pourquoi veux-tu me parler ?

— Eh bien… c'est un peu plus compliqué comme question.

Il ne dit plus rien pendant un moment, donc j'attendis. Finalement, il déclara :

— Est-ce que tu veux sortir cette semaine ? Je suis libre mercredi soir.

— Attends, je t'arrête tout de suite. Tu ne peux pas juste te pointer comme ça, débarquer dans ma vie et t'attendre à ce que les choses reprennent comme elles étaient il y a cinq ans.

— Et pourquoi pas ?

Je me penchai en avant et me frottai le front. Heureusement qu'il ne pouvait pas me voir parce que je suis sûr que je n'aurais absolument pas réussi à cacher les émotions sur mon visage.

— C'est trop tard. Tu nous as laissés, Adam. Tu es parti il y a cinq ans sans un mot. Tu t'es juste barré. Et tu t'attends à ce que je me pâme de bonheur parce qu'il s'avère que tu es revenu ?

— Alors pourquoi m'as-tu appelé ?

— Je ne sais pas. Je dois être bourré.

— Je vois.

Il y eut un long silence. Finalement, il dit :

— D'accord, et sinon, comment vas-tu ? Tu sors toujours avec ce David ?

— Non.

Même si ce n'était pas à proprement parler la vérité, n'est-ce pas ?

— Oh, désolé de l'apprendre.

— On se voit encore de temps en temps. Et je vois aussi cet autre type.

Je n'étais pas sûr qu'une heure de pelotage avec Trey veuille vraiment dire que l'on se 'voyait', mais après tout, nous avions rendez-vous pour le week-end suivant. Enfin, soyons honnêtes, Adam et moi savions tous deux que 'voir' voulait dire 'sauter', et c'était clairement exagéré dans le cas de Trey.

— Oh.

Un son tellement neutre que je n'arrivai pas à déchiffrer ce qu'il ressentait. Est-ce qu'il était jaloux ? Est-ce qu'il s'en fichait ?

— Et toi ? demandai-je. Tant qu'on y est, à parler de la pluie et du beau temps, tu vois quelqu'un en ce moment ?

— Non, je… En fait, je voyais quelqu'un, mais, euh, on a arrêté. Il y a quelques mois. Mais ce n'était pas vraiment important. Je veux dire, ça n'a juste… pas marché.

Je ne pus réfréner ma curiosité.

— Homme ou femme ?

— Quoi ?

— Cette personne avec qui tu sortais, c'était un homme ou une femme ?

Il s'éclaircit la voix.

— C'était un homme, si tu veux tout savoir.

Eh bien, au moins c'était déjà ça. J'avais envie de lui poser d'autres questions sur le sujet, mais même à moitié saoul, je savais que cela ne me regardait pas. Et que s'ils venaient à peine de rompre, Adam n'avait certainement aucune envie d'en parler. Je me contentai de dire :

— Super.

— Super que je sorte avec un homme, ou qu'on ait rompu ?

— Je ne sais pas, les deux peut-être ?

Il rit. Il y eut une pause puis :

— J'ai envie de te voir.

— Pourquoi ?

— Juste pour passer du temps ensemble pendant que je suis là. On peut parler... ou pas.

— Adam…

— Réfléchis-y. Passe à l'hôtel demain soir. Je devrais avoir fini au salon à six heures, donc quand tu veux après ça.

J'avais vraiment envie de le voir. Mais j'avais aussi vraiment envie de ne pas le voir.

— Je vais y réfléchir.

— Super. Viens, s'il te plaît.

— Peut-être.

Puis je raccrochai, non seulement parce que je savais que je ne devais sans doute pas y aller, mais surtout parce que s'il me disait 's'il te plaît' encore une fois avec ce besoin dans la voix, je ne serais pas capable de refuser.

IV

AVANT QU'ADAM ne quitte Chicago, il travaillait pour une grosse compagnie de télécom pionnière dans le domaine du chat vidéo. Adam n'avait pas écrit le code de leur plus célèbre programme, mais il l'avait modifié afin de le rendre plus intuitif pour les utilisateurs, et ses modifications avaient propulsé le logiciel au premier rang des ventes. Il avait l'habitude de dire dans ses interviews : 'Je voulais faire de ce programme quelque chose que même ma grand-mère pourrait utiliser'. De toute évidence, il avait été grassement récompensé pour son avancée. Il avait utilisé cet argent pour lancer sa propre entreprise qui avait encore amélioré le programme pour en faire le numéro un du marché.

Bien sûr que j'avais suivi son parcours. Parfois, je me demandais si je ne trouverais pas la raison pour laquelle il s'était enfui entre les lignes de ses interviews. Mais cela n'arrivait jamais. Généralement, les articles ne m'apprenaient que des choses que je savais déjà. Adam Boughton était incroyablement intelligent, charmant et beau. Quelques articles allaient jusqu'à dire que c'était un génie. Il était bien considéré dans son domaine et son nom, ou en tout cas celui de sa compagnie, était en train de devenir très connu. Et il était si jeune que tout le monde disait qu'il avait sans aucun doute une très belle carrière devant lui.

Il avait toujours aimé réparer les choses. Un après-midi, alors que nous étions au début de la vingtaine – à l'époque où nous vivions tous les deux dans le sous-sol de nos parents, après mon coming out, mais avant David – j'étais rentré chez moi et l'avais vu dans l'allée en train de regarder une moto cabossée.

— Qu'est-ce que c'est que ce truc ? avais-je demandé.

Il avait souri d'une oreille à l'autre.

— *Ceci* est une Ducati. Les meilleures motos au monde. Elles coûtent plus que ton salaire annuel, normalement. J'ai acheté celle-là pour une bouchée de pain à un type de Waukegan.

— Elle est pourrie.

— Non, ça, c'est juste l'extérieur.

Il avait passé la main sur la suspension avant.

— Ce que tu as devant les yeux est une SuperSport 750, un modèle de 1973. Elle a l'air pourrie parce que le proprio l'a laissé rouiller dans son jardin pendant quinze ans. Je pense qu'il a aussi eu une sorte d'accident, c'est pour ça que la carrosserie est tout éraflée. Mais j'ai l'intention de la réparer.

— Est-ce qu'elle marche au moins ?

— Bien sûr. Le moteur est en parfait état. Je l'ai conduite un peu sur le parking du lycée hier, pour être sûr. L'extérieur est cabossé, mais l'intérieur ronronne comme un chaton.

Je n'avais jamais entendu Adam s'exprimer avec autant de respect dans la voix. Il avait fait le tour de la moto, puis s'était approché de moi tout en continuant à admirer son achat.

— Tu veux faire un tour ?

— Tu rêves.

Il avait ri.

— D'accord. Bon, j'ai eu le contact d'un vendeur de pièces détachées par mon père.

Le père d'Adam était mécanicien et j'avais soupçonné qu'il s'agissait en partie du problème ici.

— Je lui ai déjà parlé, et il veut bien me vendre ce dont j'ai besoin au prix d'usine, et ensuite, j'aurai juste à la peindre. Je pensais à rouge.

J'avais froncé le nez.

— Beurk. Un vrai cliché.

Il s'était renfrogné.

— C'est quoi, ta couleur préférée ?

— Je ne sais pas… Vert ?

— D'accord. Vert alors. Mais pas genre, vert fluo. Vert kaki, viril.

Je n'avais pas pu détacher mon regard de la chose. Au début, tout ce que j'avais pu penser, c'était qu'Adam allait se tuer dans un accident horrible. Puis j'avais commencé à imaginer Adam habillé comme un motard, pantalon en cuir moulant et superbe veste en cuir, la moto ronronnant entre ses cuisses…

J'avais toussé avant de faire un pas en arrière.

— Ça va ? avait demandé Adam.

Oh mon dieu, avais-je pensé. *Adam en cuir de la tête aux pieds.* J'avais senti que je rougissais de partout, parce que cette image allait suffire à me tenir chaud pour les longues soirées d'hiver.

Puis j'avais réalisé qu'Adam me scrutait et j'étais sorti de ma transe.

— C'est une très mauvaise idée.

— J'ai le permis moto. Je conduis avec mes frères depuis quelques années. Ça va être génial. Je te promets que je vais réussir à te mettre sur cet engin un de ces jours et que tu vas adorer.

— Dans tes rêves.

— Ne sois pas si chiant.

Il avait ri et j'avais soupiré.

— Je peux déjà entendre ma mère...

Je m'étais éclairci la gorge et avais tenté d'imiter l'horrible accent de Brooklyn de ma mère :

— Mais Jacob, *bubelé*, tu vas te fracasser le crâne !

Adam avait ricané.

— Pas mal. Mais je promets que quand elle sera réparée, je t'achèterai un casque. Je conduis bien, tu seras parfaitement en sécurité.

Je n'avais pas été vraiment convaincu, mais il avait été difficile de ne pas être emporté par l'enthousiasme d'Adam.

— Tu vas te tuer, avais-je dit.

Mais j'avais eu du mal à réprimer un sourire.

Il m'avait rendu mon sourire et avait pivoté sur ses talons.

— Allez, tu ne trouves pas que les motos c'est sexy ? Je serais trop sexy sur une moto.

Ça avait été de la torture.

— Tu auras l'air moins sexy mort.

— Tu n'es pas drôle.

Il avait passé la main sur le guidon et avait levé le regard vers moi, un sourcil haussé. Il avait été absolument sexy à cet instant, et l'image que j'avais eue de lui, tout habillé en cuir et chevauchant la moto m'avait de nouveau traversé l'esprit. J'avais dû écarter légèrement les jambes, terrifié à l'idée qu'il réalise l'effet qu'il avait sur moi.

Il avait contourné la moto et était venu se mettre à côté de moi. Nous l'avions contemplée ensemble pendant un moment. Puis il m'avait donné un coup de coude dans les côtes.

29

— Penses-y, Jakey, le ronronnement du moteur, le vent dans tes cheveux quand tu accélères, la moto qui vibre entre tes jambes. Ça ne te fait pas envie ?

— Je ne sais pas.

Il avait passé un bras autour de mes épaules.

— Ça va être génial, je te promets.

ÇA AURAIT pu être romantique si la chambre 1126 avait été une suite chic en duplex, mais il s'agissait juste d'une chambre banale située au milieu de l'hôtel. Cela dit, même le couloir qui menait à la chambre d'Adam était bien plus luxueux que l'intérieur de tous les hôtels où j'avais pu aller auparavant.

Je restai devant la porte, le regard braqué sur les chiffres pendant cinq bonnes minutes avant de lever la main pour toquer. Même là, je fis presque demi-tour pour courir vers l'ascenseur six fois. Cela avait été comme ça toute la journée. À un moment, je jurais que je n'avais rien à dire à Adam et aucune raison d'aller le voir, mais cinq minutes après, je me sentais bizarrement obligé d'aller au moins l'écouter. Malgré toute ma colère et ma douleur, il me manquait toujours. J'étais allé dans un bar après le boulot, pour tenter de décider si je devais aller le voir ou pas, et l'alcool avait surtout servi à affaiblir ma résolution, en tout cas assez pour que je puisse faire ce que j'avais de toute façon voulu : aller le voir à son hôtel.

Je frappai et il ouvrit. Son visage s'éclaira.

— Jake !

— Salut Adam.

Il s'écarta de la porte et me fit signe d'entrer.

— Je ne pensais pas que tu viendrais, dit-il.

— Moi non plus.

Il sourit d'un air suffisant et à cet instant il ressemblait tellement au garçon dont je me souvenais... Mais nous étions quasiment des inconnus maintenant, me rappelai-je.

— Eh bien, maintenant que tu es là, tu veux du café ? Ou quelque chose d'autre ? On pourrait inaugurer le minibar.

Je secouai la tête.

— Écoute, je suis juste venu parce que tu as dit que tu voulais mettre les choses au clair. J'ai bu pas mal de whisky avant de prendre le métro jusqu'ici, et ça m'a apparemment convaincu que te voir était une bonne idée. Mais maintenant que je suis là, j'ai plutôt l'impression que ça ne l'est pas. Donc dis-moi juste ce que tu as à dire, et ensuite je rentre.

Les mots s'échappèrent de ma bouche à toute vitesse.

— Respire, Jakey.

— Qu'est-ce que tu veux, au juste ?

Il détourna le regard et se mit à arpenter la pièce.

— Et bien, je pensais que l'on pourrait redevenir amis, pour commencer.

— Tu te fous de ma gueule ?

Ma phrase retentit dans la chambre et resta suspendue dans l'air pendant un moment. Ou peut-être qu'il s'agissait juste de mon imagination. Tout se figea. Puis Adam se frotta la tête et recommença à arpenter la pièce.

— Je suis très sérieux, au contraire. Je sais que j'ai fait des erreurs…

— Des erreurs ? Tu veux dire que disparaître pendant cinq ans était juste une erreur ?

— … et je sais que tu es toujours en colère contre moi. Peut-être que cela va prendre du temps pour réparer les dégâts. Mais on se connaît depuis qu'on est gamins, Jake. Tu ne peux pas juste tirer un trait là-dessus.

— Peut-être que tu aurais dû y réfléchir avant de tirer *toi-même* un trait dessus.

Je tendis la main vers la porte, me disant qu'il valait mieux partir avant de m'énerver encore plus. Cela avait été une erreur de venir, je le voyais maintenant. Je ne savais pas ce que j'attendais de lui, mais il était clair que rien n'avait changé.

— C'est trop tard, Adam. Je ne suis plus le petit Jakey Isaacson. J'ai grandi. Tout est différent maintenant. Tu ne peux pas juste t'attendre à ce que je laisse tout tomber pour toi comme avant.

— Dis-moi pourquoi c'est trop tard. Je sais que tu ressens toujours quelque chose pour moi, sinon tu ne serais pas venu jusqu'ici.

C'était donc de ça qu'il s'agissait ?

— Peut-être que je voulais juste pouvoir tourner la page.

— Peut-être que c'est moi que tu veux.

— Va te faire foutre, Rosie.

Il pâlit en entendant le surnom. J'avais arrêté de l'appeler comme ça lorsqu'il me l'avait demandé, des années plus tôt. À ce moment, je voulais qu'il ressente tout ce qu'il représentait, pour moi et pour lui.

Mais il avait l'air tellement décontenancé que je ne pus m'empêcher de m'excuser.

31

— Je suis désolé, mais c'est trop tard pour nous.

— Pourquoi ?

— Parce que tu nous as abandonnés !

Ma colère se déversa comme une avalanche dans mon corps.

— Parce que tu t'es juste barré un jour sans dire à personne où tu allais. Parce que ça fait cinq ans et que des choses se sont passées, des choses me sont arrivées, et tu n'étais pas là. Parce que tu ne fais plus partie de ma vie maintenant. Parce que tu as *choisi* de partir.

C'est à ce moment-là que je craquai. Mes genoux se dérobèrent et ma colère se dissipa comme si elle n'avait attendu qu'une chose : que je dise ces mots. Adam me regardait, mais je n'arrivais pas à déchiffrer l'expression de son visage. Ses yeux étaient écarquillés et ses lèvres pincées. Je le trouvais absolument impénétrable. Je m'assis sur le bord du lit et lui avouai une dernière chose :

— Parce que j'ai passé cinq ans à me demander ce qu'il y avait de si horrible à m'embrasser pour que tu te sois senti obligé de fuir.

V

NOUS ÉTIONS au milieu de la vingtaine lorsque j'arrêtai de l'appeler Rosie.

La soirée avait commencé comme de nombreuses autres auparavant, lorsqu'Adam m'avait convaincu de monter sur la Ducati. J'avais été terrifié les premières fois où nous étions allés rouler, mais j'avais aussi trouvé cela excitant. J'avais lutté quelque temps, mais à l'idée de m'asseoir derrière lui, nos corps à peine séparés par quelques centimètres, je n'avais plus pu résister. J'avais souvent dû me coller à lui et me tenir à sa taille pendant que nous roulions, en partie parce j'avais été terrifié à l'idée de m'envoler de la moto, et en partie parce que j'aimais juste le toucher.

Cette nuit-là, nous avions roulé jusqu'à un petit parc près d'O'Hare. La fascination d'Adam pour toutes les machines était un élément clé de cette destination particulière. Il aimait s'allonger sur l'herbe et regarder les avions atterrir. Il annonçait le constructeur et le modèle de tous les avions qui passaient au-dessus de nous et essayait de m'apprendre un peu de physique, mais je m'en fichais un peu. J'aimais surtout être allongé sur l'herbe à côté de lui et l'écouter parler.

Il avait été au milieu d'une explication sur la capacité des réservoirs du DC-10 qui venait de se poser devant nous, lorsque mon esprit s'était mis à vagabonder. J'aimais son enthousiasme, parce qu'à ce moment-là j'avais déjà commencé à sortir avec David et Adam était souvent maussade. Mais ce soir-là il avait été de bonne humeur, jacassant sans discontinuer tandis que j'avais joué le rôle de public captivé. C'était vraiment bien, avais-je pensé, que les choses soient de nouveau comme quand nous étions petits, qu'Adam soit de nouveau là comme avant David, comme avant que j'aie fait mon coming out et que j'aie tout fichu en l'air entre nous.

Adam avait levé le bras et avait jeté un coup d'œil à sa montre.

— On devrait probablement rentrer, avait-il dit. J'ai vingt-quatre ans et ma mère pense que j'ai toujours besoin d'un couvre-feu.

— J'ai dit à ma mère que je montais en moto avec toi. Elle m'a dit de mettre un casque et de te dire de ne pas rouler trop vite.

— Tu aimes quand je roule vite, avait-il ri.

— C'est pour ça que je ne t'ai pas dit de ne pas le faire.

Nous nous étions levés tous les deux et nous nous étions regardés. Pendant un instant, ça avait été comme si, étrangement, les mots que nous venions d'échanger avaient été remplis de sous-entendus, alors que nous n'avions fait que dire la vérité. À l'époque, nos parents n'avaient pas de soucis à se faire en ce qui nous concernait. Je mettais toujours un casque lorsque je montais sur la moto d'Adam. Ce n'était pas une métaphore pour du sexe protégé. Mais nous avions tous les deux compris en cet instant flottant que cela aurait pu être le cas.

Il s'était éclairci la gorge et s'était retourné vers la Ducati.

— David va bien ?

— Ça va.

— Il n'est pas jaloux quand tu me vois ?

Il était de dos, mais lorsqu'il avait posé la question, il avait légèrement tourné la tête et m'avait regardé du coin de l'œil.

— Non, avais-je dit, omettant sciemment de préciser qu'il n'était pas jaloux parce que je ne lui en parlais pas.

David donnait un cours ce soir-là.

— Oh.

— Enfin… pourquoi serait-il jaloux ? On est juste amis.

— Évidemment.

Adam m'avait lancé mon casque. Je l'avais attrapé et l'avait tourné entre mes mains.

— Ça ne t'intéresse pas vraiment de savoir comment va David, hein ? avais-je demandé.

Il avait haussé les épaules et avait enfourché la moto.

— C'est ton copain non ? Ça me concerne.

— Pourquoi ?

Il s'était détourné.

— Pour la même raison que pour Maggie.

Je ne l'avais pas cru mais j'avais décidé de ne pas poser trop de questions. Je n'avais pas voulu briser le fragile équilibre que nous avions atteint. J'avais marché vers la Ducati, me préparant à grimper et à rentrer à la maison.

— Je vais te dire la même chose que j'ai dite à Ox. Ça me concerne, mais je ne veux rien savoir sur votre vie sexuelle. Surtout *ta* vie sexuelle. Beurk.

— Ta gueule, Rosie.

J'avais fait mine de monter sur la moto, mais m'étais rendu compte qu'il s'était figé. J'avais attendu un instant, pour voir s'il allait respirer, mais au lieu de ça ses doigts s'étaient crispés sur le guidon si fort que ses phalanges avaient blanchi.

— Qu'est-ce qu'il y a ? avais-je demandé.

— Ne m'appelle pas comme ça.

— Comme quoi ?

Je n'avais réellement eu aucune idée de ce dont il voulait parler.

— Tu sais bien. Ce surnom.

Cela m'avait pris un moment pour réaliser. Je ne l'avais pas fait volontairement. 'Rosie' était juste sorti de ma bouche, comme il le faisait depuis dix ans.

— Désolé, je n'ai pas réfléchi.

— Eh bien, la prochaine fois, réfléchis ! C'est un nom *de fille.* C'est déjà insupportable qu'Ox et Longo m'appellent comme ça, mais *toi*, Jakey ? Toi surtout, tu devrais comprendre pourquoi je ne l'aime pas. Alors s'il te plaît… Je ne peux pas empêcher Longo, mais toi au moins tu peux arrêter de m'appeler comme ça, d'accord ?

— D'accord, avais-je dit.

J'étais monté sur la moto et avais mis mes mains autour de sa taille, mais à ce moment-là, il y avait eu entre nous un malaise qu'avait trahi son corps rigide.

— D'accord, *Adam.*

— Merci. Paré ?

— Ouais.

Il avait fait vrombir le moteur et nous avions démarré en trombe. J'avais alors cessé de l'appeler Rosie.

DANS SA chambre d'hôtel, il me regarda, les yeux écarquillés par la surprise et la confusion.

— Quoi ? dit-il.

35

Il se tenait devant moi, à quelques mètres du lit. J'étais assis sur ce qui était, franchement un couvre-lit vert absolument hideux et il se penchait sur moi. Je me sentais intimidé.

Mais je continuai à parler.

— Tu m'as embrassé.

Je mimai la chose en pressant mes paumes l'une contre l'autre.

— Puis tu t'es enfui.

Je laissai retomber mes mains sur les côtés.

— Il est clair que m'embrasser a dû être une expérience horrible.

Il me regarda fixement pendant un long moment avant de s'exclamer :

— Hein ? Non, non, bien sûr que non ! Oh mon dieu, c'est vraiment ce que tu penses ?

Il s'accroupit sur le sol à mes pieds.

— Non, c'était loin d'être horrible. C'était sans doute le baiser le plus incroyable de toute ma vie.

Ça n'avait pas de sens.

— Alors pourquoi tu es parti ?

— J'ai paniqué.

Il se tortilla un peu, jusqu'à être à genoux. Il avait l'air si imposant. Il était large d'épaules, massif, et présent d'une façon que je n'avais pas expérimentée depuis si longtemps… C'était le vrai Adam et pas le souvenir éthéré que j'en avais gardé.

J'eus l'impression qu'il m'avait donné le contrôle de la situation en me laissant m'asseoir sur le lit au-dessus de lui. Mais j'attendais tout de même une explication.

— Je ne sais même pas pourquoi je l'ai fait, en fait, finit-il par dire. Je suppose que j'étais curieux, mais ça a confirmé les choses pour moi. Et puis il y a eu cette énorme dispute avec ma mère, donc il y avait plein de choses en même temps. J'avais eu cette offre de boulot en Californie, et j'étais en panique, tout était en train de partir en vrille… Alors j'ai accepté le job et j'ai décidé de repartir à zéro. Voilà ce qui s'est passé. Il n'y avait rien d'horrible à t'embrasser, bien au contraire.

J'avais du mal à comprendre ce qu'il me disait. Je m'étais accroché pendant si longtemps à ma propre interprétation des choses que je ne pouvais pas admettre la sienne.

— Qu'est-ce que ça a confirmé ? Qu'embrasser ton meilleur ami était une erreur ?

— Non, je…

Il ferma la bouche et secoua la tête.

— Je n'étais pas prêt, je suppose. J'avais encore plein de choses à mettre au clair.

— Et tu as réussi à les mettre au clair pendant ces années où tu es parti ?

Il se mordit les lèvres et me regarda.

— Oui.

— Et qu'est-ce que ça donne ?

Il mit ses mains sur mes genoux.

— Je crois que tu le sais.

— Je veux que tu le dises, Adam.

Il ferma les yeux.

— Je suis gay.

Je ne voulais pas que ces mots fassent s'emballer mon cœur dans ma poitrine. Je ne voulais pas que ma peau picote à l'endroit où il avait posé ses mains. Je ne voulais pas être excité par son odeur. Je ne voulais pas que la proximité de nos corps me fasse frissonner. C'est pourtant ce qui arriva.

Je pris une grande inspiration. Je vis une goutte de sueur descendre de la naissance de ses cheveux vers son nez. Tout semblait aller au ralenti.

— Et donc ? demandai-je doucement. J'ai prouvé que tu étais gay ?

— Eh bien, je m'en doutais depuis un certain temps, forcément, mais…

D'un seul coup, je me sentis envahi par la fureur.

— Tu as traversé la rue pour trouver le premier pédé possible et tester ta théorie ? Tu m'as embrassé pour te le prouver et ensuite tu t'es barré pour t'envoyer en l'air avec la moitié de la Californie ?

Il recula brusquement.

— Non ! Bien sûr que non ! Tu ne comprends pas ? J'avais des sentiments pour toi, alors j'ai fait le premier pas, mais ensuite j'ai paniqué.

— Est-ce que tu as la moindre idée de ce que tu m'as fait ? De ce qui s'est vraiment passé ? Tu es arrivé et tu m'as embrassé, et j'ai pensé *'oh mon dieu, enfin ! Adam est venu vers moi, et il veut être avec moi, et tout va pour le mieux dans le meilleur des mondes !'* J'étais amoureux de toi depuis tellement longtemps. Est-ce que tu le savais ?

— Non, je ne savais pas.

— Tu sais ce que j'ai fait après que tu m'aies embrassé, ce jour-là ? J'ai rompu avec David. J'ai pris le train pour aller en ville et j'ai rompu. C'était affreux, on s'est disputé et on a pleuré, et c'était juste horrible. Je l'ai vraiment blessé et ça n'était pas ce que je voulais. J'avais vraiment des sentiments pour lui, mais j'étais persuadé d'avoir pris la bonne décision. Je croyais que tu m'avais embrassé parce que tu voulais être avec moi, qu'on aurait une vie géniale ensemble. Mais quand je suis arrivé chez toi le lendemain, tu n'étais plus là. Ta mère a refusé de me dire où tu étais, juste que tu étais parti et que tu ne voulais plus jamais me voir. Et ensuite elle m'a claqué la porte au nez !

Il eut au moins l'air de s'en vouloir.

— J'ai été muté.

— C'est ça, ouais.

— Tu as vraiment rompu avec David pour moi ?

— Et qu'est-ce que j'étais censé faire d'autre ? Je pensais que tu voulais être avec moi. J'avais tellement voulu que ça arrive, et apparemment tu en avais enfin envie, et je voulais en profiter. Mais je ne pouvais pas tromper David. Il méritait mieux que ça.

Il méritait mieux que moi, pensai-je. David était un mec bien qui méritait mieux qu'un copain qui serait toujours à moitié amoureux d'un autre.

Il recula légèrement.

— Je voulais être avec toi, mais je n'étais pas prêt. Ça me tue de t'avoir fait autant de mal. Ça n'a jamais été ce que je voulais, et je sais que j'ai été égoïste, mais je n'étais pas émotionnellement prêt à avoir une relation avec un autre homme. Je n'étais juste pas prêt… Notre baiser, c'était la première fois que je faisais *quoi que ce soit* avec un mec, et j'ai tout de suite paniqué.

— Tu voulais sortir avec moi ?

Je tentais de rester en colère, mais plus il se rapprochait de moi, plus il m'avouait de choses, et plus ma rancœur se dissipait.

— Bien sûr que oui !

Il se pencha légèrement jusqu'à ce que ses paumes s'appuient sur mes cuisses. Son odeur était absolument fantastique et faisait des courts-circuits dans mon cerveau. Je dus me forcer à me concentrer sur ce qu'il disait.

— Oh, Jake, tu ne comprends pas ? Je t'ai embrassé parce que j'en mourrais d'envie, et c'était encore mieux que tout ce que j'aurais pu imaginer. Mais ensuite tout est parti en vrille avec ma famille. Ça ne vaut pas vraiment la peine d'en parler, mais…

— Qu'est-ce qui s'est passé ?

Il se tortilla un peu. Visiblement, il ne voulait pas en parler. Mais j'avais besoin de comprendre. Je me penchai en avant lorsqu'il continua à se taire.

— Ma mère… elle…

Il fronça les sourcils.

— … elle nous a vus. Nous embrasser.

— Hein ?

— Ce n'est pas comme si elle m'avait jeté dehors, ou quoi. Mais elle savait que l'on m'avait proposé le job en Californie, et elle m'a poussé à le prendre. Elle pensait que tu avais une mauvaise influence sur moi. Dès qu'elle avait appris que tu étais gay, déjà, elle m'avait dit que je devrais arrêter de te voir. Je ne pouvais pas faire ça, bien sûr. Mais après, je ne sais pas… Je pensais que si je gardais mes distances tout irait bien, mais il commençait à y avoir des choses entre nous et… euh… Je devais t'embrasser, je ne *pouvais pas* ne pas t'embrasser. Je sais que ça n'a pas de sens mais…

Il était si près de moi que j'en avais du mal à réfléchir, comme s'il était un appareil électronique qui cause des interférences. Je savais qu'il était en train de me dire quelque chose d'important, mais sautais sur la partie qui ressortait pour moi.

— Tu voulais m'embrasser.

— C'est ce que je suis en train de te dire. Je voulais t'embrasser depuis des mois. Et maintenant que tu es là, j'ai vraiment envie de recommencer.

— C'est pour *ça* que tu m'as demandé de venir ?

— Je voulais vraiment parler.

Il se pencha encore un peu plus.

Ses lèvres étaient *juste là*, devant moi, et avaient l'air tellement parfaites pour embrasser.

— Parler d'embrasser.

— Eh bien…

Je posai ma bouche sur la sienne. Quelque chose explosa dans mon cerveau. Nos lèvres se joignaient parfaitement, comme si nous étions faits pour nous embrasser. Il se laissa aller dans mes bras presque immédiatement. Sa bouche s'ouvrit et son corps se relâcha, s'appuyant sur mes jambes. Je mis mes mains en coupe autour de son visage et tout à coup je remarquai le moindre détail : la douceur de ses joues fraîchement rasées, la chaleur de sa peau, le parfum piquant de son after-shave. Il avait un goût à la fois doux et métallique.

Il fit remonter ses mains le long de mes cuisses tandis que nous nous embrassions. Elles effleurèrent mes hanches et vinrent se poser autour de ma taille. J'ouvris les jambes pour l'attirer plus près. J'avais *besoin* de l'avoir près de moi, comme l'air que je respirais. Il se pressa contre moi et ses lèvres descendirent vers mon menton, et il commença à embrasser et mordiller ma mâchoire.

À un moment, je ne me souvins plus des cinq années qu'il avait manquées, mais plutôt d'à quel point *lui* m'avait manqué. Il m'avait manqué en disparaissant, mais ce qui m'avait surtout manqué, c'était la chance de le tenir dans mes bras. J'avais manqué l'opportunité de lui faire comprendre à quel point je l'aimais, à quel point je serais un copain parfait pour lui, à quel point nous serions bien ensemble. Puis cela changea encore lorsque ma libido prit le dessus et que mon cerveau se fit un peu plus embrumé. Il n'y avait plus que ce type incroyablement sexy entre mes bras, son corps pressé contre le mien, ses lèvres sur ma peau, mordillant mon cou. Il n'y avait plus que ces odeurs qui me montaient à la tête, l'harmonie créée par nos gémissements, notre peau, notre sueur.

Je pris son visage dans mes mains et ramenai ses lèvres sur les miennes, et nos baisers se firent pleins d'un désir brûlant. Il fallait que je l'aie tout contre moi, j'avais besoin de sa peau contre la mienne. Je défis donc les boutons de sa chemise et la lui ôtai, ainsi que le tee-shirt qu'il portait en dessous. Une fois fait, je me reculai légèrement afin de le voir plus clairement.

Il était magnifique. C'était difficile de faire le lien entre l'adolescent maigrelet que j'avais connu et le corps que j'avais en face de moi. Il avait commencé à se muscler au début de la vingtaine, mais là, ce n'était plus vraiment le même registre. Il avait un corps ciselé par des heures en salle de musculation, et des poils bruns recouvraient légèrement son torse. Je passai les mains sur ses tétons et pliai mes doigts afin d'apprécier la texture de ses poils.

Je l'embrassai, le touchai et tentai de me rappeler à quoi ressemblait son corps à l'époque, les fois où je l'avais vu nu. Nous nous étions changés l'un devant l'autre des dizaines de fois, et nous avions pris des douches communes après l'entraînement pendant tout le lycée. Mais j'avais passé la majorité de ce temps à me concentrer pour ne pas avoir d'érection et je n'avais jamais réellement osé regarder les autres garçons, et encore moins Adam, qui était si souvent un objet de fantasmes.

Je décidai que cela n'était pas important et me concentrai sur l'homme en face de moi. Je reculai sur le lit et l'attirai contre moi. Il me retira mon tee-shirt et glissa ses mains sur mon corps, ma peau s'éveilla et se mis à frissonner sous ses doigts.

— Jakey, murmura-t-il en me faisant m'allonger sur le lit. Jake… Oh mon dieu, Jake, tu es tellement beau.

L'émerveillement et le désir dans sa voix furent ma perte. J'agrippai sa peau, tentai de l'attirer plus près, mais il résista. À la place, il se leva. Je restai allongé sur le lit et le regardai. Il défit son pantalon et le laissa tomber par terre, puis ôta ses chaussettes. Le tissu de son slip était tendu par son sexe en érection, qui semblait impressionnant. Mon souffle se coupa.

Il se pencha sur moi et tira sur mon pantalon pour me le retirer. Puis il fut sur moi, nos corps pressés l'un contre l'autre, les poils de sa poitrine caressant ma peau. Je savourai la texture de sa peau, alternativement douce et rugueuse, passant mes mains sur le moindre centimètre carré accessible, faisant battre mon sang dans mes veines et monter de lentes vagues de plaisir en moi. Je dus crier, car il me fit taire en m'embrassant à nouveau.

C'était merveilleux, mais je voulais plus. Je plongeai la main dans son boxer et attrapai ses fesses. Elles étaient fermes, lisses et parfaites. Je fus encore une fois impressionné de voir à quel point son corps était musclé et fort, tellement différent de mes souvenirs. Non pas que j'aie jamais eu l'occasion de le toucher comme ça à l'époque. D'ailleurs, je crois que j'étais encore sous le choc de réaliser je n'allais pas coucher avec un mec quelconque, mais avec *Adam*. Cependant, les souvenirs que j'avais de lui étaient différents. Je me rappelai un mec beaucoup plus mince, et troublé, un adolescent mal dans sa peau.

Toute capacité de raisonnement logique finit bientôt par s'envoler, car Adam réussit à glisser une main entre nous deux et commença à caresser mon sexe à travers mon boxer. Je décidai que j'en avais assez de ces vêtements à la noix, et bougeai la main pour faire glisser son slip. Il y eut un instant maladroit où je sentis ses coudes et ses genoux tandis qu'il se trémoussait, puis tout rentra dans l'ordre et nous nous retrouvâmes l'un contre l'autre, enfin nus. Il était au-dessus de moi et j'étais parfaitement d'accord pour lui laisser faire tout ce qu'il voulait.

Ensuite, tout devint flou. Dans ce brouillard je touchai, sentis, caressai, explorai. Je glissai mes doigts partout où je pouvais : sur ses tétons, ses hanches, ses cuisses, ses fesses. J'écartai mes jambes pour l'attirer un peu plus près. En vérité, je voulais l'avoir à l'intérieur de moi, mais j'avais une envie de lui tellement frénétique que je n'aurais pas supporté de m'arrêter assez longtemps pour le genre de préparation nécessaire. Au lieu de ça, je remuai les hanches jusqu'à ce que nos sexes se retrouvent l'un contre l'autre, et *enfin* nous y fûmes. Nous nous frottions, nous agrippions, haletants et gémissants.

Adam laissa échapper une bordée de jurons et de grognements, et il gémit mon nom plusieurs fois.

— Putain, je vais bientôt... murmura-t-il.

Je n'avais jamais entendu sa voix comme ça, et cela fit monter la tension pour moi. Ses mots me surprirent jusqu'à ce que je sente le bout de son pénis frotter contre mon propre sexe, et les picotements s'intensifièrent. Ma peau semblait chanter, nous courions vers le précipice... Il laissa échapper un grognement et je sentis son sexe pulser, puis l'humidité sur mon ventre. Je voulais voir son visage, alors je le repoussai légèrement, et nos regards se croisèrent. Il était complètement en transe, et j'en fus bouleversé. Son corps vibrait contre le mien, mettant mon âme absolument à nu.

Il enroula ses doigts autour de mon sexe et le caressa, pas trop fort.

— Jouis pour moi, Jake. Je veux te voir lâcher prise.

Je me cambrai en donnant un coup de hanches, et j'éjaculai. Ce fut comme si je m'étais pris un flash dans la figure. Je ne pouvais plus rien voir mais je sentais parfaitement le corps d'Adam contre le mien, et il continua à me caresser pendant mon orgasme. À la fin, j'attrapai ses cheveux pour le ramener près de moi. Je l'embrassai comme un perdu, forçant ma langue dans sa bouche. Je voulais le remercier de m'avoir donné ce plaisir, mais aussi juste d'être Adam.

Il me tint dans ses bras un moment pendant que nous reprenions notre souffle, allongés au milieu du lit. Il resta silencieux, ce qui me laissa tout le loisir de laisser vagabonder mes pensées. Est-ce que j'avais déjà parlé sérieusement de sexe avec Adam ? J'étais sûr que nous avions échangé des plaisanteries graveleuses, ou des racontars, ou que nous avions parlé de sexe de manière abstraite. Mais le sujet bien réel de la sexualité d'Adam avait toujours été tabou. Et pourtant, il venait d'éjaculer contre moi. Nous venions de partager un orgasme, et j'étais enroulé autour de son corps nu. Je ne comprenais plus rien.

— J'ai une idée, dit-il, interrompant mes pensées désordonnées.

— Oui ?

— Étant donné qu'on est franchement collants, pourquoi ne prendrait-on pas une douche rapide avant de commander à manger au service d'étage ? Tu as dîné ?

— Non.

— Super. Il paraît que le restaurant de l'hôtel propose de très bons steaks. Ça te dit ?

Mon estomac gargouilla en réponse. Nous rîmes tous les deux.

— Ça me semble génial, Adam.

Il s'appuya sur un coude et me sourit.

— Viens, on va se laver.

Il se leva et parut sauter hors du lit. Il me tendit une main. Je la saisis.

VI

LORSQUE NOUS étions en première année de lycée, notre équipe de baseball avait atteint les championnats d'État, ce qui voulait dire que nous avions été assez bons pour que des chasseurs de têtes commencent à s'intéresser à nous.

Je n'avais pas particulièrement envie de jouer au baseball après le lycée. J'aimais jouer, et j'étais assez bon, mais je voyais ça comme un passe-temps. Kyle m'avoua un jour qu'il pensait la même chose. Brendan eut une période où il était convaincu qu'il parviendrait à devenir pro, mais au fond je suspectais que ce qu'il voulait vraiment, c'était rester en banlieue et travailler pour son père. Adam, cependant, avait pris les chasseurs de têtes au sérieux. Ce n'était pas tellement parce qu'il pensait pouvoir faire carrière en tant que joueur de baseball professionnel, mais parce qu'obtenir une bourse pour jouer au baseball pourrait le faire aller à l'université. Après avoir financé les études de quatre enfants, dont le dernier, Danny, n'était qu'en première année, les Boughton n'étaient pas sûrs d'avoir assez d'argent pour payer celles d'Adam.

Ce dernier prenait donc le baseball très au sérieux et s'entraînait aussi souvent qu'il le pouvait. C'est pour cette raison que nous étions au tunnel de frappe ce soir-là, en train de travailler nos swings. Ou plutôt, Adam était en train de s'entraîner. Je m'étais très vite lassé des balles que la machine me lançait, donc la plupart du temps, je m'appuyais sur le grillage arrière et critiquait ce qu'Adam faisait.

— Ton coude gauche est trop haut, avais-je dit.

— N'importe quoi, avait-il répondu en remuant le coude. C'est comme ça que Ken Griffey Jr. frappe. Tu as vu le homerun de malade qu'il a fait contre les Sox la semaine dernière ?

— Non.

La machine avait vomi une balle en direction d'Adam et il l'avait frappé. En match, son swing aurait envoyé la balle au sol en plein milieu du terrain. Il avait grogné et avait légèrement ajusté sa posture. La balle suivante était passée en sifflant juste à côté de lui et avait frappé la clôture à dix centimètres de moi. Il avait encore un peu changé sa position et cette fois-ci, il avait baissé le coude gauche. La balle avait heurté sa batte avec un bruit sec et s'était envolée comme une fusée avant d'être prise dans le filet.

Adam avait fait une petite danse de la victoire et avait imité les hurlements de la foule en délire, avant d'ajouter d'une voix de commentateur sportif :

— Boughton frappe, et la balle monte, monte, et Boughton fait un grand Chelem !

— Je te l'avais dit. Tu vois ce qui se passe quand tu descends ton coude ?

— Oh, ta gueule.

Il s'était remis en position. Cette fois-ci, sa posture avait l'air bien meilleure. Il avait frappé deux des trois balles suivantes.

— C'est dommage que la machine ne lance pas de balles courbes, avait-il dit une fois qu'il avait pris le coup.

Sa frappe suivante avait été dévastatrice, il avait envoyé la balle très loin dans le filet.

— Je pense que c'est bon maintenant. Ta position, je veux dire. Ça a l'air bon.

Il s'était retourné vers moi. Nos yeux s'étaient brièvement croisés. À l'époque, je pensais que j'avais imaginé l'électricité qui était passée entre nous. Il avait éteint la machine.

— Ça ne peut pas être juste bon, avait-il dit. Ça doit être parfait. Il y aura des chasseurs de têtes lors du match de mardi.

— Tu crois ?

— Ouais, l'entraîneur me l'a dit. C'est quasiment certain. Au moins le type d'Urbana.

— Tu veux aller à Urbana ?

— J'irai n'importe où du moment qu'ils m'acceptent.

— Mon père pense que je devrais envoyer ma candidature à l'université du Michigan ou de l'Iowa. Une fac avec un bon programme scientifique.

— Tu devrais.

— Il y a un bon programme à l'université de l'Illinois.

Il avait pris une batte et l'avait regardée.

— Qu'est-ce que tu veux dire ?

— On pourrait aller à la même université, crétin. On pourrait, je ne sais pas, partager une chambre ?

S'était ensuivi un long moment de malaise, où Adam avait semblé se figer, comme l'air autour de nous. Finalement, il avait toussé.

— Je ne sais pas, avait-il dit. J'ai entendu dire que quand des amis partagent la même chambre, ils finissent par se détester.

— Je ne crois pas que ça nous arriverait.

Il avait posé la batte contre la clôture.

— Je préférerais ne pas tester.

Il avait saisi une balle et avait contourné la clôture.

— Viens, on va s'entraîner à lancer et attraper.

— Adam, je suis fatigué. Viens, on va chez Mama prendre une pizza au fromage.

— Tu es un vrai pleurnichard.

Il avait ri et m'avait lancé la balle. Je l'avais attrapée facilement, puis avait levé les yeux au ciel en ramassant mon gant.

— En tant qu'avant-champ, il faut qu'on maîtrise ça. On doit pouvoir bouger comme un seul homme, pour être efficace, il faut qu'on arrive à communiquer silencieusement…

— N'importe quoi, ouais.

Je lui avais lancé la balle et il l'avait attrapée dans son gant.

— Tu crains.

Ça avait été à mon tour d'attraper son lancer.

— C'est pour ça que tu m'aimes.

Je lui avais tiré la langue. Il m'avait lancé un regard indéchiffrable, tête penchée sur le côté et sourcil haussé.

— Ouais, c'est ça. Allez, envoie-moi la balle, avait-il dit en levant sa main gantée.

Il avait fini par obtenir cette bourse pour l'université de l'Illinois. Je ne sais pas comment il avait réussi à jouer au baseball et à terminer une licence d'informatique avec mention, mais il l'avait fait. Finalement, j'avais choisi l'université du Michigan plutôt que celle de l'Iowa. Je m'étais dit qu'il y aurait plus d'étudiants gays là-bas, ou qu'il y aurait moins de campagnards du fond de l'Iowa pour se moquer de moi. Être séparé d'Adam avait été horrible et il m'avait beaucoup manqué, même si nous nous envoyions des e-mails et parlions au téléphone fréquemment. Mais je pense qu'avoir été séparé de lui m'avait donné une autre perspective. Ne pas être avec lui m'avait donné une liberté que je n'aurais probablement pas expérimentée autrement. Je ne pouvais pas l'attendre pour commencer à vivre, après tout.

LE LENDEMAIN de ma nuit avec Adam, je passai la soirée avec Kyle dans un bar près de son bureau. Nous étions assez proches de Millennium Park pour que des touristes se déplacent en troupeau le long des trottoirs. Je les regardais à travers la vitrine du bar et tentais de décider si je devais parler à Kyle de ce qui s'était passé avec Adam.

Nous étions en train de parler de la pluie et du beau temps lorsqu'une voix de femme s'exclama derrière nous :

— Kyle Longo !

Nous nous retournâmes au même moment. Une blonde avec des gros seins marchait vers nous.

— Ouah, dit-elle. Ça fait un bout de temps que je ne t'ai pas vu ! Comment ça va ?

Elle posa une main sur le bar et se pencha vers lui, s'approchant légèrement afin de lui donner le meilleur point de vue sur son ample décolleté. Le regard de Kyle s'égara dessus pendant qu'il répondait :

— Oh salut… Toi.

Ils discutèrent quelques instants avant qu'elle glisse un morceau de papier avec son numéro de téléphone dans la poche de sa chemise.

— On devrait recommencer un de ces jours, dit-elle d'une voix basse et rauque.

Elle lui tapota la poitrine avant de retourner en sautillant d'où elle était venue.

Lorsqu'elle eut disparu, Kyle me fit un grand sourire.

— Tu sais, dis-je. Je commence à croire que la seule raison pour laquelle tu penses que tu es bisexuel, c'est que tu as fait le tour de toutes les femmes.

Kyle fronça les sourcils.

— Tu ne me crois pas quand je dis que je suis bisexuel ? Parce que j'ai couché avec quelques mecs. Pas autant que toi probablement, mais…

Je levais les yeux au ciel.

— Franchement, Longo. J'apprécie ton sens de l'aventure en ce qui concerne le sexe, mais au bout du compte, est-ce que tu ne préférerais pas rentrer chez toi avec une femme ?

— Bien sûr. Pas toi ?

— Non.

Il haussa les sourcils.

— Non ? Même pas un peu ?

Je pris une gorgée de bière.

— Je suppose que ma vie serait plus facile. Ça aurait évité bien du chagrin à ma pauvre mère. Mais au bout du compte ? Je préfère cent fois du poil sur la poitrine et un pénis.

Il rit.

— D'accord.

— En plus, ce n'est pas toi qui es toujours en train de dire à quel point ce serait plus facile de sortir avec un homme ?

— Eh bien, j'imagine que ce serait sans doute comme ça…

Il agita vaguement la main entre nous.

— … mais avec du sexe.

— C'est un peu plus compliqué que ça.

— Ah bon ? Pourquoi ?

Je n'arrivais pas à savoir s'il était en train de plaisanter, mais il semblait que non. Je ne savais pas non plus comment lui expliquer.

— Je ne sais pas. C'est juste plus compliqué. Il y a des tonnes de différence entre une amitié et une relation amoureuse. Il y a de l'amitié bien sûr, mais aussi du romantisme, de l'émotion et, je ne sais pas… d'autres choses. Tu n'as pas d'amies femmes avec qui tu n'as pas couché ?

Il plissa les yeux dans ma direction.

— Ce n'est pas un concept que je connais. Des femmes avec qui je ne couche pas ?

— D'un seul coup je comprends pourquoi aucune de tes relations n'a duré, grognai-je.

Il sourit et me donna une tape dans le dos.

Au deuxième verre, nous étions en train de regarder le match de baseball sur la télé au-dessus du bar. Kyle trouvait le lanceur des White Sox impayable car il se dandinait d'une façon bizarre juste avant d'envoyer la balle au batteur.

— Ce que je n'aime pas chez ce type, dit-il en tendant son verre vers la télé, c'est qu'il est super doué, mais il lance d'une façon défensive. Franchement, il est capable de lancer une balle à 150 km/h qui passerait direct sous le nez du mec, on est d'accord ? Ou une balle courbe, ou à changement de vitesse, n'importe. Au lieu de ça, il fait des petits lancers dans le coin droit. C'est sûr que ça déstabilise un batteur, mais c'est un coup bas, tu vois ?

Je n'étais pas vraiment concentré sur le jeu. J'étais un fan absolu des Cubs, ce qui fait que j'étais un peu partagé sur les White Sox, mais le père de Kyle avait travaillé pour eux pendant des années, donc Kyle n'avait pas vraiment eu le choix. Il avait été biberonné aux White Sox. Nous regardions le match, Kyle râlait, et je rêvassais. Mes pensées s'évadèrent vers Adam. Je me demandai ce qu'il faisait cette nuit, et si la nuit dernière avait été une erreur. D'ailleurs, est-ce que cette nuit voulait dire quoi que ce soit ?

— J'ai couché avec Adam, lâchai-je.

Kyle se figea, sa bière à quelques centimètres de sa bouche, puis reposa lentement le verre sur la table.

— Tu as fait quoi ?

— Adam m'a invité à venir le voir à son hôtel, et je sais que c'était stupide d'y aller, mais j'étais curieux. Je suis allée la nuit dernière, et on a couché ensemble.

— Ah.

L'expression sur le visage de Kyle était indéchiffrable. Il pinça les lèvres et baissa le regard vers le bar, mais je ne pouvais pas dire s'il était mécontent ou confus ou en colère.

— Pourquoi est-ce que tu as fait ça ? Et pourquoi est-ce que tu me le dis ?

— Je ne pense qu'à ça depuis vingt-quatre heures.

Kyle secoua la tête.

— J'espère qu'il a une grosse queue. C'est la seule raison que je vois pour que tu aies fait une connerie pareille.

— Eh bien…

Il leva la main.

— Non, en fait, ne dis rien. Je ne veux pas savoir.

— De toute façon c'était sans doute une erreur. Ça n'a rien résolu. Il est toujours… enfin, tu sais ce qu'il a fait.

Kyle hocha la tête.

— Je suppose qu'au moins maintenant, tu sais vraiment qu'il est gay.

Je haussai les épaules.

— Je le savais déjà, de toute façon. Je veux dire, je ne sais pas ce que ça change. Il est à Chicago seulement jusqu'à la fin de la semaine. Et je suis toujours en colère contre lui. Vendredi, il va retourner chez lui, où que ce soit maintenant, et qu'est-ce qui va se passer ? Est-ce qu'il va revenir ? Est-ce qu'on peut au moins être amis maintenant ? Est-ce qu'il va disparaître et réapparaître tous les cinq ans comme Brigadoon ?

Il rit.

— C'est le truc le plus gay que tu aies jamais dit.

— Ta gueule.

— Écoute Jake, je ne sais pas quoi te dire. C'est Adam. C'est juste trop bizarre.

— C'est encore plus bizarre pour moi.

— Je ne peux même pas l'imaginer dans un contexte sexuel. Je veux dire, je l'ai vu à l'enterrement, il est vraiment canon maintenant, je ne dis pas le contraire. Mais je me rappelle toujours à quoi il ressemblait au lycée, les taches de rousseur et les cheveux horribles, et je le revois s'énerver pour un truc stupide, tu sais comme il est. Ça n'a rien de sexy. Comme par exemple, cette fois où nous étions à l'arcade et il s'est mis à hurler sur moi parce que je l'avais battu au flipper.

— Il a hurlé ?

— Ne me dit pas que ça te surprend. Tu le connaissais aussi. Dans ce cas de figure précis, c'était plutôt défensif. Du genre *j'aurais eu un meilleur score si ce gamin n'était pas passé à côté. Il m'a distrait pendant un instant.*

Il avait baissé la voix afin de faire une imitation passable d'Adam.

— Qu'est-ce que tu as fait ?

— Je lui en ai mis une.

Je ris.

— Évidemment.

Kyle sourit.

— Hé ! Je suis peut-être tout maigre, mais j'ai un bon crochet du droit. Après on a commencé à se bagarrer et on s'est fait jeter hors de l'arcade. Puis Adam s'est vraiment lâché dans le parking, en attendant que ma mère vienne nous chercher. Il a hurlé jusqu'à devenir tout rouge, et on a commencé à se taper dessus, mais ma mère s'est garée sur le parking avant qu'on puisse vraiment se faire du mal. Il m'énervait tellement à l'époque. Rien n'était jamais de sa faute.

Kyle secoua la tête.

— Je veux dire, il était comme un frère pour moi. Je savais que si j'en avais besoin, il dirigerait toute cette colère contre mes ennemis, qu'il serait toujours là pour moi. Mais... Tu sais...

C'était le truc avec Adam même après mon coming out, lorsque j'avais tout le temps l'impression de lui taper sur les nerfs, et que j'étais tellement blessé et en colère contre lui, je savais qu'il aurait tout de même donné sa vie pour moi. C'était la chose la plus importante entre nous : même si tout n'était pas parfait, je savais que je pouvais compter sur mes trois meilleurs amis en cas de besoin. Mais quand Adam était parti, cette certitude s'était effondrée. Je ne pouvais plus compter sur lui comme j'en avais l'habitude.

— C'est du passé maintenant, dit Kyle, comme s'il avait lu dans mes pensées. Il a disparu tout ce temps sans dire à aucun de nous où il était. Il n'est pas… Je veux dire, quel ami ferait ça ?

— Je sais. Je sais tout ça.

Je le savais même mieux que Kyle. D'ailleurs, mon cœur était toujours en miettes à cause de ce qui était arrivé il y avait cinq ans. Mais je n'avais quand même pas pu rester loin d'Adam.

— C'est juste que… c'est Adam.

Kyle prit une longue gorgée de bière et sembla me regarder avec attention.

— Ça fait combien de temps que tu ressens ça pour lui ? Avant qu'il parte, je suppose…

— Oui.

— Je crois que je m'en doutais, mais tu n'as jamais rien dit.

— Comment j'aurais pu ?

— C'est sûr que ça aurait été la révolution dans notre petite famille, n'est-ce pas ?

— Quoi ? Si Adam et moi avions couché ensemble ?

Les mots étaient à peine sortis de ma bouche qu'un million d'images de la nuit précédente me revinrent en mémoire. C'était surtout des flashes, des visions de peau, des sensations, un gémissement grave d'Adam comme un écho dans ma tête. Je rougis.

— Avant la nuit dernière, je veux dire.

Kyle pouffa et me donna un coup dans l'épaule.

— Si vous étiez sortis ensemble, ouais. C'est ce que je veux dire. Ça aurait modifié complètement notre dynamique. Comme si j'avais peloté Ox par exemple. Ça changerait les choses.

Il fronça le nez.

— Euh, je tiens à préciser que je n'ai pas peloté Ox.

— Je t'en prie, n'essaie pas.

— Je veux juste t'expliquer. J'ai beaucoup de mal à imaginer comment ça aurait pu se passer. Toi et Rosie, je veux dire, pas moi en train de peloter Ox. Mon Dieu, qui voudrait peloter Ox ? J'adore ce type, mais non merci.

— Maggie semble apprécier.

— Elle peut se le garder, dit Kyle avec un frisson. Bon, je pense qu'on s'y serait fait. Et qu'on aurait moins parlé de cul. Je ne veux *pas* de détails, d'ailleurs.

Nous sirotâmes nos bières et regardâmes la télé pendant quelques instants.

— Mais sérieusement, tu penses que j'ai fait une connerie ? dis-je finalement.

— Seul le temps nous le dira, je suppose. Tu veux le revoir ?

— Je ne sais pas.

Je voulus prendre une autre gorgée et réalisai que mon verre était vide. Je fis signe au barman.

— Je veux dire, j'en *ai* envie. Mais je suis toujours en colère pour ce qui s'est passé quand il est parti. Parce qu'il ne s'est pas juste barré, il m'a fait marcher, et j'ai tout foutu en l'air avec David. On en revient toujours à ça, grognai-je. Quel bordel.

— Mais tu as des sentiments pour lui.

Kyle n'attendit pas que je réponde, il hocha juste la tête.

— Il est en ville jusqu'à la fin de la semaine, n'est-ce pas ? Alors profites-en. Baise-le comme un dingue, et vois où ça vous mène.

— Je croyais que tu ne voulais pas parler du sexe entre Adam et moi ?

Il sourit.

— Je ne veux pas. J'essaie juste de te donner les meilleurs conseils possibles. Je suis un bon pote, non ?

— Si tu le dis.

VII

LE SOUVENIR de ce premier baiser avec Adam restera gravé dans ma mémoire jusqu'à ma mort.

J'étais en train de ratisser des feuilles devant la maison de mes parents. Ce devait être la fin du printemps, le cerisier dans le jardin avait déjà perdu toutes ses fleurs. La Ducati était passé en trombe devant chez moi, atteignant le bout du pâté de maisons avant de faire demi-tour. J'avais continué à ratisser tandis qu'Adam se garait devant chez lui et sautait de la moto. Mon estomac s'était légèrement noué à l'idée de lui parler et je m'étais concentré sur ma tâche.

Il avait traversé la rue en courant et, évidemment, avait marché sur la partie que j'avais déjà ratissée, traînant des pétales de cerisier partout.

— Salut, Jakey, avait-il dit.

— Salut Adam. C'était bien Disneyland ?

— L'endroit le plus heureux du monde, avait-il répondu en souriant.

Ce que je ne savais pas à l'époque, c'était que le voyage familial en Californie avait aussi pour but qu'Adam prenne la température de la région. L'entreprise pour laquelle il travaillait à Chicago venait de lui offrir une promotion, s'il acceptait d'être muté à leur siège de la Silicon Valley. Il avait visité des appartements à San José avant de s'envoler avec sa famille pour Los Angeles afin d'emmener quelques-uns de ses neveux et nièces à Disneyland. À ce moment-là, il s'était tenu devant chez moi avec des pétales de cerisiers collés à ses chaussures, et il n'avait pas encore décidé s'il allait accepter la promotion.

— J'espère que tu as dit bonjour à Mickey de ma part, avais-je ajouté.

— Bien sûr. J'ai même posé avec Donald, rien que pour te rendre jaloux, avait-il pouffé. Il s'est passé des choses à Glenview quand je n'étais pas là ?

— Bof, comme d'habitude.

Il avait fait un pas vers moi. J'avais continué à ratisser.

— Ouais, ça a dû être fun.

— Hé, Longo s'est saoulé chez Dickie l'autre soir, et on a dû le porter pour rentrer, avec Ox. Il a vomi dans la voiture d'Ox, je crois qu'il ne lui pardonnera jamais.

— Un samedi soir normal, quoi.

Nous avions ri tous les deux. Je m'étais soudain rendu compte qu'Adam me fixait avec une intensité étrange.

— Ça va ? avais-je demandé.

— Ouais.

Il y avait eu un instant de rare malaise entre nous. J'avais tenté de trouver un sujet de conversation, et m'étais rappelé qu'il avait parlé d'une éventuelle promotion avant de partir, même s'il ne m'avait pas dit à ce moment-là que cela requérait un transfert.

— Oh, tu as des nouvelles pour la promotion ?

Il avait haussé un sourcil.

— Oh, non. Ce n'est pas encore fait.

— Je suis sûr que ça va être pour toi. Ils seraient cons de ne pas te donner le poste.

— Ouais. Merci.

Il avait eu l'air distrait. Il n'avait pas arrêté de jeter des coups d'œil à mon visage, mes mains, puis à la maison derrière moi. J'avais trouvé cela perturbant, donc j'avais continué à ratisser. Enfin, j'avais continué à passer et repasser mon râteau sur le même coin d'herbe, qui avait commencé à faire une sale tête.

— Jake, arrête cinq minutes.

Surpris, j'avais levé les yeux. Il se tenait devant moi et se mordait les lèvres, un signe évident chez lui de nervosité. J'avais reculé d'un pas et avait appuyé mon râteau sur le mur de la maison. Puis je m'étais avancé vers lui, réduisant l'écart entre nous.

— Qu'est-ce qu'il y a ? avais-je demandé.

Ce fut à ce moment-là qu'il m'avait embrassé. Il avait mis ses mains autour de mon visage et m'avait attiré à lui jusqu'à ce que nos lèvres se touchent. J'avais été bien trop surpris pour réagir, au début. Il avait ouvert la bouche et avait titillé la mienne avec sa langue, et je l'avais laissé faire. J'avais entrouvert les lèvres et avait pressé ma langue contre la sienne, savourant son goût et le laissant savourer le mien. Nos lèvres avaient glissé ensemble tandis que nous avions exploré la bouche de l'autre, et quelque part dans un coin de ma tête, des feux d'artifice avaient été tirés. Un bon baiser donne un plaisir unique en son genre, et l'adrénaline avait couru dans mes veines tellement j'appréciais celui-là. Mais au-delà de ça, je n'avais pas pu me défaire du sentiment que c'était Adam qui m'embrassait. Le toucher comme cela, juste l'embrasser, c'était une expérience à la fois nouvelle et pourtant familière… Je connaissais son odeur, sa texture, sa forme, et le toucher de ses mains sur moi. J'avais mis les miennes sur sa taille et avais répondu à son baiser de tout mon cœur. C'était meilleur que tout ce que j'avais pu imaginer. J'avais enregistré le moindre détail afin de pouvoir me rappeler de chaque instant. Ses lèvres avaient été douces et avaient eu un goût de bubble-gum. Son début de barbe m'avait râpé les joues.

Mais dès que nous avions commencé à vraiment entrer dans le vif du sujet, il s'était reculé. Il avait fait un pas en arrière et s'était essuyé la bouche du revers de la main. Ses yeux avaient fait le tour de la rue. Personne n'était dehors.

— Oh putain, Jake, je…

— Adam, attends…

— Il faut que j'y aille. J'ai, euh, un truc avec mes parents.

Il avait tendu la main vers sa maison.

— Je… euh. On peut en parler plus tard ?

— D'accord… Bien sûr.

Il avait hoché la tête, avant de traverser la rue en courant pour rentrer chez lui. Je ne l'avais plus revu jusqu'à l'enterrement de M. Lombard.

LORSQUE J'OUVRIS la porte d'entrée de mon immeuble, Adam m'attendait sur le perron.

— Boystown, Jakey ? Vraiment ? Ça n'est pas un peu cliché pour un gay ?

— Qu'est-ce que tu fiches ici ? Comment tu as eu mon adresse ?

— Tu es toujours sur la liste de cartes de vœux de ma mère.

Je regardai derrière lui et vis la Ducati garée dans mon allée.

— Ton père m'a dit que tu l'avais vendue.

— Oui, dit-il. À mon frère Danny. Tu viens faire un tour avec moi ?

— C'est une blague ?

— Je suis sérieux comme tout. J'ai même amené un casque pour toi.

Je le regardai vraiment. Il portait un jean moulant qui avait l'air de coûter cher, délavé exactement comme il fallait, et un tee-shirt blanc sous une veste en cuir noir usée. Pour être sincère, il était à tomber. Je repensai à toutes ces fois, quand j'avais vingt ans, où je m'étais collé à Adam lorsque nous roulions sur cette moto. Je sentis que je rougissais. Heureusement, le crépuscule approchait et j'étais presque sûr qu'Adam ne se rendrait compte de rien.

— Tu as vraiment traversé la ville sur ce truc ?

Il éclata de rire.

— Tu te prends pour ma mère ? Il n'y a aucun danger. Tu me fais confiance, n'est-ce pas ?

— C'est toute la question.

Il leva les yeux au ciel et attrapa ma main. Puisqu'apparemment je n'avais pas le choix, je fermai la porte derrière moi et il m'entraîna vers la moto. Je vérifiai que mon portefeuille était bien dans ma poche arrière et fut déçu de le trouver. Je pouvais aussi sentir mes clés dans ma poche avant, ce qui fait que je n'avais aucune excuse pour rentrer en courant dans la maison. Lorsque nous fûmes devant la Ducati, il me lâcha la main et détacha le second casque de l'arrière de la moto.

— Mets ça, dit-il.

Il attrapa son propre casque pendant que j'attachais le mien.

— Ce n'est pas un peu dangereux de rouler dans la ville ?

Je n'avais même pas vraiment peur. Je faisais confiance à Adam, et ce ne serait pas la première fois que nous roulerions dans des rues passantes. Mais je voulais le faire poireauter. Tout était loin d'être parfait entre nous, même si on avait couché ensemble et que ça avait été plutôt pas mal.

Il passa la jambe par-dessus la moto et me fit signe de monter.

— C'est bon. Mais si tu y tiens, je passerai par les petites routes.

— Je préférerais juste ne pas mourir écrabouillé par un bus.

— Je note.

Il tourna la clé et la Ducati rugit.

Résigné, je montai derrière lui. Je mis mes mains autour de sa taille, prenant le temps de sentir la texture douce de sa veste en cuir. Je sentis un parfum fort et épicé. Je me dis qu'il s'agissait d'Adam, car j'avais toujours aimé son odeur.

Il fit gronder le moteur et s'élança hors de mon allée. Nous roulâmes jusqu'au bout de mon pâté de maisons, et ensuite il prit à droite en direction d'Halsted. Je fermais les yeux, laissant le vent souffler autour de moi et la ville s'évanouir. Je me rapprochai un peu d'Adam, trouvant que son corps solide était rassurant, tout comme la manière compétente qu'il avait de se pencher dans les virages. On devait avoir effectué quelques tours, parce que quand je rouvris les yeux, nous passions en trombe dans des rues résidentielles que je ne connaissais pas. Je pressai mes mains contre son ventre et ma poitrine contre son dos, et fut surpris par la fermeté de son corps et la moiteur de sa peau sous son tee-shirt. J'eus un flash-back de ce fantasme que j'avais eu dès que cette machine était apparue dans le jardin des Boughton : Adam et moi en train de baiser comme des bêtes sur le cuir, et je sursautai, alarmé à l'idée qu'il puisse deviner ce à quoi je pensais.

— Ça va ? cria-t-il.

— Ouais. Mais où est-ce qu'on va ?

— On y est presque.

C'était dur de ne pas être excité par la moto qui vibrait entre mes jambes et mon corps collé à celui d'Adam. Une odeur de cuir et d'épices me montait au nez, le vent soufflait tout autour de nous. Je n'avais pas réalisé à quel point nos virées en moto me manquaient, à quel point j'appréciais de rouler derrière Adam sur cette fichue moto, à quel point il était sexy quand il conduisait la machine comme un pro dans les rues.

Nous finîmes par nous arrêter dans un parc où je n'étais jamais allé. Adam ralentit puis longea une rue étroite qui nous mena derrière une pelouse, dans une zone ombragée. Il gara la moto sur l'herbe et me dit de descendre jeter un coup d'œil. Il y avait une petite aire de pelouse, et je réalisai bientôt qu'il s'agissait d'une saillie au-dessus de la rivière. C'était un endroit tranquille. De temps en temps, un klaxon nous rappelait que nous étions toujours dans, ou du moins près de la ville, mais sans cela, nous pouvions facilement l'oublier.

Il tira une couverture d'une de ses sacoches et me la lança. Je l'étendis sur l'herbe et m'assis les jambes écartées, profitant de l'air frais de la soirée. Il s'assit près de moi et me tendit un sac en papier.

— J'ai pris des sandwiches au restaurant de Bánh mì à côté de mon hôtel. Je suppose que tu ne manges toujours pas de porc, donc je t'ai pris du poulet. J'espère que ça va.

— Ouais, c'est super.

Je tirai deux sandwiches du sac. Il en prit un et le déballa. Cette odeur forte épicée que j'avais sentie sur Adam venait clairement des sandwiches. Mon estomac gronda. Je n'avais même pas réalisé que j'avais faim jusqu'à ce moment, donc je pris une bouchée. Le sandwich était très épicé et me fit monter quelques larmes aux yeux.

— Trop épicé ?

— Non, c'est bon.

À entendre ma voix, on aurait dit que j'étais en train de m'étouffer.

Il s'esclaffa.

— Tu n'as jamais supporté la bouffe épicée.

Il avala le reste de son sandwich et se leva. Il revint avec deux canettes de soda light. Je pris une grande gorgée de la mienne. Cela n'aida pas vraiment, les bulles me donnèrent l'impression d'avoir un truc coincé dans la gorge. Je me mis à tousser. Adam s'agenouilla derrière moi et me tapa dans le dos une ou deux fois.

Lorsque je réussis à reprendre mon souffle, je dis :

— C'est vraiment étrange de repasser du temps avec toi.

Il se rassit à côté de moi et ouvrit sa canette.

— Ah oui ?

— Je ne t'ai pas vu pendant cinq ans. Tu es presque un étranger. Et pourtant tu connais toutes ces choses sur moi.

Il me jeta un regard en coin.

— Eh bien, je ne suis pas vraiment un étranger. Je suis la même personne que j'étais avant de partir.

Je le regardai attentivement, cherchant à retrouver le garçon que j'avais connu. Il était tellement plus large maintenant, plus fort, plus viril. Un peu de barbe brune avait repoussé sur sa mâchoire, et ses taches de rousseur s'étaient un peu atténuées. Je savais que maintenant il avait une légère cicatrice dans le dos et du poil sur la poitrine. Mais les différences n'étaient pas juste physiques. Il n'avait plus l'air autant en colère. Quelque chose avait changé dans son attitude. Sa voix était la même, mais le ton qu'il employait avec moi était différent. C'était difficile de mettre le doigt sur ce qui avait changé, mais en tout cas c'était une expérience extrêmement étrange de regarder cet homme qui était à la fois familier et complètement étranger.

— Je ne crois pas, non, dis-je.

Il haussa les épaules et prit une gorgée de soda.

— Déjà, je ne crois pas être le même. Il m'est arrivé plein de choses pendant que tu n'étais pas là. J'ai fini mon Master, j'ai un boulot dans une entreprise vraiment super, j'ai rompu avec David, je suis sorti avec d'autres gars, j'ai eu mon premier appartement, et j'ai fêté mon trentième anniversaire.

Je suis sûr que des tas de choses te sont arrivés pendant que tu étais en Californie, ou quel que soit l'endroit où tu habites maintenant.

— New York. Je suis passé de la Silicon Valley à la Silicon Alley, dit-il en levant les yeux au ciel. Quand j'ai commencé à penser à monter Boughton Technology, je me suis mis en contact avec un type que j'avais connu à l'université. Il avait un peu d'expérience avec les start-ups dans mon domaine. Son truc c'est la gestion d'entreprises, en fait il est très doué pour tout ce qui est chiffres et argent, et je voulais qu'il m'aide à diriger ma nouvelle boîte. Mais il habitait à New York et ne voulait pas déménager, donc je me suis installé à Manhattan. Je préfère cette ville à San José, où j'habitais avant. New York ressemble un peu plus à la maison.

— Pourtant, c'est toujours très loin d'ici.

Il sourit.

— Touché.

Je réussis à enfourner le reste du sandwich et le fit passer avec la fin de mon soda.

— Et toi, tu fais quoi en ce moment ? Comme boulot, je veux dire, demanda-t-il.

— Je travaille pour une compagnie qui développe et produit des machines pour les hôpitaux. Mon département est surtout en charge du développement de systèmes de diagnostic pour diverses maladies.

— Oh, ça a l'air vraiment intéressant.

— Ça l'est. Je ne travaille pas souvent dans les labos, mais je peux travailler avec des modélisations sur l'ordinateur. Je crois que j'utilise vraiment mes diplômes à bon escient. Et j'aime l'entreprise. Je travaille avec des gens vraiment sympas.

— C'est bien.

Adam me prit mes emballages des mains et se leva pour aller jeter nos restes dans une poubelle près de la route. Je lui jetai un coup d'œil, saisissant l'opportunité d'admirer ses fesses, et tentais de déterminer si l'endroit était vraiment aussi calme que je le pensais. Je crois que personne n'était passé depuis que nous nous étions assis dans le parc.

Il revint et prit quelque chose sur sa moto. Il tira une deuxième couverture de ses sacoches et la jeta par terre à côté de moi.

— Je parie que cet endroit était parfait pour draguer à l'époque, dis-je. À l'écart comme ça.

Il se figea, puis se tourna vers moi, un sourcil haussé.

— Je dis ça, je dis rien.

Et c'était dur de tout remettre dans son contexte. Je me demandais si c'était pour ça qu'Adam avait choisi cet endroit, s'il savait que c'était le genre d'endroit isolé par des arbustes où l'on pouvait aller si l'on cherchait un partenaire. D'un seul coup, la nuit prit un caractère sordide. Je me dis que j'aurais dû m'assurer des intentions d'Adam. Qu'est-ce qu'il me voulait ? Est-ce qu'il allait rester assez longtemps pour l'obtenir ?

Je pensais encore au fait qu'il habitait si loin de Chicago lorsque je déclarai :

— Je suppose que ce n'est pas la peine de te demander pourquoi tu as disparu ?

Il soupira et arrêta ce qu'il était en train de faire. Il marcha jusqu'à la couverture, mais ne s'assit pas.

— Je te l'ai dit l'autre jour.

— Je suppose que oui.

Je croisai les bras sur la poitrine, pas spécialement satisfait par cette réponse.

— Ce n'est pas que je n'aime pas Chicago. C'est une ville super.

— Mais tu n'es pas parti à cause de la ville. Même moi, je le sais.

Je pouvais cependant l'imaginer disparaître pour éviter certains souvenirs. Moi-même, je trouvais difficile de vivre avec eux parfois. Je pouvais aller en ville en voiture et remarquer les parcmètres où nous mettions les doigts pour récupérer de la monnaie, quand nous manquions d'argent de poche. Je voyais toutes les boutiques pour lesquelles nous avions économisé, ou je revoyais l'arrêt où nous attendions de prendre le métro pour aller à Wrigley, ou juste le sourire d'Adam lorsque nous arrivions à Michigan Avenue et nous laissions submerger par cette ville impressionnante autour de nous. Je pouvais passer devant le New Comiskey – pardon, U.S. Cellular Field, mais j'oubliais souvent de l'appeler comme ça – et me souvenir du jour où le père de Kyle avait réussi à nous faire assister à un match, même si le vieux stade n'existait plus maintenant que dans ma mémoire. Chicago était pleine de souvenirs. Et moi, qui avais été laissé derrière, j'aurais parfois voulu les conserver précieusement, et parfois les faire disparaître.

Adam commença à marcher de long en large.

— Ma mère nous a vus nous embrasser. Je te l'ai dit, n'est-ce pas ? J'avais tous ces trucs qui tourbillonnaient dans ma tête, toute cette énergie refoulée et... ce désir, je suppose... et je ne savais absolument pas quoi en faire, mais j'ai juste pensé *'Je ne sais pas'*. J'ai pensé *'Jake est mon meilleur ami et il est homosexuel, et si quelqu'un a la moindre idée de comment gérer ça, ce sera lui'.* Quand j'ai traversé la rue ce jour-là, je n'avais pas vraiment prévu de t'embrasser, mais une fois qu'on était debout là, tous les deux, tu étais tout ce que je voulais. Toi, Jake, ça a toujours été toi. Et je ne pouvais pas m'en empêcher, je ne pouvais pas ne pas le faire, même là en pleine rue. Et tu sais quoi ? Mon pire cauchemar s'est réalisé. Ma mère nous a vus nous embrasser. Elle était dans la cuisine, pile devant la fenêtre qui fait face à la rue. Je ne savais même pas qu'elle était à la maison. Quand je suis rentré, elle m'a absolument massacré. Elle m'a traité de tous les noms, m'a dit que j'irai en enfer. C'était horrible.

J'eus mal pour lui. Mon propre coming out avait été assez facile. Mes parents étaient un peu déçus au début, mais ils m'ont soutenu. Je n'ai jamais douté un instant qu'ils m'aimaient.

— Maman était convaincue que si je quittais la ville, je m'en remettrais. Que j'étais confus parce que tu pensais être gay et qu'on était très proches. Je paniquais déjà de t'avoir embrassé, parce que je n'avais jamais embrassé d'homme auparavant, et que c'était tellement génial. Je ne regretterai jamais de l'avoir fait, jamais de toute ma vie, mais j'ai commencé à croire ce que ma mère me disait, que j'avais fait quelque chose de honteux, que quelque chose n'allait pas chez moi. J'ai juste paniqué. J'ai accepté le job et je suis parti.

— Tu aurais dû me dire quelque chose. J'aurais voulu que tu viennes au moins me dire au revoir.

— Je suis désolé. J'ai été lâche.

— Tu nous as laissé tomber.

Cette conversation ne concernait plus vraiment le groupe désormais et nous le savions tous les deux. C'était de moi et Adam qu'il s'agissait.

— Tu m'as abandonné. Tu m'as embrassé et ensuite tu as disparu et je ne sais pas... Je veux dire, qu'est-ce que j'aurais dû penser ? C'est nul, ce qui est arrivé avec ta mère et je suis désolé pour toi, vraiment. Mais j'ai attendu, Adam, j'ai attendu tellement longtemps que tu m'appelles, ou que tu reviennes me donner une explication, mais non, rien ! Tu me manquais tellement, putain, et j'ai attendu que tu reviennes, mais tu ne l'as jamais fait. Maintenant, tout à coup, tu débarques et tu agis comme si tu t'attendais à ce que tout reprenne comme avant, comme si cinq ans n'étaient pas passés. Mais merde Adam, ça ne marche pas comme ça ! Il y a encore tellement de choses que je ne comprends pas, là, et je ne peux pas accepter comme ça que les choses reprennent comme si rien ne s'était passé, que tu ne vas pas disparaître à la fin de la semaine et qu'on n'entendra plus jamais parler de toi. Comment je peux croire que tu ne vas pas te barrer encore une fois si les choses deviennent un peu intenses entre nous ?

Je pouvais voir qu'il se mettait en colère. Son pas était soudain plus lourd, ses mouvements plus exagérés. Il fourra les mains dans ses poches de veste, puis les retira à nouveau.

— Comment puis-je te prouver…

— Tu ne peux pas ! Tu ne peux pas juste faire comme si rien n'était arrivé !

— Ce n'est pas ce que j'allais dire.

— Je ne pense pas que je peux te pardonner.

Il poussa un gémissement guttural, levant les bras en l'air, et cria avec angoisse :

— Tu ne comprends pas, Jake ? Je suis revenu pour toi !

— Quoi ?

Adam tira sur une de ses mèches.

— Je veux dire, pas consciemment. Je te jure que je suis juste venu à la veillée de M. Lombard parce que ma mère m'a appelé et m'en a parlé, et j'avais l'impression que je devais venir lui rendre un dernier hommage. Il était… Il a été là pour moi de beaucoup de façon, parfois même plus que ma propre famille. Enfin, tu le sais. Tu étais là.

— J'étais là.

Je le regardai marcher, me demandant dans quelle direction allait s'engager la conversation. Mon cœur commença à battre plus vite.

— Et je me doutais que vous seriez là, tous les trois. Ox, Longo, et toi. Les trois putains de mousquetaires.

— À une époque, on était les quatre coins.

— Je sais ! Bien sûr que je le sais ! Les quatre coins du diamant. Première, deuxième, troisième base, et Ox le receveur au marbre.

Il soupira et se frotta le visage d'une main.

— Enfin, je supposais que vous seriez là, donc je m'étais préparé à vous revoir, mais te donner ma carte, c'était complètement spontané. Je veux dire, quand je suis allé à l'enterrement, je m'attendais à te revoir. Mais je pensais qu'on allait se regarder, dire 'salut' et que ce serait tout. Mais dès que je t'ai vu, toi, pas Ox et Longo… même si ils… *Merde.* Je suis en train de tout foirer.

Combien de temps avais-je attendu qu'Adam me voie réellement ?

— Tu t'en sors très bien. Continue.

— Ce n'est pas que je ne voulais pas parler à Ox et Longo, mais… ils ne sont pas toi et moi.

Eh bien. Je ne savais pas vraiment quoi dire ou faire à part le regarder marcher de long en large.

— Enfin... Je t'ai vu à la veillée et... Tu sais quoi. Et la raison pour laquelle j'ai été aussi...

Il agita ses mains en l'air, tentant de trouver le bon mot.

— ... agressif, je suppose, c'est que j'ai réalisé dès que tu m'as parlé que, en fait, je n'étais venu que pour *toi*.

— Adam...

— Écoute, je sais que j'ai beaucoup de choses à me faire pardonner, et je sais que j'ai eu tort de disparaître comme ça, mais j'étais tellement paumé et paniqué, et après j'étais en Californie et trois mois avaient passé, puis six, j'avais l'impression qu'il était trop tard. Maintenant des années ont passé, c'est juste impossible, mais tu ne sais pas quel point j'ai envie qu'il ne soit pas trop tard. Je veux que tu me laisses une chance.

Je levai les yeux sur lui. Il s'arrêta de marcher et nos regards se croisèrent. Je ne savais pas exactement ce qui se passait, mais on aurait dit que l'air entre nous était chargé d'électricité. Il s'agenouilla sur la couverture et tendit le bras vers moi, caressant doucement mon visage. D'un seul coup, nous nous embrassions. Ma bouche était encore un peu engourdie par la sauce piquante, mais ses lèvres douces se pressaient contre les miennes et sa main caressait mon épaule, ça, je le sentais parfaitement.

J'enfonçai mes doigts dans ses cheveux. J'ouvris la bouche et sa langue trouva la mienne. Un besoin impérieux de le toucher monta en moi. Dans un coin de ma tête, je savais que je n'aurais pas dû lui pardonner aussi vite, mais tout me donnait l'impression qu'il était sincère, qu'il était revenu pour moi, que je pouvais me laisser aller. Toutes ces années où il m'avait manqué me rattrapèrent, éradiquant mon sens logique. *Enfin*, pensai-je. Enfin, il était dans mes bras, il était revenu, il était avec moi.

Une de ses mains se glissa sous mon tee-shirt. Sa paume était brûlante. J'eus soudain besoin de toucher sa peau. Je fis glisser sa veste de ses épaules et il bougea les bras afin de me laisser la lui retirer complètement sans interrompre notre baiser. *On va vraiment se faire arrêter*, me dis-je. Mais je m'en fichais, parce que ses mains étaient à nouveau sur mon corps, glissant sur ma poitrine, pinçant mes tétons, allumant le désir.

Je me demandais si qui que ce soit au monde pouvait sentir aussi bon qu'Adam, si qui que ce soit serait aussi parfait sous mes doigts, sous mes yeux, sous ma langue. Je ne croyais pas que c'était possible.

Il me retira mon tee-shirt et me fit m'allonger sur la couverture. J'aimais voir son corps musclé penché au-dessus de moi et j'ouvris les jambes pour qu'il s'y glisse. Il pressa son érection naissante contre la mienne, et je me cambrai en gémissant. Je tirai sur sa chemise et passai les doigts sur sa poitrine recouverte de poils.

— Tu es tellement sexy, dis-je. Comment ça se fait ?

Il soupira et embrassa mon cou, ma mâchoire, mon oreille. Il mordilla mon lobe et murmura :

— J'ai grandi.

Comme si le fait d'être aussi sexy n'était pas quelque chose de spécial en soi.

— Putain, Adam.

Il eut un petit rire, puis m'embrassa à nouveau. Ses mains se faufilèrent entre nos corps pour tripoter la braguette de mon pantalon, et les miennes se glissèrent derrière son dos pour atterrir à l'arrière de son jean et toucher la peau douce de ses fesses. Il s'écarta légèrement de moi pour m'embrasser du cou à la poitrine, au nombril, et finalement à la lisière de mon pantalon. Mon cœur se mit à battre plus rapidement lorsque je réalisai ce qu'il voulait faire.

Il attrapa le bord de mon pantalon et de mon caleçon et les descendit sur mes genoux d'un seul geste. Je me mis à trembler et ma peau frissonna sous l'air frais de la nuit. Adam pressa son nez au creux de mon aine et inspira lentement. Sa respiration me chatouilla. Je gigotai légèrement et il appuya plus fort, léchant ma peau. À ce moment, j'étais à deux doigts d'avoir des convulsions. J'avais envie qu'il continue à entretenir la tension, à me faire anticiper ses gestes, mais je voulais aussi désespérément qu'il fasse *quelque chose.*

Il me prit dans sa bouche.

Je me retins de justesse de crier et me mordis la langue pour retenir un gémissement. Mais en fait, je me moquais bien que quelqu'un nous entende, parce que c'était *tellement bon.* Je pouvais sentir sa langue râper légèrement contre mon sexe et sentir cette chaleur humide m'envelopper. Je baissai les yeux et me dis que les lèvres d'Adam autour de moi étaient peut-être la plus belle chose que j'avais jamais vue.

Il me suçait avec expertise et enthousiasme. Il réussit à me prendre dans sa gorge et je sentis le plaisir m'électrifier. Puis il détacha ses mains de mes hanches pour ouvrir son propre jean et sortir son sexe. Il se caressa pendant qu'il continuait à me sucer. Il gémit et les vibrations me donnèrent des frissons dans tout le corps.

Puis il se recula et remonta le long de mon corps en embrassant à nouveau ma peau jusqu'à ma poitrine. Son sexe dur glissa contre le mien et je bougeai les hanches pour obtenir plus de contact, plus de lui, plus de tout. Mon corps voulait désespérément atteindre le plaisir.

Il embrassa le côté de mon visage et murmura :

— Je veux être à l'intérieur de toi. Laisse-moi te pénétrer.

— J'ai aussi envie, grognai-je.

Oh mon dieu, qu'est-ce que j'en avais envie.

— Mais comment…

Il m'embrassa, puis dit :

— J'ai ce qu'il faut.

Il se recula légèrement pour ôter son pantalon, mais avant de le poser, il glissa la main dans une poche et en sortit quelques préservatifs et une minuscule bouteille de lubrifiant.

— Tu y as pensé, dis-je.

— Toujours prêt, comme les scouts.

— Je ne crois pas qu'on laisse les scouts faire ce genre de choses.

Il attrapa l'autre couverture et nous recouvrit presque entièrement. Il posa les préservatifs et le lubrifiant à côté de ma tête, puis m'embrassa à nouveau.

Je le repoussai et il roula sur le côté pour s'allonger sur le dos. Je voulais toucher chaque centimètre carré de sa peau. Je tendis la main et caressai son sexe. Il était dur et chaud, divinement doux, et je passai mon pouce sur l'extrémité, ce qui lui arracha un gémissement. J'embrassai son visage, glissant mes lèvres sur un début de barbe légèrement râpeux. Je laissai ma main s'égarer plus bas, frottant ma paume contre ses testicules. Il trembla et gémit à nouveau. Je massai son sexe, prenant plaisir à entendre les petits bruits qui lui échappaient. Il mit ses mains autour de ma taille et m'attira à lui pour m'embrasser profondément. Mon sexe se retrouva coincé contre sa cuisse et je bougeai légèrement mes hanches. La friction envoya des ondes se plaisir à travers mon corps. Ses jambes s'écartèrent et je saisis l'opportunité de caresser la peau derrière ses testicules, puis de passer un doigt sur son anus.

Il se figea complètement, avant de murmurer :

— Non.

Je retirai ma main, et me rendis compte qu'il avait complètement perdu son érection.

— Ça va ? demandai-je.

— Oui, je… C'est juste que je ne veux pas être passif. Jamais. Je n'aime même pas que l'on me touche à cet endroit.

— Je suis désolé.

— Ce n'est pas grave. Viens là.

Il me prit dans ses bras, puis m'attrapa la main pour la replacer sur son sexe. Je le caressai, et il commença à durcir presque immédiatement.

J'étais encore un peu confus quant à ce qui venait de se passer, mais il se remit à m'embrasser. Je me tournai vers lui et nos jambes s'entremêlèrent. Nos sexes frottèrent l'un contre l'autre et mon esprit se vida complètement. J'étais perdu dans la sensation de son corps et l'envie qu'il me pénètre.

Il me poussa sur le dos et murmura :

— Laisse-moi te préparer.

J'ouvris les jambes pour lui et le laissai me toucher comme il le souhaitait. Ses doigts effleurèrent mon sexe, mes testicules, et enfin mon anus. Au début, il ne fit que passer légèrement à cet endroit, me taquinant. Je poussai mon bassin vers lui pour lui faire signe d'enfoncer son doigt à l'intérieur. Je voulais tellement le sentir en moi. Mon corps le voulait tellement. Il m'embrassa à nouveau et je fermai les yeux pour me concentrer sur ses lèvres se pressant fermement contre les miennes. Son sexe était de nouveau dur contre ma hanche et j'étais content que ma petite erreur ait été pardonnée.

Je sentis quelque chose de froid couler le long de mes testicules et être appliqué contre mon anus, et je réalisai qu'il avait sorti le lubrifiant et était en train de commencer à essayer de me préparer. Il me touchait prudemment au début, mais ce n'était pas assez. Il me fallait tellement plus. Je rompis le baiser pour gémir :

— Plus vite, Adam.

Il enfonça complètement son doigt en moi. Cela fit un peu mal au début, mais ensuite il le bougea un peu, le faisant entrer et sortir, et mon corps s'adapta facilement. Il recourba son doigt afin de toucher ma prostate et j'eus l'impression que des feux d'artifice explosaient devant mes yeux. J'enfonçai mes ongles dans sa peau et gémis.

— Oui, murmura-t-il.

— Continue.

Il mordilla la peau de mon épaule et ajouta un doigt, puis du lubrifiant, avant de commencer à me détendre doucement. J'ouvris les yeux et le contemplai. Cet air de concentration sur son visage, les taches de rousseur sur ses épaules, la courbe gracieuse de son nez. Je voulais le dévorer tout cru. Je voulais qu'il me dévore. Je nous imaginais nous consumer, ensemble, jusqu'à ce qu'il ne reste que des cendres. J'en avais envie.

— Allez, Adam, j'ai besoin de toi *maintenant*.

Il retira ses doigts et je grognai involontairement à la sensation de vide qui suivit. Il se positionna au-dessus de moi et pressa son sexe contre mon entrée. J'écartai un peu plus les jambes et bougeai les hanches afin de lui faciliter les choses. Il s'enfonça lentement, et j'eus l'impression qu'il poussait contre toutes les terminaisons nerveuses de mon corps en une fois. Mon corps était presque au point de rupture lorsqu'il me pénétra. Je me cambrai afin d'être plus près de lui et pressai mes mains dans le bas de son dos afin de l'inciter à aller plus loin. La douleur me transperça, mais la moindre particule de mon corps voulait désespérément qu'il continue.

Lorsqu'il fut complètement à l'intérieur de moi, il grogna et tira un peu plus la couverture au-dessus de nous. Il m'embrassa, insinuant sa langue dans ma bouche pour la glisser contre mes dents. Il me serra encore plus contre lui. Je me sentais plein, excité et énervé à la fois.

— Bouge, dis-je.

Il s'exécuta, bougeant en un lent mouvement de va-et-vient qui me donna l'impression que de l'électricité courait à l'endroit où nos corps se joignaient. Mon sexe frottait contre son ventre avec chaque mouvement. Nous nous embrassâmes et il m'attira à lui. J'étais complètement entouré par sa présence, entouré par son corps chaud. Il sentait toujours le cuir et les épices, et je savais que je ne serais plus jamais capable de penser à ces deux choses sans me souvenir de l'intensité de ce moment. Il releva la tête et me contempla. Nos regards se croisèrent et j'eus l'impression de connaître un secret.

Nous commençâmes à pousser l'un contre l'autre, en un lent crescendo. Nous accélérâmes et je sentis que j'approchai du précipice.

— J'aime être à l'intérieur de toi, murmura-t-il. Tu es tellement étroit… C'est tellement bon.

Sa voix me faisait ressentir des choses étranges, comme si quelque chose s'éveillait dans ma poitrine. Il accéléra encore, s'enfonçant dans mon corps et touchant ce point si sensible. Tout devint flou, et je le sentis entourer mon sexe de sa main, monter et descendre.

— Maintenant, Jake. Maintenant, dit-il tout près de mon oreille.

D'un seul coup, je jouis. Mon corps sembla éclater en mille morceaux et je m'arquai tant que mon corps quitta la couverture, heurtant Adam. De longues giclées de semence couvrirent nos poitrines tandis qu'il continuait de me caresser.

Le rythme de ses hanches se fit frénétique et il se mit à fredonner. Il bougea les jambes, serra la couverture dans ses poings. Il frémit, grogna, puis s'affaissa sur moi. Il me serra contre lui pendant qu'il jouissait, murmurant des mots doux sans queue ni tête.

Nous restâmes longtemps allongés sur les couvertures, sans parler, juste dans les bras l'un de l'autre. La facilité avec laquelle tout s'était passé me surprit. Il y avait eu un bref instant où j'avais pensé *Oh mon dieu, c'est Adam !* Mais un instant plus tard, le tenir contre moi me semblait être la chose la plus merveilleuse au monde.

Il roula sur le côté. Nous restâmes allongés côte à côte, regardant le ciel à travers les arbres, et c'est à ce moment-là que je me rendis compte qu'il faisait nuit.

— Je pourrais rester là toute la nuit, dit Adam. Mais on devrait sans doute rentrer.

— Laisse-moi une minute, dis-je.

Il rit et s'assit.

— On peut voir sur ton visage que tu viens de prendre ton pied.

Je croisai les mains derrière ma tête et lui sourit. Il se pencha et m'embrassa brièvement avant de se lever pour commencer à chercher nos vêtements. Il me lançait les miens au fur et à mesure qu'il les trouvait, mais quelques-uns avaient disparu. Il utilisa son téléphone comme une lampe de poche pour les retrouver.

Je tirai la couverture du dessus sur mon ventre et m'assis pour le regarder faire. Il enfila son pantalon avant de lancer le préservatif et son emballage dans la poubelle près de la route.

Une idée me vint.

— Est-ce qu'il s'est passé quelque chose ?

— Hein ?

— Pour que tu ne veuilles pas être passif. Je me demandais juste si tu avais eu une mauvaise expérience, ou quoi.

— Oh. Non, pas vraiment c'est juste quelque chose que…

Il regarda par terre et ramassa une chemise qu'il me lança.

— Allez, Adam, explique-moi.

Il soupira.

— Je suis sorti avec un type en Californie. Il avait l'habitude de… Ce n'était pas un mec bien. Il m'insultait. Je suppose que ça me rappelait…

Il secoua la tête et regarda ses mains.

— Il faut que tu comprennes, pendant toute ma vie, mes frères se sont acharnés sur moi. Toutes les conneries homophobes que tu peux imaginer, ils me les ont dites. Déjà, j'ai longtemps été le plus jeune, mais en plus j'étais la chochotte, la fille que maman voulait avant d'avoir Janine, une tapette, une pédale, tout. Parfois je les croyais, parce que c'est clair que j'avais l'impression que quelque chose n'allait pas chez moi, quelque chose qui faisait que je n'étais pas comme mes frères. Et puis je suis sorti avec ce type et… je ne veux juste pas être en dessous, d'accord ?

Je ne comprenais pas vraiment ce qu'il voulait dire.

— Donc, tu ne voulais pas qu'ils aient raison ? Tu voulais leur prouver que tu n'étais pas une tapette ?

— Je ne suis pas une tapette.

— J'en ai bien conscience. J'essaie juste de comprendre. De ce que tu me dis, tes frères se moquaient de toi, et tu as eu une mauvaise relation avec un mec qui t'a donné l'impression que… tu n'étais pas assez viril ?

— Et bien, pas exactement, mais…

Je compris.

— Tu crois que te faire prendre fait que tu n'es pas un homme ?

Il hésita un peu trop longtemps.

— Ce n'est pas ce que j'ai dit.

Je rejetai la couverture.

— Tu crois que ce que viens de faire pour toi fait que je suis moins un homme ?

Je me levai, complètement nu, exposé devant lui.

— Est-ce que j'ai l'air d'autre chose qu'un homme selon toi ?

Son regard passa sur mon corps et s'attarda sur mon pénis.

— Bien sûr que tu es un homme. Si tu ne l'étais pas, je ne serais pas attiré par toi.

— Exactement. Parce que tu es *homosexuel.*

Il grimaça.

— Ça ne te rend pas non plus moins viril. Qui est-ce qui me sort de la merde homophobe maintenant ?

Je trouvai mes sous-vêtements et mon jean, et les enfilai. Il resta juste là, à me regarder. Mon cerveau était en ébullition. Je n'avais jamais compris pourquoi, quand nous avions vingt ans, je pouvais être gay, mais lui pas. Je me demandai à quel point sa haine de lui-même affectait ce qu'il pouvait penser de moi. J'avais eu peur, pendant longtemps, que tout ce qu'il pensait de négatif sur lui-même s'applique aussi aux gays en général, ou à moi particulièrement. J'avais peur qu'il ne trouve jamais la force de dire haut et fort qu'il était gay, et qu'il m'en veuille d'avoir fait mon coming out. Je suppose que j'avais la réponse.

J'eus soudain très froid.

— Jake, non. Ce n'est pas ce que je...

— Va te faire foutre.

Il soupira de frustration, mais s'écarta pour que je puisse passer. Je marchai en long et en large d'un pas nerveux, regardant par terre pour vérifier que nous n'avions rien oublié. Je pliai les couvertures et les lui lançai. Il les rangea dans ses sacoches avec ses dernières affaires.

— Jake, stop. Ne sois pas... Ne fais pas ça. Ça m'a pris beaucoup de temps pour arriver où je suis maintenant. Je n'ai pas... honte. Je suis hors du placard, ça n'est plus comme avant.

— Mais tu as encore du chemin à faire.

Il s'éloigna un peu, avant de revenir vers la Ducati. Il l'enfourcha et me fit signe de grimper derrière lui. J'eus l'impression que toute la magie avait disparu, et je n'étais pas encore prêt à le toucher ou à être proche de lui.

— Je ne te méprise pas.

— Tais-toi et ramène-moi.

VIII

CE BAISER avait été un poison.

Fou d'excitation d'avoir enfin embrassé Adam, et voyant ce baiser comme un signe qu'Adam voulait finalement de moi, qu'il avait enfin repris ses esprits, j'avais passé la majeure partie de l'après-midi sur un nuage. À un moment, je m'étais souvenu que j'avais un petit ami qui n'était pas Adam. Alors j'avais sauté dans un train pour le centre-ville. Je m'étais rendu à l'appartement de David avec l'intention de rompre. Je lui avais dit la vérité, ou ce que je croyais être la vérité à cet instant.

— Adam m'a embrassé.

— Il a *quoi* ?

J'avais dû baisser les yeux, je n'avais pas pu le regarder en face. J'avais pris une grande inspiration.

— Il m'a embrassé, et je ne sais pas si ça veut dire quelque chose, mais je pense que oui, et je veux voir si ça va nous mener quelque part. Alors je ne peux plus être avec toi.

J'avais levé les yeux. David se tenait là, bouche ouverte et les yeux écarquillés.

— Il n'est pas... après tout ce temps, tu ne crois pas qu'il est peut-être en train de te manipuler ? Que c'est sa manière de te faire faire ce qu'il veut ? Il ne t'a jamais montré le moindre intérêt avant. Il est trop empêtré dans son propre merdier pour s'occuper de toi comme tu le mérites.

— Ce n'est pas vrai ! Tu ne connais pas Adam.

— Tu as raison, je ne le connais pas ! Tu ne m'as jamais laissé le rencontrer ! Tu me tiens éloigné de tes amis comme si tu avais honte de moi !

— Je n'ai pas honte de toi.

— Non, peut-être pas.

Il s'était passé une main dans les cheveux.

— Mais mieux vaut ne pas me présenter aux gens, de peur qu'Adam pense que notre relation est sérieuse. Peut-être que ça, c'est une bonne raison pour qu'on se sépare. Je t'aime, Jake. C'est pour ça que je suis resté aussi longtemps, malgré tout. Mais à tes yeux, je ne suis que le gars que tu baises en attendant qu'Adam change d'avis. Je mérite mieux que ça.

— Je t'aime aussi. Tu crois que cette conversation est facile pour moi ?

La discussion avait dégénéré en une avalanche de cris, l'opportunité pour nous de dévoiler au grand jour tous nos ressentiments et blessures. Plus tard, j'avais pris le train pour rentrer à la maison, complètement dévasté.

Le lendemain matin, j'étais allé chez Adam et j'avais sonné. Sa mère avait ouvert la porte. Elle m'avait regardé d'un air sévère et avait dit :

— Adam n'est pas là.

— Oh, quand rentre-t-il ?

— Il ne rentrera pas.

— D'accord. Eh bien, euh… Dites-lui que je suis passé.

— Non, Jake. Adam est parti. Il ne reviendra pas.

— Parti ? Où est-il est parti ?

Elle m'avait claqué la porte au nez.

Cela m'avait paru vraiment étrange. La mère d'Adam n'avait jamais été la plus aimable des femmes, mais je ne l'avais jamais connue si brusque, et j'avais toujours pensé qu'elle m'appréciait. Je m'étais demandé si elle savait ce qu'Adam avait fait, si elle savait qu'il était gay et pensait que je l'avais contaminé. J'avais pensé que j'allais attendre que les choses se tassent, et qu'ensuite tout irait bien. Et qu'Adam et moi pourrions avoir notre fin heureuse.

Sauf qu'Adam était vraiment parti. Sa mère n'avait rien voulu rien me dire sur l'endroit où il était allé, peu importe le nombre de fois où je lui avais demandé et m'étais pris cette fichue porte au nez. Adam ne répondait pas aux appels, ni aux e-mails ou autres. Il était simplement parti sans un mot. Et je venais de foutre en l'air ma relation avec David, la seule personne qui avait *vraiment* des sentiments pour moi.

Une fois qu'il avait été clair qu'Adam était parti pour de bon, je m'étais demandé si cela valait vraiment la peine de raconter ce qui s'était passé à qui que ce soit. J'avais décidé dire la vérité à Kyle et Brendan en premier. Nous étions en train de boire un verre chez Dickie, et ils spéculaient sur ce qui avait provoqué le départ précipité d'Adam. Ils n'étaient pas vraiment en colère, pas à cet instant, en tout cas. Et Kyle avait semblé prendre plaisir à échafauder des

71

explications de plus en plus tordues. Il était en train de broder une histoire autour d'Adam qui serait secrètement un agent secret lorsque j'avais lâché :

— Il m'a embrassé.

Ils m'avaient tous les deux regardé. Kyle avait dit :

— Le bâtard.

Il m'avait questionné pour obtenir de plus amples informations, mais je ne savais rien de plus. Adam était venu chez moi, m'avait embrassé à m'en faire tout oublier, et avait ensuite disparu de la surface de la Terre. Kyle avait semblé trouver ça frustrant, Brendan était resté silencieux durant tout l'échange, me jetant de temps à autre des regards confus. Je m'étais demandé un instant s'il m'en voulait d'avoir fait fuir Adam, mais il n'avait jamais rien dit.

LORSQUE TOUT s'était tassé, j'avais appelé David une nuit et m'étais excusé. Je lui avais dit que j'étais un idiot de l'avoir laissé tomber et de m'être laissé manipuler par Adam. Je lui avais dit qu'Adam était parti pour de bon. J'avais dit à David que je l'aimais. Il n'était pas revenu avec moi. Au lieu de ça, il avait écouté mes excuses, puis m'avait dit d'aller me faire voir et avait raccrocha. C'était probablement ce que j'avais mérité.

J'avais vraiment aimé David, ou en tout cas j'avais pensé l'aimer. J'avais beaucoup tenu à lui, je m'étais senti à l'aise et en sécurité avec lui. Je n'avais sincèrement pas voulu le blesser. Mais en même temps, il n'avait jamais fait battre mon cœur comme Adam pouvait le faire. J'aimais David, mais il n'était pas Adam.

J'avais continué d'attendre que quelque chose se passe. J'avais attendu qu'Adam revienne. J'étais sorti avec un certain nombre d'autres gars. J'avais eu quelques agréables aventures sans lendemain. Cela m'avait soulagé un temps, mais m'avait laissé insatisfait. Puis un jour, quelques semaines à peine avant le retour d'Adam dans ma vie, j'avais croisé David dans ce foutu bar au bout de ma rue, nous avions discuté et je l'avais ramené à la maison.

Mais ce baiser n'avait jamais cessé de me hanter, infusant les fibres de ma nouvelle relation avec David. Parce que je ne pouvais pas regarder David sans penser à Adam. Mais Adam était parti cinq ans auparavant, j'étais donc certain que je ne le reverrais plus jamais. Lorsque j'étais tombé sur David, j'avais pensé que cela valait la peine d'essayer à nouveau, même si je n'étais pas sûr de ce que j'attendais de lui. Pourtant, quand nous avions recommencé à nous fréquenter, il m'avait dit qu'il tenait toujours à moi et avait souvent pensé à moi, mais nous avions convenu de nous en tenir à des relations occasionnelles. Il savait probablement mieux que moi ce qui se passait dans ma tête.

Je tenais vraiment à David et je ne voulais pas qu'il disparaisse de ma vie. J'avais su à ce moment-là que lorsque je l'avais largué, David, lui, avait continué à vivre. Et moi, j'avais recommencé à attendre Adam.

LORSQUE NOUS nous arrêtâmes dans mon allée, je sautai immédiatement de la Ducati et filai jusqu'à la porte de ma maison. Je me sentais nul, et surtout complètement humilié. Je voulais me rejouer la soirée dans ma tête pour comprendre comment tout avait pu déraper. C'était Adam qui avait évoqué la sodomie, il avait vraiment eu l'air d'en avoir envie. Je savais que je ne l'avais pas imaginé. Mais avait-il une si basse opinion de moi qu'il pouvait me demander de faire quelque chose dont il avait lui-même trop honte ? Je ne pouvais pas penser clairement avec Adam sur les talons.

Je tâtonnai maladroitement avec mes clés devant l'entrée. Adam n'arrêtait pas de dire :

— Jake, attend, allez, parle-moi, ne fais pas ça, Jake, attend, attend, Jake !

Et autres variations du même genre. Je tentai d'ouvrir la porte avec la mauvaise clé, ce qui laissa suffisamment de temps à Adam pour arriver jusqu'à moi. Je réussis à déverrouiller la porte et à me glisser à l'intérieur, et fis mine de lui fermer la porte au nez, mais il tendit le bras pour attraper le battant et le maintenir ouvert. Étant plus grand et plus fort que moi, il y parvint.

— Cesse de te comporter comme un enfant de cinq ans et parle-moi, dit-il.

— Tu as pris ton pied, d'accord ? Maintenant, laisse-moi tranquille.

Il regarda autour de nous d'un air fébrile.

Je poussai sur la porte.

— Oh, détends-toi, Adam. Cette maison appartient à un vieux couple gay, ils n'en ont rien à foutre que tu couches avec un mec, et ils ne sont même pas à la maison, de toute façon. La plupart de mes voisins sont gays. Tu n'as aucune raison d'être embarrassé. On est à Boystown, putain.

Je glissai ma tête à l'extérieur et criai '*J'aime baiser avec des mecs !*' aussi fort que possible, ce qui me valut un '*Wou-Hou !*' de la part d'un type passant à vélo. Je haussai un sourcil à l'attention d'Adam.

— Est-ce que tu vas te calmer ?

— J'ai fini.

J'essayai à nouveau de fermer la porte.

Mais lui, bien sûr, poussa pour m'en empêcher.

— Est-ce que tu vas t'arrêter un instant et me laisser m'excuser ?

Je renonçai à essayer de fermer la porte.

— D'accord.

Il prit une profonde inspiration et laissa retomber ses bras sur les côtés.

— Écoute, je suis désolé. Ce que j'ai dit… ce n'est pas sorti comme je le voulais.

— Et qu'est-ce que tu voulais dire ? demandai-je. Parce que ce que tu *as* dit m'a fait me sentir comme une merde.

— Je sais, j'ai juste… J'ai quelques blocages, je l'admets, mais c'est moi le problème. Ça n'a rien à voir avec toi. Tu m'as posé une question et j'y ai répondu honnêtement, ma réponse n'était pas un jugement de valeur sur toi ou sur ce qu'on a fait. C'était juste… ma raison.

Il me regardait, les sourcils froncés et le regard plein de défi.

Il était difficile de nier la logique de son raisonnement. J'avais demandé, et il m'avait répondu.

— Quoi qu'il en soit, continua-t-il, je ne regrette pas ce qu'on a fait.

Pour être franc, moi non plus. Même si je regrettais tout ce qui avait eu lieu après. Je ne savais pas quoi dire.

— Est-ce que je peux entrer ? demanda-t-il.

Je m'écartai de la porte.

PEU APRÈS vingt et une heures, nous eûmes tous les deux de nouveau faim. J'emmenai Adam au bar gay au bout de ma rue parce que je savais qu'il serait ouvert et servirait encore à manger. Je voulais aussi un peu le tester.

Effectivement, il s'arrêta à l'entrée.

— C'est un bar gay, dit-il.

— Bien joué, Sherlock. Tous les bars du coin sont gays. Mais devine quoi ? Tu *es* gay.

Il eut un petit rire moqueur et se faufila par la porte.

Je repérai une table libre et y installai Adam avant d'aller au bar commander à manger. Ken travaillait ce soir-là, et me lança un sourire tandis que je me faufilai jusqu'à lui.

— C'est un beau mec que tu as là.

Je jetai un œil à Adam qui scrutait attentivement son portable. Je me retournai vers Ken et souris.

— Je sais. Est-ce qu'on peut avoir deux hamburgers ?

— Pas de problème.

Je commandai aussi deux bières, et Ken me dit que quelqu'un nous les apporterait sous peu. Je fis demi-tour pour retourner à la table, mais avant que j'y arrive, j'entendis une voix familière m'interpeller.

David. Il fallait que soit lui.

D'un seul coup, il fut devant moi. Il me posa une main sur l'épaule et me caressa doucement.

— Coucou mon doudou, comment vas-tu ?

Mon estomac se retourna. 'Doudou' était un surnom dont il ne m'avait plus affublé depuis bien avant notre séparation, et je devinai à la façon dont il oscillait qu'il était complètement ivre. C'était le petit jeu que nous avions mis en place ces dernières semaines : généralement, il m'appelait et m'invitait à le rejoindre dans le bar, je venais prendre un verre avec lui et nous finissions inévitablement dans mon lit.

Même si techniquement nous n'étions pas de nouveau ensemble et n'avions même rien d'un couple, je me sentis un peu coupable parce que ce soir, j'avais Adam. C'était le comble du mauvais timing. Je jetai un autre regard en direction de la table pour voir ce que faisait Adam. Il n'était plus là.

— Merde, dis-je.

— C'est marrant de te croiser ici, dit David. Tu es pile celui que je cherchais. Je suis content que tu sois venu, parce que j'ai essayé de t'appeler, mais…

Il haussa les épaules.

— Écoute, je suis là avec quelqu'un et je ne crois pas qu'il apprécierait…

Un bras musclé se glissa sur mes épaules.

— Est-ce que ce type te dérange ? demanda Adam.

Oh, Dieu du ciel. J'étais à deux doigts de vomir sur leurs deux paires de chaussures.

— Eh bien, salut, dit David. Dis donc, tu n'es vraiment pas mal, toi.

Je m'extirpai de sous le bras d'Adam et m'écartai de lui.

— Euh, je vais vraiment vous surprendre...

Ils me regardèrent tous les deux.

— Adam, voici David. David, voici Adam.

Je faillis me mettre à l'abri sous une table. Autour de nous, la tension était soudain palpable. Adam et David se regardaient fixement, s'étudiant mutuellement. J'avais l'impression d'avoir mis deux chats face à face. Ils avaient tous deux pris inconsciemment la bonne position : dos arqué et poil hérissé. Je me demandai lequel des deux allait tenter de tuer l'autre en premier.

Finalement, David fut le premier à faire machine arrière.

— Je vois. Je suppose que je vais rentrer, je suis cuit. Je t'appellerai... Ou pas.

Il retourna dans le coin du bar d'où il était venu, et je ramenai Adam vers notre table. Je vis David quitter le bar alors que je m'asseyais. Puis Ken nous apporta nos bières. Je pris une profonde inspiration dans l'espoir de calmer mon estomac.

— Donc, c'était David, dit Adam.

— En chair et en os.

— Tu sais, c'est marrant. Tu es sorti avec lui pas mal de temps. Quelques années, n'est-ce pas ? Et c'est la première fois que je le vois.

La nausée était de retour. Je n'avais pas la moindre idée de comment lui expliquer.

Adam haussa les épaules.

— Il est juif ?

— Ouais, mais ça n'a rien à voir.

Il regarda la table.

— Je me demandais simplement si ça avait de l'importance pour toi.

Je pris une grande inspiration.

— J'ai dû endurer un certain nombre de sermons en grandissant sur le fait de trouver une jolie jeune Juive à épouser lorsque je serai en âge, mais lorsqu'il est devenu clair que je n'épouserai jamais une femme qui porterait des bébés juifs, ma mère a laissé tomber.

— Mais ça te plaisait que David soit juif.

— On a eu une éducation similaire, ça nous donnait quelques choses en commun. Mais... Adam, toi et moi, on a quasiment grandi dans la même maison. Personne n'a plus de choses en commun que nous.

Il leva les yeux vers moi avec un petit sourire idiot.

— J'imagine que c'est vrai.

Je réalisai qu'Adam essayait de déterminer s'il était admissible pour être mon petit ami. Si avoir un petit ami juif me semblait important, ça voulait dire qu'Adam n'avait aucune chance, étant donné que les Boughton étaient tout ce

76

qu'il y a de plus catholiques. Je ne savais pas quoi faire de cette information. Je ne voulais pas lui poser la question ; tout cela semblait encore trop fragile.

Un type en tablier déposa sur la table de petits paniers contenant des frites et des hamburgers. Adam entreprit de créer un lac de ketchup dans le sien.

— Tu es triste d'avoir rompu avec David ? me demanda-t-il en tripotant le pain de son burger.

Je fermai les yeux.

— Je, euh... Eh bien, parfois. C'est un type bien.

Je ne voulais pas dire à Adam que nous nous étions revus. Ce n'était pas utile. J'étais quasiment sûr que je n'entendrais plus parler de lui.

— Je veux dire, la rupture a fait mal. Mais, euh, on se croise toujours de temps en temps. Et maintenant, je pense que ce qui est arrivé devait arriver.

Adam fit traverser le Lac Ketchup à une de ses frites.

— Mais c'était un peu ton premier amour, n'est-ce pas ?

Comment pouvais-je répondre à une telle question ?

— Ça a été ma première histoire sérieuse.

Pour changer de sujet, j'ajoutai :

— Et toi ? Tu as dit que tu avais fréquenté un gars. Tu es sorti avec pas mal de mecs ?

Il enfourna la frite recouverte de ketchup dans sa bouche.

— Quelques-uns. Rien de sérieux.

Je n'aimai pas sa réponse évasive et essayai de réfléchir à une question qui me permettrait d'obtenir plus d'informations.

Avant que je ne puisse parler, il tapa sur la table juste devant son assiette.

— Je ne sais pas ce qu'il y a entre nous, mais j'aimerais qu'on se revoie avant mon départ. Mon vol est vendredi soir. Je dois faire une grande présentation à l'expo demain, mais peut-être qu'on pourrait déjeuner ensemble vendredi ?

Je voulais demander, *'Et ensuite, que se passera-t-il ?* Ce n'est pas comme si on pouvait avoir une relation simple, pas alors qu'il se débattait avec je ne sais quels problèmes, pas avec notre historique, pas avec lui vivant à New York et moi à Chicago. À la place, je dis :

— Ouais, D'accord.

Nous mangeâmes en silence pendant un moment. Il jetait des coups d'œil aux alentours et de temps à autre, son regard s'arrêtait sur un type mignon. Certains d'entre eux lui rendaient son attention. Je me sentis un peu fier, étant donné que j'étais assis avec probablement le plus beau mec du bar.

— C'est une histoire de confiance, dit-il.

— Quoi ?

Il regarda autour de nous et baissa le ton.

— Le fait de ne pas vouloir être en dessous. C'est aussi de la confiance. Je n'ai jamais eu assez confiance en quelqu'un pour… Tu sais.

Cela me prit un moment pour réaliser de quoi il parlait, et surtout pour comprendre ce qu'il me disait.

— D'accord. Je peux comprendre ça.

— Je ne veux pas que tu t'imagines que je suis un lâche non plus. Mais tu sais, je… J'imagine que c'est compliqué pour moi de faire confiance aux gens. C'est un de ces sujets sensibles.

— Je comprends, dis-je.

Et c'en fut fini de cette conversation. Nous retournâmes à nos assiettes, comme s'il ne venait pas de me confier quelque chose d'extrêmement important.

Il finit son burger et dit :

— Je ne vais quasiment jamais dans les bars gay.

— Vraiment ? Alors, comment tu… ?

Je faillis lui demander comment il trouvait des mecs avec qui coucher, mais réalisai rapidement que je ne voulais pas connaître la réponse. L'image d'Adam avec n'importe qui d'autre me rendait malade.

— Ils servent la même bière dans les bars hétéro, dit Adam. La seule différence, c'est la musique qu'ils passent et les mecs en train de danser ensemble là-bas.

Je regardai en direction de la petite fosse juste à temps pour apercevoir deux hommes commencer à se peloter. J'acquiesçai.

— Je vais aussi dans des bars hétéros, généralement avec Longo, mais j'ai mes habitudes ici, tu vois ? Je connais les gars qui travaillent ici, ils savent ce que je prends généralement, tout le monde est content. Et j'imagine que je me sens bien, ici. Je veux dire, c'est une des raisons pour lesquelles j'ai emménagé dans le coin. On s'y sent en sécurité. J'ai l'impression d'y trouver ma place, comme si je faisais partie d'une grande communauté.

Il hocha la tête.

— C'est un peu étrange, d'être là avec toi. C'est un pan de ta vie que j'ai raté en disparaissant, j'imagine.

Je tendis le bras au-dessus de la table pour attraper sa main. Il la regarda pendant un long moment. Je dis :

— L'un des avantages de cet endroit, c'est qu'on peut se toucher sans que personne ne vienne nous juger. On n'a pas besoin d'avoir peur que les deux reproducteurs à la table d'à côté soient offensés de voir deux hommes avoir rendez-vous.

— C'est un rencard ?

— Je ne sais pas. J'imagine qu'en quelque sorte c'en est un ?

Il souriait à nouveau.

— J'aime l'idée d'avoir rendez-vous avec toi. J'ai pensé te demander de sortir avec moi au moins un million de fois. Avant de partir, je veux dire. Mais ça aurait tout changé, j'imagine. J'avais tellement peur de te perdre.

Il me vint à l'esprit que l'enjeu était moindre, maintenant. Il ne pouvait pas bousiller davantage la dynamique du groupe. Et si tout se mettait à aller horriblement de travers, eh bien... Il avait un billet d'avion pour dans quelques jours. D'un autre côté, cela augmentait affreusement les chances que tout m'explose à la figure.

Mais, à cet instant, c'était agréable d'être là, à simplement se tenir la main.

CELA NE dura pas.

Sur le chemin du retour, j'ouvris ma grande bouche et demandai :

— Tout à l'heure tu as dit que tu avais fait ton coming out. Mais à quel point ?

— Qu'est-ce que tu veux dire ?

— Qui est au courant ? Ta famille, tes amis, tes collègues ?

— Ma famille proche le sait. Ce qui m'effrayait le plus, c'était de le dire à mes frères, mais en ce moment, ils sont tous occupés avec leur propre famille, alors ça n'a pas été trop dur. Doug a juré qu'il l'avait toujours su. Et mon père et ma sœur sont tout à fait à l'aise avec l'idée. Mais ma mère, et bien...

Il pencha la tête et grimaça.

— Elle se fait à l'idée, j'imagine.

— Je suis désolé que ça ait été si compliqué.

Il haussa les épaules.

— Je pense que ça a aidé qu'ils aient eu quelques avertissements. Maman se souvenait de la fois où je t'ai embrassé, et j'ai laissé passer deux ans et demi avant de les mettre réellement au courant, alors elle avait déjà eu un petit moment pour s'habituer à l'idée. Même si mes parents n'étaient pas ravis, ils ne m'ont pas déshérité ou autre. Ils s'adaptent. Je, euh... La plupart de mes amis à New York sont au courant. Je n'en fais plus vraiment un secret, maintenant. Mais au travail, bon....

— Je ne crois pas connaître qui que ce soit qui ne sache pas que je suis gay.

— Même à ton boulot ?

— Ouais. Je t'explique : il y a quelques années, un de mes petits copains m'a offert le calendrier des Hommes du vieil Hollywood. Marlon Brando, Cary Grant, etc. J'ai pensé que mon bureau serait l'endroit parfait pour le calendrier, alors je l'y ai mis. Je n'y ai même pas réfléchi à deux fois. Mais je suis sûr que certains l'ont remarqué. Imagine, *'Quel genre de type met un calendrier d'hommes sexy dans son bureau ?'* Un jour, j'ai entendu qu'il y avait des rumeurs, alors j'ai simplement commencé à répandre l'information. Par exemple, quand mes collègues racontaient des histoires sur leur femme, je parlais de mon petit ami. Ou je disais des choses comme *'Oh, untel et untel et moi, on a été voir ce film le week-end dernier'* ou autres. Et je me suis rendu compte qu'une fois tout le monde au courant, je n'avais plus besoin de surveiller mon comportement. J'ai arrêté de me demander si les vêtements que je portais ou mes manières me faisaient paraître gay, parce qu'au travail, tout le monde savait que je l'étais. Ça a été libérateur, en fait.

C'était la vérité. Il m'arrivait de temps en temps de subir de l'homophobie, mais je travaillai dans une société de biotechnologie où la plupart des gens s'occupaient de leurs affaires et se contentaient de faire leur boulot.

Il resta silencieux un instant.

— Je vois plutôt ça comme une information à partager avec qui je décide. Et la plupart des gens n'ont pas besoin de le savoir.

— Donc personne ne le sait à ton boulot ?

— Pas vraiment. Je n'en fais juste pas la pub. Je pense que la plupart de mes plus anciens employés le savent, mais je travaille beaucoup avec des clients et des consommateurs. Tu sais ce qui se passe lorsque les gens découvrent que tu es gay ? Ils pensent au sexe. Si je rencontre un nouveau client, et qu'il sait que je suis gay, il va penser à la personne avec laquelle je couche et non pas au travail que je pourrais faire pour lui. Je veux que mes clients me connaissent pour mon travail, pas pour mes coucheries.

— Oui, mais...

— Ce n'est pas moi. Ce n'est pas moi qui fonctionne comme ça, ce sont tous les autres.

Le volume de sa voix s'éleva, il commençait à s'échauffer.

— Tu n'es plus un ingénieur, un génie de la technologie ou un business man, tu es un ingénieur ou business man *gay*, ça implique que d'une certaine manière, tu es différent. Mais le fait que je sois gay n'a rien à voir avec ma capacité à faire ce que je fais. Et je suis bon à ce que je fais.

— Je n'en doute pas, mais...

— C'est bien beau d'avoir des calendriers de mecs sexy et des arcs-en-ciel dans ton bureau ou que sais-je, mais j'ai besoin que les gens me voient d'abord pour mon boulot. Ma vie personnelle n'a aucune incidence sur mon travail. Ça n'a rien à voir. Ma sexualité ne définit pas qui je suis. Ce n'est pas ma putain *d'identité*, c'est juste ce que je fais le week-end, d'accord ?

Je levai les bras au ciel.

— Comment est-ce que tu peux dire ça ? Après tout ce qui s'est passé avec ta famille ? C'est juste une chose que tu fais ? Vraiment ?

Il shoota dans une pierre sur le trottoir.

— Peut-être que ce n'est pas la meilleure manière de le dire. Ce n'est juste pas... je ne veux pas que ma sexualité me définisse. Je veux pouvoir entrer dans une pièce et dire *'Bonjour, je suis Adam, je dirige une compagnie qui peut faire des choses géniales pour vous'*, pas *'Bonjour, je suis gay'*.

Il zozota à la fin de sa diatribe et leva la main en pliant le poignet.

— C'est... je me sens un peu vexé/insulté.

Il secoua la tête.

— Je suis désolé. Mais tu dois bien savoir comment c'est. Je veux dire, ce n'est pas comme si tu vivais dans une bulle. Je suis content pour toi, Jake, que tu aies fait ton coming out, que tu sois fier et que tout le monde t'aime. Mais les choses ne fonctionnent pas comme ça dans mon monde.

— C'est dommage pour toi, alors.

— Les choses sont faites ainsi. Je changerais ça si je le pouvais, mais je dois faire face à une certaine réalité.

Il grogna.

— Et visiblement, quelqu'un est au courant parce que la semaine dernière, j'ai reçu un e-mail d'une journaliste qui veut écrire un article au sujet des hommes d'affaires gays les plus importants du pays. Elle m'a demandé une interview.

— Tu vas le faire ?

Mon immeuble était en vue.

— Probablement pas, dit Adam. Ce serait un peu trop de publicité mal ciblée, je pense. Et ce genre de médias ? Ma pauvre grand-mère en ferait une attaque.

Je me sentais vraiment troublé par cette conversation. Son petit discours me faisait encore me sentir inférieur, comme si je n'étais pas assez bien, parce que je n'avais pas un job prétentieux dans les affaires. Parce que moi, je pensais que ma sexualité me définissait, qu'être gay représentait une grande partie de ce que j'étais, et je n'appréciais pas qu'Adam me dise qu'il y avait quelque chose d'anormal là-dedans. Je n'arrêtais pas de penser que c'était le genre de comportement complaisant qu'avait Adam qui mettait constamment des bâtons dans les roues des mouvements activistes homosexuels. D'ailleurs, je n'avais pas tellement envie d'ouvrir cette boîte de Pandore. Je pris quelques profondes inspirations, essayant de me calmer. Je ne voulais pas vraiment me disputer avec Adam, mais je trouvais son attitude énervante.

— Tu es en colère, me dit-il. Ce n'est pas… ouais, peut-être un peu. J'imagine qu'on voit simplement les choses différemment.

Nous restâmes sur mon perron une minute. Il me regarda.

— Je devrais y aller. Je dois faire une présentation demain. Mais je veux te revoir avant de rentrer à New York.

Je me demandai si ça en valait la peine. Après tout ce qui venait de se passer, je me sentais blessé, confus et je me demandai si la vie ne serait pas plus simple si je laissais Adam s'en aller et oubliais toute cette histoire.

Mais j'acquiesçai.

Il m'embrassa la joue et serra ma main dans la sienne avant de retourner à la Ducati. Il mit son casque, me fit un signe de la main, grimpa sur sa moto et partit.

IX

JE SAIS que cela peut sembler cliché, mais j'ai toujours su que j'étais différent des autres. J'ai dû attendre l'adolescence pour vraiment comprendre pourquoi, mais souvent je regardais les autres garçons et j'avais l'impression que quelque chose n'était pas normal chez moi. Je suppose que j'ai été chanceux : j'ai eu le baseball pour m'aider à me fondre dans la masse. Jouer dans une équipe junior qui gagnait assez souvent m'a sans doute évité d'être persécuté.

Lorsque nous avions dix ans, Adam était venu avec moi à la synagogue de mes parents. En fait, c'était un boy-scout, et à ce moment-là il travaillait à obtenir un badge sur les mérites comparés des religions. Pour cela, il devait donc découvrir une autre foi que la sienne. C'était donc très pratique, pour ce gamin catholique, que son meilleur ami soit juif. Mes parents avaient pensé que cela serait amusant pour lui de venir avec nous à l'office de Pourim.

Ma famille était plus ou moins juive de nom seulement. Pour moi, nous étions plutôt des juifs culturels. Nous prenions notre héritage au sérieux, mais allions seulement à la synagogue pour les bar-mitsvas et le Yamim Noraïm. Et nous mangions kasher seulement lors de la pâque juive.

Mais j'avais toujours aimé Pourim étant petit. La synagogue en faisait toujours toute une affaire. Je ne compris réellement le sens de la célébration qu'une fois plus âgé, mais à l'époque je savais surtout qu'il s'agissait d'une bonne excuse pour se déguiser avec des costumes ridicules.

Cette année-là, j'avais eu du mal à décider ce que j'allais porter. J'avais donc emmené Adam à la salle commune de la synagogue, où des membres de la congrégation avaient sorti des boîtes de costumes. Nous avions farfouillé dans les boîtes, pensant que nous allions nous déguiser ensemble, peut-être faire semblant d'être des jumeaux pour la journée. Adam avait sorti d'une caisse une fausse barbe qui aurait eu l'air parfaitement à sa place dans une production d'*Un Violon sur le toit*. J'avais donc immédiatement commencé à

83

chanter *Tradition* et à taper des pieds en cercle. Adam avait pouffé et avait continué à fouiller.

Un boa en plumes rose vif avait attiré mon attention, et je l'avais pris et l'avais enroulé autour de mon cou sans même y penser. Je ne sais pas pourquoi je l'avais fait, je suppose que j'aimais la couleur. Je m'étais remis à fouiller, à la recherche d'autres trésors, mais je m'étais rendu compte qu'Adam me fixait.

— Qu'est-ce qu'il y a ? avais-je demandé.

— C'est quoi, ces plumes ?

— Je ne sais pas.

J'avais pris une extrémité du boa et l'avais rabattu sur mon épaule, puis j'avais pris la pose, les mains sur les hanches.

— Je ne te plais pas ?

Adam s'était mordu les lèvres pour ne pas rire.

— Tu ressembles à une fille.

Un peu vexé, j'avais fouillé dans une boîte jusqu'à trouver ce que je cherchais. J'avais sorti une robe qui avait sans doute dû faire partie d'un costume de femme des années 20 : courte et rectangulaire avec des franges argentées partout. Elle avait un peu souffert, mais était toujours brillante. Je l'avais enfilé par-dessus la chemise blanche et le pantalon marron que ma mère m'avait fait enfiler ce matin-là. Puis j'avais réajusté le boa afin qu'il soit parfaitement drapé par-dessus la robe.

Adam avait alors commencé à s'énerver.

— Ne sois pas nul. On est censés trouver de vrais costumes.

— Qui dit que ce n'est pas un vrai costume ?

Je savais que j'étais ridicule, mais j'aimais vraiment l'embêter. Il avait commencé à souffler et à secouer la tête, mais il avait découvert à ce moment-là une caisse pleine de costumes de superhéros.

J'avais pris une voix aiguë pour dire :

— D'accord, tu peux être Superman, je serai Loïs Lane.

— Tu ne peux pas être une fille.

— Bien sûr que si je peux être une fille. Tu ne trouves pas que je ferai une jolie fille ? avais-je minaudé.

Bien entendu, c'était le moment qu'avait choisi ma mère pour entrer dans la pièce. Elle m'avait fixé pendant un instant, comme si elle ne me reconnaissait pas. Je m'étais figé, comme si j'avais été surpris en train de faire quelque chose que je n'aurais pas dû.

Mais elle s'était mise à rire.

— Eh bien, ça c'est un costume. On dirait une petite Ethel Merman blonde.

Je n'avais donc pu faire autrement que de me lancer dans une interprétation grandiloquente de *Rose's Turn*, en changeant les paroles en *'Everything's coming up Jaaaaake !'*. Si je n'avais pas suivi Adam dans l'équipe de baseball, j'aurais sans doute fait partie de la troupe de théâtre du lycée. Adam avais rougi et s'était caché le visage derrière la cape tout aussi rouge qu'il avait entre les mains.

Ma mère me confia plus tard que c'est à ce moment-là qu'elle avait réalisé que j'étais gay.

Adam s'était mis à trembler, et j'avais eu peur qu'il ne soit à deux doigts de me mettre un coup de poing. Mais il avait laissé tomber la cape, et je m'étais rendu compte qu'il était en train de rire. Il avait d'ailleurs tellement ri que son corps entier en avait tremblé, mais aucun son n'était sorti de sa bouche. Il s'était assis par terre et s'était frotté la tête.

— Tu es dingue, avait-il déclaré lorsqu'il avait repris son souffle quelques instants plus tard.

J'avais retiré la robe. Une partie de moi avait l'impression que j'aurais dû m'excuser d'avoir poussé les choses aussi loin, mais Adam n'avait pas eu l'air particulièrement en colère. En fait, il était toujours en train de sécher ses larmes de rire.

— Si tu ne veux pas que je sois une fille, avais-je dit à la place, je ferai quelque chose d'autre. On peut être deux frères, comme on avait dit.

Ma mère avait éclaté de rire.

— Vous ne vous ressemblez vraiment pas, tous les deux. Mais j'aime l'idée de vous voir déguisés en frères.

Elle m'avait ébouriffé les cheveux.

Adam s'était levé.

— Non, c'est bon, je serai le héros, et toi tu peux être la damoiselle en détresse.

Il avait souri d'un air suffisant, puis avait tiré d'une caisse une longue perruque blonde qu'il m'avait lancé.

Je l'avais donc enfilée et avais battu des cils dans sa direction.

— Oh, Adam. Tu es si courageux.

Il avait attaché la cape rouge autour de son cou, puis avait pris la pose classique des superhéros : poitrine gonflée et poings sur les hanches.

Ma mère, Dieu merci, avait trouvé tout cela extrêmement drôle.

85

Lorsque tout le monde avait eu fini de rire, j'avais retiré la perruque. Adam avait marché jusqu'à moi et m'avait mis un bras autour des épaules. Nous étions restés là, à sourire comme des idiots, sans remarquer que ma mère avait choisis ce moment pour sortir un appareil photo de sa poche. C'est pour cela que jusqu'à aujourd'hui, il y a une photo sur la cheminée de mes parents, de moi avec un boa en plumes roses et d'Adam en cape rouge de super héros, épaule contre épaule dans la salle commune de la synagogue.

Je n'avais pas pensé à cette photo pendant des années, jusqu'à ce qu'Adam disparaisse et que je commence à me demander s'il m'avait aimé pour qui j'étais ou malgré cela. J'avais eu peur que cette photo ne soit d'une certaine manière liée à la raison pour laquelle il en était venu à me détester.

COMME IL l'avait promis, Adam m'invita à déjeuner vendredi midi dans un restaurant près de son hôtel. Au téléphone, il avait eu l'air enthousiaste à l'idée de me revoir, mais je me préparai tout de même à ce que ce soit un adieu.

Une fois assis, Adam me fit un grand sourire. Il avait l'air si jeune à ce moment qu'il ressemblait plus au gamin dont je me souvenais qu'à l'adulte que je connaissais maintenant. Je repensai à ces dizaines de repas que nous avions partagés, dans des pizzerias ou des fast-foods, où nous avions bataillé pour des frites, et où je ne vivais que pour ces instants où ses doigts effleuraient les miens. Je me demandai si cela n'avait pas toujours été le cas pour lui aussi.

Un serveur vint à notre table et prit nos commandes de boissons.

— Hé, mec, dit Adam. Est-ce que vous avez le match des White Sox ici ?

— Oui, je pense qu'il est à la télé au-dessus du bar.

— Ça vous ennuierait d'aller voir le score pour moi ?

— Non, pas de problème.

Le serveur parti en direction du bar. Il était très mignon vu de derrière aussi. Lorsque je reportai mon regard sur mon menu, je remarquai que le sourire d'Adam s'était fait ironique.

— Tu le matais, dit-il.

— Et alors ? Toi aussi tu matais les mecs dans le bar l'autre jour.

— C'est vrai. J'ai conscience que tu es un mâle en pleine santé, tout comme moi. Je te fais juste marcher. Il est pas mal, si on aime les taches de rousseur.

— Euh, hum ?

86

Je pointai du doigt Adam.

Il rit.

— Eh bien, c'est rassurant de voir que je suis ton genre.

Le serveur revint quelques minutes plus tard.

— Les Sox ont trois points d'avance, on est à la fin de la quatrième manche.

— Super ! dit Adam. Eh bien je vais prendre la côte de bœuf alors, pour fêter ça.

Je réalisai qu'Adam était en train de copiner avec le serveur en mode hétéro macho afin de détourner l'attention du fait que nous avions un rendez-vous. Cela me dérangea, peut-être plus que cela n'aurait dû. C'était soit ça, soit il essayait de flirter très maladroitement avec lui, mais je ne voyais pas pourquoi il aurait fait ça, surtout lorsque j'étais assis juste en face de lui. Mâle en pleine santé ou pas.

Je commandai une espèce de bidule au poulet, car c'était la seule chose sur le menu qui ne me faisait pas peur pour mes artères. Tandis que j'essayais de décider quel accompagnement prendre, une femme blonde portant une robe rose très moulante entra dans le restaurant. Je trouvais qu'elle avait l'air un peu vulgaire, pour être franc, mais notre serveur avait l'air fasciné.

— Pas mal, dit Adam.

Le serveur se tourna vers lui, l'air légèrement impressionné.

— Oui, hein ?

Bingo. Hétéro macho. Le serveur alla passer notre commande. J'étais sur le point de faire un commentaire sur les tentatives de fraternisation virile d'Adam, lorsque son téléphone sonna. Il le regarda et dit :

— C'est mon assistant, il vaut mieux que je le prenne. Une minute.

Puis il décrocha.

— Salut Jim. Oh, tout s'est bien passé. Oui, j'ai tous les chiffres sur ça, mais ils sont dans mes bagages. Je prends l'avion pour rentrer d'ici quelques heures. Est-ce que je peux te rappeler depuis l'aéroport ? J'ai un déjeuner d'affaires. Oui, bien sûr. À plus tard.

Lorsqu'il raccrocha, je commençai à me mettre en colère pour de bon.

— Un déjeuner d'affaires ?

Adam remit son téléphone dans sa poche.

— Quoi ?

— D'abord tu fais un petit numéro au serveur. Et après, tu dis que je suis un déjeuner d'affaires ?

— Tu veux que je dise à mon assistant que je déjeune avec le type que j'ai baisé il y a deux jours ?

Je sentis que je commençais à rougir.

— Non, mais tu aurais pu dire que tu déjeunais avec un ami.

— En quoi est-ce important ? Jim n'a pas besoin de savoir avec qui je déjeune. Ça n'a absolument aucune conséquence sur son travail, ni sur le mien d'ailleurs.

— Je refuse d'être ton petit secret, dis-je en serrant les dents.

— Qui a dit ça ?

— Je ne te demande pas de brandir une pancarte pour avertir que c'est un rendez-vous, mais ce serait quand même bien d'être un peu reconnu comme autre chose que ton pote.

Adam haussa les sourcils, puis tendit le doigt vers le bar.

— Ce type est peut-être un connard homophobe qui cracherait dans nos plats s'il savait que nous avons rendez-vous.

— Tu n'en sais rien. Mais de toute façon, tu n'as pas besoin de *préciser* que l'on a un rendez-vous, mais ce serait juste sympa si tu n'essayais pas de toutes tes forces de faire comme si ce n'était pas le cas.

Il soupira.

— Écoute, je t'admire beaucoup d'arriver à sortir les paillettes et les arcs-en-ciel, d'accord ? Mais ce n'est pas moi.

— Je ne te demande pas d'être quelqu'un d'autre. Mais tu *es* gay, et je ne vois pas comment on pourra faire évoluer les choses si tu continues à le cacher. Est-ce que tu n'as pas envie d'être libre d'être qui tu as envie, sans risquer que l'on crache dans ton plat ?

— Je ne suis pas franchement intéressé par le militantisme ou la culture LGBT. Ma sexualité est accessoire. Ça n'est pas *qui* je suis.

Je compris enfin ce qu'il avait essayé de me dire depuis mercredi dernier. J'étais Gay : tout le monde autour de moi était au courant de mon orientation, j'habitais Boystown, j'avais des autocollants arc-en-ciel sur mes valises. Il était gay : il était attiré par les hommes, couchait avec des hommes, mais cela s'arrêtait là pour lui. J'étais plus ahuri qu'en colère à ce moment-là, mais aussi surpris de ne pas avoir compris plus tôt, et légèrement blessé.

— Si tu n'essaies pas, tu ne peux pas savoir, dis-je faiblement.

Il tripota sa serviette.

— Ouais, c'est ça. Enfin ne me demande pas de monter sur un char à la Gay Pride, d'accord ? Je n'en ai pas besoin.

— Et si moi j'en ai besoin ?

— Quoi ?

— Si j'ai besoin de la Gay Pride, et des paillettes, et des arcs-en-ciel ? Si j'ai besoin d'assumer mon homosexualité ? Tu voudras toujours sortir avec moi ?

— Je ne vois pas le rapport.

— Imagine que je décide de porter des vêtements excentriques, ou d'attirer l'attention sur moi. Est-ce que tu aurais honte d'être vu avec moi ?

— Non. Mais pourquoi tu ferais ça ?

— Peut-être que l'on est juste fondamentalement incompatibles, grognai-je.

Je voulais qu'il me rassure, mais au lieu de cela il posa son menton sur ses mains et regarda par la fenêtre.

Avant que je puisse ajouter quelque chose, le serveur revint avec nos plats et des nouvelles du match des White Sox. Adam fit le bouffon pendant que je serrai les dents en face de lui, tout appétit envolé.

Lorsque le serveur nous laissa enfin seuls, Adam me fusilla du regard. Je lui répondis par un regard tout aussi noir. Avec sa stature et son visage carré, il faisait aussi adulte que son âge l'indiquait. Je pouvais voir à quel point il devait être intimidant dans une salle de réunion – ou ailleurs. Mais cette impression disparut légèrement lorsque je regardai son visage, car c'était bien Adam que j'avais en face de moi. C'était difficile pour moi de séparer les parties de lui que je connaissais.

Son expression se calma, et il soupira.

— Quand est-ce que c'est arrivé ?

Je ne savais pas exactement de quoi il parlait, mais je répondis :

— Tu as disparu pendant cinq ans, Adam. Tu ne peux pas t'attendre à ce que tout soit resté pareil.

— Ce n'est pas juste ça. C'est juste étrange de passer du temps avec toi parce que d'un côté tu es toujours le mec que je connais depuis toujours, mais d'un autre côté, plus du tout.

Je hochai la tête. Je comprenais ce qu'il ressentait.

Il avala une bouchée de pommes de terre.

— Mais tout a commencé à changer bien avant cela. Lorsqu'on est parti à l'université, tout a changé. Et pas juste parce que l'on ne se voyait plus tous les jours. Je veux dire, tu étais… Tu étais ouvertement gay à l'université, n'est-ce pas ?

— Oui.

Cela ne servait à rien de le nier.

— Mais tu ne nous as rien dit avant la dernière année. Tu ne nous faisais pas confiance ?

— Ce n'était pas une question de confiance.

— J'étais ton meilleur ami, et tu me l'as quand même caché.

— Et si tu te rappelles bien, lorsque j'ai *fini* par te le dire, tu as complètement pété un câble, exactement comme je l'imaginais. Alors, tu m'excuseras si je n'étais pas vraiment pressé de partager l'info. Et puis, je croyais qu'être gay n'était pas très important ?

Il se tortilla sur sa chaise.

— Ce n'est pas ce que j'ai dit.

— Tu as dit que c'était quelque chose d'accessoire. Une part de toi tellement accessoire que tu me l'as aussi cachée. Et pendant bien plus longtemps que *moi*, je te l'ai cachée.

Il fronça les sourcils en regardant son assiette.

— Écoute, ça m'a pris longtemps avant d'être à l'aise avec ça. Et je me suis conduit comme un abruti, je ne vais pas le nier. Ce n'est pas que ce n'est pas important d'être gay. Ça l'est. C'est plutôt que je ne veux pas que cela soit la chose la plus importante chez moi. Si un jour, j'avais une relation sérieuse avec un homme, ou que j'en épousais un, ou n'importe quoi, cela ne changerait pas la moindre chose à propos de moi ou de comment je fais mon travail. C'est tout.

Il prit une profonde inspiration.

— Mais ce que je voulais dire c'est que tu avais toute une vie dont je ne faisais pas partie.

Je reculai dans le box, *'J'étais ton meilleur ami'* tournant en boucle dans ma tête.

— Comment est-ce que j'aurais pu te le dire ?

Il soupira et commença à manger son steak.

— J'avais peur de te l'avouer, dis-je. Je pensais que ça changerait tout. Tu peux sûrement le comprendre, surtout toi.

Il hocha la tête, même si la crispation de son corps m'indiquait clairement qu'il était toujours blessé. Je n'arrivais pas à comprendre pourquoi. Est-ce qu'il était en colère que je ne lui ai rien dit plus tôt ? Ou d'avoir raté toutes ces années où nous aurions pu partager nos expériences ? Est-ce qu'il aurait été intéressé par ma vie à l'époque au moins ? Quand on avait dix-neuf ans et qu'il se moquait de la supposée bisexualité de Kyle ? Quand on en avait vingt et qu'il essayait toujours de sortir avec des femmes ? Ou quand on en a eu vingt-cinq et qu'il a eu besoin de m'embrasser sur la pelouse en face de la maison de mes parents ?

Cela n'avait pas de sens.

— Ça ne sert à rien de s'attarder là-dessus maintenant, dit-il. C'est du passé et on ne peut plus rien changer. Mais on pourrait… Pas recommencer à zéro exactement, mais essayer que ça marche à partir de maintenant. Peut-être que l'on n'était pas fait pour finir notre vie ensemble comme dans les romans à l'eau de rose, mais en tout cas je voudrais vraiment redevenir ton ami. Peut-être que j'ai tout cassé et que tu ne pardonneras jamais, mais je veux essayer.

— Même si tu es à New York ?

— Tu sais, il existe ces choses très pratiques que l'on appelle des téléphones. D'ailleurs, je connais un type qui a une entreprise spécialisée dans la VoIP et le tchat vidéo. Et pourrait sans doute nous filer un coup de main.

Il me fit un clin d'œil avant d'enfourner un bout de steak dans sa bouche. Après l'avoir avalé, il ajouta :

— Et on peut se rendre visite. Ce n'est pas comme si j'habitais sur la lune.

Je réalisai que, moi aussi, j'avais envie de redevenir son ami, malgré tout ce qui s'était passé. Je hochai la tête, mais il continua à me regarder comme s'il attendait que je dise quelque chose. Je tentai une plaisanterie.

— Mais on peut quand même coucher ensemble ?

Il rit.

— Bien sûr.

X

JE NE réalisai que j'avais passé la semaine avec Adam qu'une fois qu'il fut parti.

Des souvenirs remontaient à la surface : nous dans sa chambre d'hôtel, ou sur l'herbe dans ce parc, où en train de se peloter sur mon canapé, ou juste en train de rire en partageant des hamburgers au bar. Je me rappelai un bon moment, et d'un seul coup c'était comme une claque : j'avais fait toutes ces choses avec *Adam*. De temps en temps, je me disais que j'avais imaginé toute cette semaine, mais la douleur étrange que je ressentais en pensant à lui était bien réelle.

Une semaine passa, et je supposais qu'il était reparti se cacher. Au moins maintenant, je savais où il était et j'avais son numéro de téléphone. Je me disais donc que j'avais le pouvoir de le contacter au lieu d'être obligé d'attendre sans rien faire. Mais je n'étais pas complètement prêt. Je voulais garder les bons souvenirs, je savais que le contacter signifierait confronter les mauvais. Parce que j'avais l'impression qu'il me cachait encore des choses. Parce que je ne lui avais pas encore dit tout ce que j'avais sur le cœur. Parce qu'une partie de moi était encore blessée et en colère.

Je repris donc ma vie ou je l'avais laissée. Une semaine après le départ d'Adam, je déjeunai avec Trey, le jeune homme roux que j'avais rencontré au bar. Je passai un très bon moment, et Trey était tout ce que j'aurais pu souhaiter chez un homme : sexy, intelligent et charmeur, en plus d'avoir un sens de l'humour très acéré. Pourtant, il avait un défaut fatal : il n'était pas Adam. Après le rendez-vous, je ne lui demandai pas d'aller chez moi. Et il ne me demanda pas d'aller chez lui.

Je rentrai à la maison à pied et remarquai qu'il faisait étrangement froid pour la saison. Un vent glacé me transperçait. Je portais seulement un sweat-shirt à capuche, et je le serrai un peu plus contre moi lorsque le vent se leva.

J'aurais voulu réfléchir à mon rendez-vous avec Trey, mais à la place mes pensées vagabondaient invariablement vers Adam. Je me demandai si j'allais un jour parvenir à l'oublier, ou si une part de moi l'attendrait toujours.

Bien sûr que oui semblait me murmurer le vent.

Je soupirai et fourrai mes mains dans mes poches.

Cet après-midi-là, je fus pris d'une frénésie de ménage. Je n'étais pas toujours très sérieux quant à l'entretien de l'appartement, mais lorsque j'étais d'humeur, je pouvais passer des heures à nettoyer. J'étais d'ailleurs en train de récurer les parois de ma douche avec une brosse à dent lorsque mon téléphone sonna. Je le tirai de ma poche pour regarder qui appelait. C'était Adam.

— Allô ?

— Jakey !

Je mis la brosse et la bouteille de nettoyant de côté, avant de me diriger vers le salon.

— Salut, répondis-je, pas vraiment sûr de savoir quoi dire.

— J'aurais sans doute dû t'appeler plus tôt, mais j'ai été pris dans le travail toute cette semaine. Qu'est-ce que tu fais de beau ?

— Là tout de suite ? J'étais en train de nettoyer ma salle de bain.

— Sexy... Et qu'est-ce que tu portes ? demanda-t-il en riant.

Je regardais mon téléphone, estomaqué. Est-ce qu'il venait bien de me demander... ? Cela voulait bien dire ce que je croyais ?

— Euh, un vieux jogging, dis-je.

— Ouah, tu es nul à ce jeu. Même si c'est vrai, tu es supposé mentir et me dire quelque chose d'excitant. Par exemple, en ce moment, je suis assis dans mon appartement et je porte seulement mes sous-vêtements. C'est un boxer gris. C'est la vérité en plus.

Je ne pus m'empêcher d'imaginer Adam affalé dans un fauteuil, une érection tendant le tissu de son boxer gris. Je durcis instantanément.

— Tu m'appelles vraiment pour ça ?

— Eh bien, je suis à New York et tu es à Chicago, donc ce n'est pas comme si je pouvais vraiment te toucher.

Je réalisai soudainement à quel point la relation que nous étions en train de forger était différente de tout ce que nous avions eu auparavant.

— Je refuse de coucher avec toi par téléphone.

— Oh ! Allez, Jake. Ça va être super sexy ! J'ai pensé à toi toute la semaine, et je n'ai pas eu l'opportunité de faire quoi que ce soit avant.

J'aimais l'idée qu'il ait pensé à moi toute la semaine, parce que j'avais certainement pensé à lui. Mais j'avais peur que le sexe par téléphone ne se révèle humiliant.

— Je ne suis pas doué pour ça. Je suis toujours trop embarrassé.

— Suis juste mon exemple. Qu'est-ce que tu fais maintenant ?

— Je suis assis sur mon canapé.

Il rit.

— Eh bien moi, je suis assis dans un fauteuil de mon salon, et je pense à toi. Je me rappelle à quoi tu ressemblais cette nuit-là dans le parc, allongé sur la couverture, prêt à me recevoir.

Un million d'images m'assaillirent. Je sentis que je rougissais tandis que j'imaginais à quoi j'avais dû ressembler ce jour-là, allongé nu sur cette couverture. Puis je me souvins d'Adam, aussi nu que moi, et à quoi sa peau ressemblait sous la lumière de la lune, son sexe dressé…

J'inspirai rapidement et tendis une main pour ajuster mon pantalon. Ça commençait à devenir absurde.

— Oui, je me rappelle, dit Adam.

Son souffle était un peu court. Je me dis qu'il était sans doute en train de repenser à la même chose.

— Je me rappelle ta peau sous mes doigts et comme ton corps était chaud, et ta queue dure. C'était tellement bon de te toucher, d'être en toi.

Je gémis sans pouvoir m'en empêcher.

— Oui, comme ça… dit Adam. Tu étais si étroit, et tu poussais ces petits cris sexys quand je te prenais. Comme des petits miaulements, c'est tellement excitant.

Il déglutit et haleta.

— Touche-toi, Jake.

Je m'exécutai. Je glissai ma main dans mon pantalon et enroulai mes doigts autour de mon sexe. Ce fut un soulagement, mais je ne voulais pas venir trop vite, donc je caressai juste légèrement mon érection. Je passai un doigt sur le gland, sentant l'humidité qui y perlait. Je poussai un petit sifflement involontaire. Ouah, il m'avait bien excité.

— Je me touche aussi, dit-il.

Une partie de moi trouvait que c'était quand même un peu ridicule, mais c'était aussi absolument sexy. Je l'imaginai en train d'onduler sur son fauteuil, dans son salon, sa main caressant son membre épais et l'image m'excita tellement que je gémis à nouveau.

— J'imagine que ma main est ton corps… dit Adam.

Sa voix avait changé d'octave pour se faire basse et rauque.

— Tu as aimé m'avoir à l'intérieur de toi, n'est-ce pas ? Moi j'ai adoré te prendre.

— Ouais, dis-je en me caressant plus violemment. Ouais, j'ai adoré ça.

— J'ai envie de recommencer. Dis-moi que tu me laisseras recommencer.

— Oui, oui...

Il commençait à s'essouffler dans le combiné.

— C'est trop bon, Jake.

— Je sais, j'y suis presque aussi.

Il grogna.

— Oui, c'est ça que je veux entendre. Continue à te toucher. Imagine que ta main, c'est ma main, ou ma bouche. Putain, je veux tellement te sucer encore une fois. C'est trop sexy. Je veux que tu jouisses dans ma bouche.

L'excitation se déversa dans tout mon corps. J'accélérai le rythme de mes caresses, donnant des coups de bassin dans ma main. La friction et la chaleur se répandirent en moi. J'étais au bord du précipice lorsque j'entendis Adam murmurer *'Oh mon Dieu'*, avant de laisser échapper un long gémissement. Je sus qu'il était en train de jouir, et imaginer à quoi il devait ressembler suffit à me faire basculer. Je jouis à longs jets dans ma propre main.

— Tu veux me redire pourquoi tu n'aimes pas le sexe par téléphone ? finit-il par dire.

— Oh mon Dieu.

Il rit.

— Tu es vraiment un sacré numéro, Jake Isaacson.

NOUS TOMBÂMES dans une sorte de routine. Nous nous parlions au téléphone une ou deux fois par semaine. Certaines fois, nous couchions ensemble par téléphone, mais d'autres nous ne faisions que parler. Nous nous racontions ce qui s'était passé pendant ces cinq années perdues. Nous parlions beaucoup de nos emplois respectifs. Je lui racontai en quoi consistait mon travail et que ce qui m'intéressait vraiment, c'était d'être promu dans le service chargé de développer un test rapide pour le VIH. Je lui dis que j'aimais faire quelque chose qui aide réellement les gens. Il m'expliqua les grandes lignes de son entreprise : sur quels projets il travaillait, quels contrats il espérait décrocher, de quelle manière il voulait développer son entreprise. Il me raconta les choses qu'il avait faites et vues depuis qu'il avait déménagé à New York. Je lui racontai comment était la vie à Boystown et le genre de personnes que j'avais rencontrées dans le quartier. Parfois nous parlions de nos relations amoureuses. Il me posa des questions sur David et sur tous les types avec qui j'étais sorti depuis que j'avais rompu avec ce dernier. Je lui rendis la pareille, car j'ignorais tout de sa vie depuis qu'il était sorti du placard. Il n'aimait pas entrer dans les détails, mais l'impression générale que j'en retirai fut qu'il avait eu un tas de premiers rendez-vous, mais très peu de seconds. Il me dit bien qu'il avait passé quelques mois avec la même personne l'année précédente, mais à l'entendre décrire la relation, cela manquait beaucoup d'intimité émotionnelle.

— Je l'aimais bien, dit-il, mais je ne sais pas… Ça n'a juste pas marché.

Certaines nuits, nous parlions pendant des heures, et je me souvenais de pourquoi j'avais toujours accordé une grande importance à notre amitié. C'était facile de lui parler. Il m'écoutait, il avait des choses intéressantes à dire. Il m'avait tellement manqué.

Mais tout de même, c'était assez facile de ne pas trop m'impliquer. J'appréciais nos coups de téléphone, mais je ne voyais pas trop ce qui pouvait en ressortir.

Les années qui nous séparaient semblaient s'effriter au fur et à mesure que nous les remplissions de souvenirs, mais la distance devenait de plus en plus un problème. Lorsque je me plaignis de ne pas pouvoir le voir, il offrit de m'envoyer une tablette avec son logiciel de tchat vidéo, afin que nous puissions nous voir pendant les coups de fil. Je refusai. D'abord parce que je ne voulais pas accepter un cadeau aussi cher de sa part – ça ne me semblait pas approprié – mais aussi parce que de toute façon, ce n'était pas la même chose. Je voulais le tenir dans mes bras et le toucher, plonger dans ses yeux bruns magnifiques. Voir une vidéo trouble de lui sur un écran n'allait pas être suffisant.

Je m'étais donc à peu près résigné à ce que notre relation n'aille pas plus loin. Bien sûr, nous apprenions à nous connaître de nouveau, et c'était une très bonne chose. Mais cela ne servait pas beaucoup à apaiser le manque que j'avais de lui, et je pensais que, peut-être, les jours que nous passions comme cela étaient comptés. J'aimais lui parler comme ça pendant des heures, mais cela faisait aussi mal, en permanence. Je ne pensais pas que cette situation allait pouvoir durer.

Mais finalement, après quelques semaines, il dit :

— Je veux te voir. Je ne peux pas vraiment quitter New York, mais si tu veux venir, je paierais ton billet.

Je voulais le voir aussi, mais en même temps je n'étais pas très sûr d'en avoir envie. J'avais peur que la petite bulle dans laquelle nous avions vécu, où tout était beau et atténué par la distance, n'explose. Et que tout mon ressentiment revienne si je le revoyais en personne.

— D'accord, dis-je tout de même. Bien sûr. Mais je peux payer mon propre billet.

XI

MÊME SI l'équipe de baseball de notre lycée réussit à se qualifier pour les championnats régionaux lors de ma première et de ma dernière année, il y avait un match qui était vraiment resté gravé dans ma mémoire à chaque fois que je pensais à ma carrière d'aspirant joueur de première base.

Ce jour-là, nous avions quatre points de retard à la fin de la huitième manche. Cela avait eu l'air mal parti. Comme nous recevions, c'était à notre tour de nous présenter au bâton. J'avais couru diligemment vers le marbre et avait fait mine de pratiquer mon élan, tout en sachant pertinemment que j'allais rater. Cette saison-là, mon score moyen avait tourné autour de 0,300, ce qui était respectable pour un professionnel, mais, étant donné le niveau incroyable de l'équipe cette saison-là – Adam, par exemple, frappait presque toujours en moyenne au-dessus de 0,400 – ce n'était pas extraordinaire. Nous étions à deux doigts de perdre, alors que nous aurions dû battre cette équipe à plate couture. Le moral des troupes avait été au plus bas. En plus, un crachin était venu ajouter à cette scène de désolation.

J'avais jeté un œil à l'abri de touche où Adam m'observait discrètement. À côté de lui, Brendan m'avait fait comprendre par son expression que j'avais intérêt à ne pas foirer. Mon regard s'était posé à nouveau sur le terrain. Le lanceur prenait son temps, jouant avec un sac de magnésie. Kyle était en deuxième base, mais son regard était fixé sur la troisième. J'avais supposé qu'il essayait de calculer s'il serait capable de voler le but. Un de nos coéquipiers était en première base.

Lorsque je m'étais de nouveau retourné vers l'abri de touche, j'avais vu Adam me faire un signe d'encouragement.

Je n'avais pas su pourquoi, mais cela m'avait vraiment rassuré. *Adam croyait en moi, alors pourquoi n'avais-je pas confiance en moi-même ?* m'étais-je demandé.

Le baseball est un sport qui se joue à cinquante pour cent sur les compétences et à cinquante pour cent sur la psychologie. Pour beaucoup de joueurs lycéens, une erreur de leur part peut leur faire rater le reste d'un match, ou le reste de la saison. Un de nos lanceurs avait quitté l'équipe suite à une crise, quelques semaines auparavant, parce qu'il avait été mauvais sur un match et ne s'en était pas remis depuis. En théorie, j'avais tout ce qu'il fallait pour être un bon joueur : je courais assez vite, j'avais de bons réflexes et je pouvais frapper une balle si je me concentrais. Mais je me sabordais continuellement. J'étais un bon joueur, mais les membres de mon équipe étaient tout simplement remarquables. En particulier Adam et Brendan, qui étaient des joueurs exceptionnels pour des lycéens. J'avais toujours l'impression d'être le maillon faible.

Mais pour une raison que je ne saurais expliquer, ce petit signe d'encouragement de la part d'Adam m'avait redonné la force de croire en moi.

J'avais raté le premier lancer, mais avais réussi à frapper le second, envoyant la balle au sol entre la première et deuxième base de telle manière qu'aucun des joueurs adverses n'avait réussi à la rattraper. Ce résultat m'avait amplement satisfait, j'avais marqué un point et toutes les bases étaient pleines lorsqu'Adam s'était présenté au bâton.

Il avait une démarche arrogante qui lui donnait l'air d'un joueur de ligue majeure ayant daigné venir frapper la balle pour une petite équipe de lycée, un jour de repos. Il avait exécuté un petit tour de passe-passe, avait fait tourner la batte dans ses mains et l'avait claquée contre ses crampons. En fait, il avait fait une espèce de numéro de danse en allant jusqu'au marbre, puis il avait pris position. Quand il réussissait à adopter la posture que nous avions pratiquée dans les cages de frappe, rien ne pouvait l'arrêter. Mais il n'y arrivait que la moitié du temps. Je ne sais pas si c'était le stress, l'arrogance ou je ne sais quoi, mais parfois il levait trop haut le coude, ou il frappait la balle une seconde trop tard. Mais quand Adam était en forme, il était extraordinaire.

Le lanceur avait regardé autour de lui et avait semblé remarquer pour la première fois que toutes les bases derrière lui étaient pleines. Il s'était mordu les lèvres et s'était retourné. Il avait secoué la tête plusieurs fois en direction du receveur. Lorsqu'il avait reçu le signal tant attendu, il avait acquiescé et avait effectué un tir lobé en direction d'Adam.

Adam avait été en forme ce jour-là. Le bruit de sa batte frappant la balle avait résonné dans tout le terrain. On avait probablement pu l'entendre depuis le parking. La balle s'était envolé au-dessus de la tête des joueurs et avait quitté les limites du terrain pour atterrir dans la rangée d'arbres séparant le diamant de baseball du terrain de foot. Adam s'était élancé dans sa course lorsque le commentateur avait validé son coup de circuit. Kyle, notre autre coéquipier, moi-même, et enfin Adam avions touché le marbre de nos pieds. Nous nous étions ensuite jetés dans les bras les uns des autres en criant et en nous tapant dans le dos. Grâce à ce coup, nous avions été à égalité à ce moment-là. Ça avait été l'une des choses les plus incroyables que j'avais jamais vues.

Et le match n'était même pas encore fini. Brendan avait été le suivant à se présenter au bâton. Le lanceur adverse tremblait déjà dans ses bottes. Il avait lancé trois fois d'affilée la balle vers Brendan d'une façon si violente que j'avais cru pendant un moment que l'arbitre allait lui faire quitter le terrain. Finalement, il avait réussi à éliminer Brendan, puis les deux batteurs suivants. Mais, à ce moment-là, il s'était retrouvé encore une fois avec des bases pleines.

Notre dernier batteur pour cette manche avait frappé la balle au sol au niveau de la deuxième base. Le joueur qui y était avait effectué le deuxième retrait de la manche, mais Brendan avait déjà eu le temps d'arriver au marbre, ce qui avait amené notre équipe en tête.

Nous avions donc commencé la neuvième manche avec un point d'écart. Je m'étais tenu en première base, bien plus confiant à présent, comme si nous avions sauvé ce match d'une défaite imminente.

Adam m'avait fait un grand sourire depuis la deuxième base. Kyle avait salué depuis la troisième. Brendan était assis derrière le marbre, le visage caché par un masque de receveur ressemblant à un casque de hockey. Nous nous étions tous regardés et nous avions su que si nous parvenions à empêcher l'autre équipe de marquer le moindre point pendant cette manche, la victoire serait à nous.

Le premier batteur s'était présenté. Il avait raté les deux premières balles et avait frappé la deuxième au sol vers Adam, qui l'avait récupérée sans problème et me l'avait lancée. Premier joueur éliminé.

Le deuxième batteur avait frappé la balle dans les airs pour finalement venir directement la nicher dans le gant de Brendan. Deuxième joueur éliminé.

Le troisième batteur avait effectué un coup amorti, la balle avait roulé à terre avant de ricocher vers Kyle. Il me l'avait lancée en tir lobé, mais l'arbitre avait déclaré le coureur sauf.

Le quatrième batteur avait renvoyé une balle qui était passée au-dessus de la tête d'Adam. Le joueur du champ centre l'avait attrapée et l'avait lancée à Adam, mais une fois de plus, nous n'avions pas été assez rapides pour empêcher les coureurs de progresser. En vérité, ce coup aurait dû être un double, mais les joueurs adverses n'avaient pas osé pas avancer. Il y avait eu à ce moment-là des coureurs en première et deuxième base.

Notre lanceur avait tenté de gagner du temps afin que Kyle, Adam, et moi puissions nous regarder et essayer d'établir une possible stratégie. Mais les différentes manières de communiquer entre nous sans crier sur le terrain étaient assez limitées. Kyle avait fait des signes de main, mais je n'étais pas arrivé à comprendre ce qu'il essayait de dire. Finalement, Brendan avait demandé un temps mort et avait couru vers le monticule. Nous nous étions rassemblés tous les quatre, ainsi que le lanceur et le joueur d'arrière-cour. Nous nous étions tous regardés. Brendan avait dit au lanceur :

— N'oublie pas, ce mec a flippé quand tu as lancé une balle courbe à la sixième manche.

— Donc on part sur une balle courbe ? avait demandé le lanceur.

— Non, avait répondu Kyle comme s'il venait d'avoir une idée. Voilà ce qu'on va faire.

Depuis ma position en première base, je ne pouvais pas voir le type de balles que le lanceur envoyait, donc je n'avais pas su s'il suivait le plan. Tout ce que je savais, c'était que le batteur avait totalement raté le premier lancer. Mais il avait réussi à frapper la deuxième balle. Elle avait dévié vers la troisième base où Kyle l'avait attrapé avant que le coureur n'arrive. Même s'il n'avait pas eu besoin de le faire, Kyle avait lancé la balle en deuxième base. Et le quatrième joueur de la manche avait été éliminé. Le match était terminé. Toute notre équipe s'était ruée vers le monticule.

— Qu'est-ce qui s'est passé ? avais-je demandé à Kyle.

— Tommy a d'abord lancé une balle courbe, et ensuite une balle rapide. Mais le batteur pensait qu'il allait encore frapper une balle courbe et il était énervé, alors il a frappé trop fort, ce à quoi je m'attendais. Il a donné un peu trop de puissance et c'est pour ça que la balle a été envoyée en troisième base. C'est juste de la science.

— Ah.

J'avais pensé que le résultat de la dernière manche avait peut-être été simplement dû à un coup de chance, mais je ne l'avais pas contesté.

— Qu'est-ce que cela peut faire ? avait déclaré Adam. On vient juste de gagner ce putain de match !

Je m'étais laissé donc emporter par l'allégresse générale. Parfois, une victoire se résumait à l'habilité incroyable d'un joueur – une prise improbable, un coup de circuit au bon moment – mais ce match-là m'avait semblé être le fruit d'un vrai travail d'équipe. Je crois que je n'avais jamais été aussi fier de faire partie d'un groupe. Et je n'avais jamais été aussi heureux d'avoir des amis comme eux.

TOUT ALLAIT plutôt bien jusqu'à ce que l'avion atterrisse. Puis, tout à coup, je fus pris d'une nausée digne d'un lendemain de cuite. Cela ne fit qu'empirer tandis que je traversais l'aéroport. J'aperçus Adam au carrousel à bagages. Je ne savais pas comment me comporter. Allions-nous nous retrouver comme dans les films ? Courir au ralenti l'un vers l'autre et nous étreindre passionnément ? C'est ce que j'espérais. Mais à cet instant, il regarda dans ma direction, me vit, et ne bougea pas d'un pouce.

Il me sourit quand j'arrivai près de lui. Il me dit bonjour et me demanda si j'avais enregistré des bagages. Lorsque je répondis que non, il me montra la sortie et me dit qu'on allait prendre un taxi. C'était tout. Pas d'embrassade. Même pas une poignée de main. Quelqu'un avec qui on couche mérite au moins une poignée de main, non ?

Un silence pesant se prolongea entre nous pendant que nous roulions vers l'appartement d'Adam dans l'Upper West Side. Je passai tout le trajet à me demander si je pouvais le toucher.

Une fois arrivés, je pensai 'Enfin ! Maintenant qu'on est seuls, il va arrêter de faire semblant d'être aussi distant'. Mais non. Il prit mon sac et alla le déposer dans un coin de sa chambre. Je le suivis.

Puis il me dit :

— Si tu veux te rafraîchir ou autre, la salle de bain est là. On sort dans quelques minutes pour aller boire un verre avec mes amis. Si tu veux bien m'excuser, je dois passer un coup de fil.

Son indifférence me fit mal au cœur. Depuis des semaines, je n'attendais qu'une chose, le revoir et le toucher. Mais tout ce que j'eus à la place, ce fut sa voix depuis une autre pièce. Il parlait à quelqu'un au téléphone d'un ton sec.

Je sortis une chemise propre de mon sac et me rendis dans la salle de bain pour me rafraîchir. J'allai ensuite dans le salon. Il était toujours au téléphone et j'en profitai pour faire le tour du propriétaire. C'était un bel appartement. Adam avait l'air d'aimer les meubles des années 50, avec une préférence pour les tapisseries foncées et le bois clair. Tout était aussi impeccablement propre. Je me demandais s'il avait nettoyé en prévision de mon arrivée ou si c'était toujours aussi impeccable. Enfant, il était méticuleux, mais là, c'était propre comme une salle d'opération.

102

Il raccrocha et me sourit.

— Le bar est à deux pas. Tu vas voir, tu vas adorer mes amis.

Je me demandais s'il avait peur d'être seul avec moi. S'il était venu me voir, j'aurais décommandé tous mes rendez-vous pour les deux jours suivants au moins, pour l'on puisse se repaître l'un de l'autre en toute tranquillité. Mais là, il y avait comme une barrière entre nous. Au lieu de me faire tendrement l'amour, il m'emmenait voir ses amis. Je me dis que c'était déjà quelque chose de pas mal, mais pas vraiment ce que je désirais à ce moment-là.

Peu après, nous remontâmes Amsterdam Avenue et nous arrivâmes devant un pub irlandais plutôt quelconque. Adam me conduisit vers une table au milieu, où étaient assis une femme brune avec des lunettes carrées, une Asiatique toute petite et un homme blond. L'Asiatique et le blond étaient visiblement ensemble, ils s'appuyaient l'un contre l'autre et le blond passa un bras autour d'elle lorsque nous nous approchâmes.

— Salut tout le monde, dit Adam. Voilà Jake.

Il fit les présentations. La fille à lunettes s'appelait Mara, le blond, Tim et l'Asiatique, Lana. Adam me fit asseoir et repartit aussitôt nous commander à boire.

— Euh, salut, dis-je.

J'avais le sentiment d'avoir été abandonné, mais j'essayai tout de même de faire bonne figure.

— Alors, comment est-ce que vous connaissez Adam ?

Mara fit un grand sourire.

— J'étais sa voisine, j'habitais dans l'appartement à côté du sien, mais j'ai déménagé pour vivre à Brooklyn. Je voulais voir si l'herbe était plus verte, et surtout moins chère, ailleurs. Mais on est devenus amis avant que je déménage. Notre relation s'est construite sur la haine mutuelle que nous vouions à la famille vivant à l'étage du dessus. Ils ont un ado qui adore faire rebondir son ballon de basket à des heures indues. Donc si tu loges chez Adam, tu es prévenu.

— Ah, merci pour le tuyau. Et vous ? demandai-je en me tournant vers Tim et Lana.

— Adam et moi sommes allés à l'université ensemble.

— Ah oui ? Je ne me rappelle pas qu'il m'ait parlé de toi, enfin d'un certain Tim.

Réalisant qu'ils ne savaient peut-être pas quelle relation j'entretenais avec Adam, j'ajoutai :

— Je le connaissais déjà, à l'époque.

— On sait qui tu es, répliqua Mara. Tu es le fameux Jake.

Avant d'avoir pu lui demander ce qu'elle voulait dire par là, Adam revint avec un verre de gin-tonic pour moi. Nous passâmes la demi-heure suivante à boire et à discuter avec les amis d'Adam. Je me sentis de plus en plus contrarié au fur et à mesure que je m'imbibais d'alcool. Ces gens étaient vraiment très sympas, pas de doute là-dessus, mais Adam m'obligeait à être sociable avec eux alors que nous aurions pu sortir en tête-à-tête ou, encore mieux, faire l'amour comme des bêtes dans son appartement. En plus, il ne m'avait même pas précisé ce que je pouvais divulguer ou pas à propos de notre relation. Rien dans la conversation ne me permettait de savoir si ces gens étaient au courant de l'homosexualité d'Adam. Et je savais encore moins ce dont je pouvais parler à propos de lui ou de notre relation. Je préférai donc éviter tout problème et ne dis rien sur le sujet.

À un moment, Adam s'excusa pour aller aux toilettes. Pendant que Tim et Lana se faisaient les yeux doux, je me tournai vers Mara.

— Alors comme ça je suis le 'fameux Jake' ?

Mara rigola.

— Je ne voulais rien insinuer. C'est juste que cela fait des semaines que nous entendons parler de toi. Plus que ça, en fait. C'est toi le garçon qui vivait en face de chez lui, n'est-ce pas ?

— Ouais.

— Je vois.

Elle sourit.

— Eh bien, c'est vraiment une grande occasion. Adam ne nous avait jamais présenté de copain avant.

Le mot 'copain' me surprit, mais j'acquiesçai. J'imaginais que c'était un grand pas qu'Adam ait été honnête sur la nature de notre relation.

— Oh, dis-je.

Mara rit.

— Tu es surpris qu'il nous en ait parlé, n'est-ce pas ?

Je haussai les épaules.

— Je ne sais pas trop ce qui se passe entre Adam et moi, donc j'en sais encore moins sur ce qu'il dit de moi aux gens.

— Uniquement des bonnes choses.

Elle but une gorgée de sa boisson.

— Adam est le gay le plus discret que j'ai jamais connu. Si ça peut te rassurer, il ne sort pas beaucoup. Il n'aime même pas aller dans des bars gays. Je lui ai proposé d'y aller avec lui, mais il a toujours refusé. Le dernier gars avec lequel il est sorti, c'était pour un rendez-vous arrangé par mes soins. Et d'après ce que j'ai compris, il s'agissait juste d'un plan cul. De toute façon, ça n'a pas duré. Euh, désolée. Peut-être que tu ne voulais pas savoir ça.

Je ris.

— Pas de problème, je ne suis pas vraiment prude. Et ça fait longtemps qu'on ne s'est pas vus. Disons que c'est intéressant de découvrir ce qu'il est devenu.

Pour être intéressant, c'était intéressant. En vérité, j'aurais aimé lui extorquer la moindre parcelle d'information, mais je pensai que cela n'aurait pas été approprié.

— Je me sens un peu obligée, en tant qu'amie, de te dire que c'est un mec bien, même s'il se conduit comme un con parfois.

— Ouais, je sais.

Adam revint et je vis qu'il avait fait un détour par le bar pour payer une autre tournée. La soirée continua, les conversations se firent idiotes, et Adam était de plus en plus saoul. Le plus drôle, c'était qu'il devenait plus tactile avec l'alcool. Il me toucha enfin, et pas de la façon la plus discrète en plus. Au début, il m'effleurait juste la main ou la cuisse. Mais ensuite il mit sa main sur mon genou ou dans le bas de mon dos, puis il passa un bras autour de mes épaules, et à un moment il me prit carrément de court en m'embrassant sur la joue.

Tandis que j'essayais de comprendre ce qui venait de m'arriver, Tim demanda sans raison particulière :

— Est-ce que c'est moi ou bien tous les hommes gays de New York portent la barbe ? C'est un signe de reconnaissance ? À l'exception de vous deux, évidemment.

— De quoi tu parles ? demanda Adam en riant.

— Peut-être que la tendance n'a pas encore touché Chicago, dit Tim en levant les yeux vers moi, mais regardez le gars, là-bas, au bar. Le rouquin.

Nous regardâmes tous dans la direction indiquée. Il y avait en effet un gars au bar, avec des cheveux roux et une barbe, qui draguait ouvertement le barman. Il dut sentir que nous l'épions, car il se retourna pour nous regarder. Il me vit et me fit un clin d'œil. Adam passa son bras autour de ma taille et me serra contre lui. Son message était clair : 'Arrière, barbu, il est à moi'.

— Peut-être que tu devrais te laisser pousser la barbe, dit Mara à Adam.

Ce dernier secoua la tête.

— Pourquoi ? Pour que je ressemble à ce crétin ?

— Je ne sais pas, dis-je. Ça pourrait être pas mal. Ça irait bien avec ton style de camionneur. Ça ferait très viril, un peu comme un bûcheron.

Adam leva les yeux au ciel.

— Ouais, je suis sûr que la barbe irait très bien avec mes putains de taches de rousseur...

Mara pencha la tête sur le côté.

— Camionneur ?

Mara avait l'air d'être familière avec le jargon gay, je ne ressentis donc pas le besoin de lui expliquer. À la place, je passai la main plusieurs fois au-dessus de ma poitrine, pour faire comprendre qu'Adam était bien foutu. Mara haussa un sourcil. Adam rougit.

— Je pourrais me laisser pousser la barbe, dis-je en me frottant le menton.

— Tu es trop blond pour que ça rende bien, répliqua Adam.

— Ce n'est pas vrai. Mon père a une barbe magnifique, et ses cheveux sont juste un petit peu plus foncés que les miens.

Adam indiqua la longueur de la barbe de mon père en mettant sa main à environ quinze centimètres en dessous de son menton. Il exagérait, mais à peine. Si mon père n'avait pas eu l'air soigné, il aurait très bien pu passer pour un yéti aux poils châtains.

— Traditionnellement, je viens d'un peuple de poilus, expliquai-je à Mara.

La soirée continua ainsi. Mara avait un humour acerbe et pince-sans-rire que je trouvais charmant. Tim essaya de se rapprocher de moi en parlant de la culture gay, souvent en faisant des blagues à moitié homophobes. Lana passa la plupart du temps à parler avec Tim et ignora notre présence. Je commençais à être un peu énervé, car Adam avait apparemment besoin d'être saoul pour montrer que nous étions plus que des étrangers l'un pour l'autre.

Puis je me mis à bâiller.

Adam se pencha tout près de moi. Il me murmura à l'oreille :

— Fatigué ?

Je regardai autour de la table.

— Ouais, c'est épuisant de voyager.

— Mmm.

Il me titilla le creux de l'oreille avec sa langue. Je me mis à glousser.

— Je veux dire que je *pourrais* dormir.

— Ah oui ?

— Eh, les gars, trouvez-vous une chambre… dit Mara.

Adam m'embrassa sur la joue et alla payer. Je soupirai et me tournais vers Mara.

— Il ne vous a jamais vraiment présenté de petit ami ?

— Non.

— Donc si je te demande de m'expliquer son comportement, je suppose que ça ne servirait pas à grand-chose ?

— Qu'est-ce que tu veux dire ?

— Euh, sans doute rien de grave. C'est juste qu'il se comporte de façon… maladroite, on va dire, depuis que je suis là. On doit toujours être en train de se chercher, je suppose.

— Je ne réfléchirais pas trop, à ta place. Je veux dire, si tu me demandes s'il t'aime, je te répondrai que oui, il t'aime vraiment. Je ne l'ai jamais vu comme ça avec qui que ce soit. Je me suis même demandé si tu existais vraiment, au début ! Cela aurait été super pratique pour Adam d'avoir un copain à Chicago, hein ? On se demandait s'il n'avait pas inventé quelqu'un juste pour qu'on arrête de le tanner sur sa vie sentimentale.

Je me pinçai et dit :

— Je crois que je suis bien réel.

Adam revint.

— Tu es prêt ? demanda-t-il.

— Oui, répondis-je en sautant de mon siège.

Nous nous dîmes tous au revoir, puis je le suivis dehors. Je voulais lui demander à quoi est-ce que tout ça avait servi, mais je repensai aux paroles de Mara. Il se pouvait qu'en fait, Adam ait voulu frimer en me présentant à ses amis. Ou prouver que j'étais réel.

Je voulus lui prendre la main sur le chemin du retour, mais il s'écarta. Nous ne parlâmes pas beaucoup pendant le trajet, sauf lorsqu'il me montrait quelques endroits sympas de son quartier. Une grande partie de ce qu'il disait était banal. Il me montrait l'épicerie coréenne où il allait souvent faire ses courses, le pressing où il déposait son linge, etc. – mais, dans mon état de légère ébriété, je m'en fichais, car j'aimais le son de sa voix.

Une fois chez lui, je ne savais pas à quoi m'attendre. Au bar, j'avais eu l'impression qu'il voulait qu'on fasse l'amour en rentrant. Mais il verrouilla la porte, se dirigea vers sa chambre.

— Je suis assez fatigué, dit-il sur un ton qui impliquait que j'allais passer la nuit avec tous mes vêtements.

Je restai planté dans le salon pendant un long moment avant de le suivre dans la chambre.

— Est-ce que j'ai fait quelque chose qu'il ne fallait pas ? demandai-je. Tu ne voulais pas que je vienne à New York, c'est ça ?

— De quoi tu parles ? Bien sûr que je voulais que tu viennes

— Eh bien, à part à la fin de la soirée, dans le bar, depuis que je suis arrivé, j'ai l'impression que tu m'ignores complètement. Et je ne comprends pas. Je pensais qu'il y avait quelque chose entre nous. Est-ce que je me suis trompé ? J'ai pris mes rêves pour la réalité ?

— Jake, non…

Il s'approcha de moi et mit une main sur mon épaule.

— Ça n'a rien à voir. C'est juste que je… c'est juste que c'est bizarre, d'accord ? Je ne sais pas encore comment me comporter avec toi. Est-ce qu'on est amis ? Est-ce qu'on est plus que ça ? Je ne sais pas. On n'en a jamais vraiment parlé.

Je soupirai.

— Parlons-en alors. Qu'est-ce que tu attends de moi exactement ?

Il recula et s'assit au bord de son lit.

— Honnêtement, je suis juste content que tu fasses à nouveau partie de ma vie. Pour le reste, c'est que du bonus.

— Donc, tu ne veux pas faire l'amour avec moi.

— Si j'en ai envie, c'est juste que… entre nous, ça n'est pas seulement du sexe non ? Est-ce que notre relation est seulement basée sur le sexe ? Est-ce que c'est pour ça que tu es venu ?

C'est à ce moment-là que je perdis totalement le fil. Parce que depuis des semaines qu'Adam était revenu dans ma vie, on se parlait beaucoup certes, mais on faisait aussi beaucoup l'amour par téléphone. Et j'avais cru que ce week-end, nous allions le passer au lit ensemble. Mais j'avais peut-être mal interprété la situation. Et je ne voulais pas que du sexe avec Adam.

— Non, je ne suis pas venu que pour ça. Mais je m'attendais quand même à plus qu'un verre avec tes amis et une nuit tout seul.

— Je suppose qu'on est encore en train de chercher où on en est, acquiesça-t-il. Est-ce qu'on pourrait juste… ?

Il regarda l'horloge.

— Allons dormir. J'ai prévu quelque chose avec toi demain matin. On pourra en parler plus longuement à ce moment-là, d'accord ?

J'étais complètement perdu. Un homme que je ne laissais pas indifférent m'invitait chez lui, et nous allions seulement dormir ?

— Euh, d'accord, pas de problème.

XII

J'ÉTAIS SEUL lorsque je me réveillai dans le lit d'Adam le lendemain matin. Dormir près de lui n'avait pas été une si mauvaise expérience. Il était chaud, sa peau était douce, et à un moment donné durant la nuit, il m'avait pris dans ses bras et nous nous étions endormis dans cette position. Pas de sexe, mais au moins j'avais l'impression que la glace avait été rompue.

Lorsque je pénétrai dans le salon, je le trouvai debout devant la fenêtre. Il regardait dehors, une tasse de café entre les mains. Il ne me remarqua pas tout de suite, j'eus donc l'opportunité de juste l'observer. Son visage était éclairé par la douce lumière du matin et il avait l'air calme, mais aussi un peu triste. Les traits de son visage étaient détendus et il était difficile de savoir exactement ce qui me donnait cette impression. Peut-être juste quelque chose dans son maintien et dans la façon dont ses doigts s'enroulaient autour de sa tasse.

Je m'éclaircis la gorge.

Il se retourna et me sourit, l'ombre de larmes toujours présente dans ses yeux.

— Oh, tu es levé, c'est bien. J'ai du café et des céréales. Dépêche-toi de manger et de t'habiller. On va aller faire un tour en voiture aujourd'hui. Je veux te montrer quelque chose.

— Je crois que tu n'as pas encore pris le coup, ami citadin. Tu conduis tout le temps comme ça ? Je croyais que c'était pour ça qu'on avait inventé le métro ?

Il leva les yeux au ciel et, pendant un instant, me rappela tellement l'Adam de quinze ans qui hantait mes souvenirs que j'en eus mal au cœur.

Après avoir petit déjeuné et m'être douché, nous sortîmes. Il me fit attendre sur le trottoir pendant qu'il allait récupérer sa voiture dans un garage au coin de la rue. Il s'arrêta à ma hauteur quelques minutes plus tard, au volant

109

d'une BMW noire. Lorsque j'ouvris la porte, je fus agressé par le son de l'horrible musique punk-rock qu'il avait toujours aimée. Il tapotait en rythme sur le volant en attendant que je m'installe.

— Comment tu fais pour ne pas devenir sourd ? lui dis-je en grimaçant.

Il démarra et nous dirigeâmes doucement vers la quatre-vingt-quatrième.

— D'accord, dit-il en montrant du doigt l'affichage radio satellite sur le tableau de bord. Choisis quelque chose.

Je fis défiler les stations jusqu'à trouver une chanson qui me plaise. Le doux son d'une guitare acoustique emplit l'habitacle. Je me sentis tout de suite plus calme.

Adam grogna.

— Oh putain. Qu'est-ce que c'est que ce truc ?

— Patty Griffin.

Il me jeta un regard en coin en bifurquant vers la onzième Avenue.

— Hum… et la radio ? Il doit bien y avoir un match de baseball.

Il tripota quelques boutons sur le volant et bientôt le grésillement d'une foule en train d'applaudir retentit. Il devint vite clair que les présentateurs relayaient le match de cet après-midi, les Cubs contre les Phillies.

— Ça fera l'affaire, dit Adam avec une grimace.

— Ça fera l'affaire ? Ne me dis pas que tu es passé du côté obscur maintenant que tu as rejoint l'élite de la côte Est ? Si tu es devenu un fan des Yankees, je vais devoir te renier.

— Non, dit-il en riant. Mais disons que j'ai eu une expérience mystique et j'ai vu la lumière. Je soutiendrai les Cardinals jusqu'à la mort. C'est leur année, mec.

— Une épiphanie ? Un des joueurs t'a sucé ?

Tout se figea. Adam se tendit, mais pas assez pour perdre le contrôle de la voiture. Je m'immobilisai aussi. Est-ce que j'avais vraiment dit ça ? Est-ce que je voulais vraiment savoir la réponse ?

Il finit par soupirer.

— Tu n'as pas complètement tort.

Oh non.

— En fait je crois que je ne veux pas savoir…

— J'étais à Saint-Louis pour affaires l'année dernière. J'ai rencontré un type qui avait des tickets pour un match des Cardinals, des places dans une des loges privées. La plupart des gens sont partis au septième jeu parce que les Cards étaient en train de massacrer l'autre équipe. Je crois que le score était de onze à deux, ou quelque chose comme ça. On s'est retrouvés seuls dans cette petite boîte en verre teinté, et une chose en amenant une autre, on peut dire que le stade Busch a maintenant une place toute particulière dans mon cœur.

Il secoua la tête.

— Mais sérieusement, ne me dis pas que tu es toujours pour les Cubbies ? Une équipe avec un historique comme le leur, c'est juste un mauvais plan. Continuer à croire en une équipe qui te déçoit continuellement, c'est un mauvais investissement.

Je me demandai s'il s'entendait.

— Un mauvais investissement ?

— Je ne dis pas que ça ne m'arrive jamais, mais en l'occurrence je suis réaliste.

Je ne sais pas pourquoi, mais je ne pensai à lui demander où nous allions que lorsque je vis le pont George Washington par la fenêtre.

— On sort de la ville ? demandai-je.

— Pourquoi tu crois que j'ai pris la voiture ?

— Tu m'emmènes où ?

Il me jeta de nouveau un regard en coin.

— Je n'ai pas envie de te le dire. Ça ne va pas te plaire, et tu vas essayer de me convaincre de faire demi-tour, mais c'est vraiment important pour moi de te le montrer.

Son expression se fit sérieuse, d'un seul coup. Sa bouche se pinça légèrement et toute trace d'humour disparut de son visage.

Je choisis donc de le croire sur parole.

Nous nous limitâmes à des sujets peu sensibles comme la technologie ou le baseball, tout en roulant sur l'autoroute en direction de ce que je présumais être le nord. Nous traversâmes Westchester County, et toutes les villes sur les panneaux ressemblaient à des noms de country clubs. Adam finit par quitter la route pour entrer dans un cimetière, le dernier endroit au monde où je m'attendais à atterrir avec lui.

Il roula dans les allées étroites du cimetière, puis finit par s'arrêter sur le côté. Il avait l'air déterminé et semblait savoir où il allait, c'était donc clair pour moi que nous étions là pour rendre visite à quelqu'un en particulier.

Adam sortit de la voiture sans un mot. Je le suivis. Nous serpentâmes le long d'un chemin sinueux et passâmes de nombreuses tombes avant qu'il trouve celle qu'il cherchait et s'arrête. Il fit un signe en direction de la tombe. Elle était simple, du granit blanc avec comme seule écriture le nom et les dates de naissance et de mort de la personne qui y reposait. *Steven Boughton, 1954–1992.*

— C'est mon oncle Steven, dit-il.

— Je ne souviens pas que tu que tu avais un oncle Steven.

Je pensais que je me serais souvenu de quelque chose si Adam était allé à un enterrement en 1992. Nous étions au collège et nous passions presque tout notre temps ensemble à cette époque.

— Je ne savais pas non plus, jusqu'à il y a un peu plus de deux ans.

Il se tourna légèrement et me regarda. Il avait les yeux écarquillés, et la bouche pincée jusqu'à n'être plus qu'une fine ligne. Je sentais qu'il essayait de me faire comprendre à quel point c'était important. Quelque chose lui était arrivé il y avait un peu plus de deux ans. Il m'en avait sans doute parlé lors d'une conversation téléphonique, mais je ne pouvais me souvenir de ce dont il s'agissait.

Il soupira.

— C'est quand j'ai officiellement annoncé à mes parents que j'étais gay.

— Ah.

Cela semblait n'être qu'une petite pièce du puzzle. C'était important, mais je ne voyais pas ce que cela expliquait.

Adam se tourna et regarda la pierre tombale.

— J'étais rentré entre Noël et le Nouvel An, je passais la semaine entière à la maison. Je venais juste de décider de déménager à New York pour lancer Boughton Technology. Je n'avais pas encore annoncé l'autre nouvelle à mes parents, et je ne savais pas vraiment comment m'y prendre. Mais j'étais sorti avec quelques types en Californie, et les choses commençaient… Eh bien, à se mettre en place. Alors je les ai fait s'asseoir et je leur ai dit : *'Je déménage à New York. Oh, et aussi, je suis gay'*.

Il inspira profondément. Je ne savais pas quoi répondre. Il avait l'air triste, mais je n'étais pas sûr de savoir s'il fallait que j'essaie de le réconforter ou si je devais dire quelque chose pour le détendre. Peut-être qu'il ne voulait pas que je le touche. De ce que je pouvais voir, nous étions seuls dans le cimetière, mais peut-être que même lui poser une main sur l'épaule serait briser la règle d'Adam quant aux démonstrations d'affection en public.

Je n'eus pas à me décider, car il se remit à parler.

— Le fait que j'étais gay, je ne sais pas... Ça a été le sujet de tellement de longues discussions et disputes cette semaine-là. Ça ne vaut pas le coup d'en parler. Pour résumer, je peux dire que mes parents m'ont demandé si j'étais sûr pas mal de fois. Mais c'est fini, et ce n'est pas ce dont je veux parler. Le lendemain du jour où je leur ai dit, nous étions en train de dîner et d'un seul coup mon père sort : *'Steven habitait à New York'.* Comme ça, tout naturellement. Comme si on voyait Steven toutes les semaines. Donc je lui ai demandé qui était Steven, et il m'a expliqué.

Adam porta une main à sa bouche et mordit l'ongle de son pouce pendant un instant. Ses gestes étaient tellement familiers qu'ils m'en faisaient mal au cœur. Il avait l'habitude de faire cela lors des examens quand il essayait de résoudre un problème difficile, ou lorsque l'entraîneur nous expliquait des stratégies à l'entraînement de baseball.

— Personne dans la famille ne parle de lui. Steven, je veux dire. Mes grands-parents se sont débarrassés de toutes les photos de lui. Son nom n'est jamais mentionné. Mon père est devenu tout rouge lorsqu'il m'a raconté ça, comme s'il était profondément embarrassé.

Il baissa la main.

— Steven était le plus jeune frère de mon père. Je ne sais presque rien de lui à part quelques petites choses assez importantes. Mes grands-parents l'ont jeté dehors quand il avait la vingtaine. Ça devait être dans les années 70, avant que je sois né. Il a atterri à New York. Après ça, ma famille a perdu sa trace. Jusqu'à sa mort.

— Pourquoi est-ce qu'ils l'ont jeté dehors ? demandai-je, même si je le savais déjà.

— Il était gay, murmura Adam. Il a fini à l'hôpital, et quand c'est devenu clair qu'il était en train de mourir, une assistante sociale a essayé de contacter ma famille. Je ne sais pas exactement ce qui s'est passé. Mon père dit que mon grand-père a pris l'avion pour New York après que…

Adam secoua la tête.

— C'est pour ça que Steven est enterré ici au lieu de la concession familiale à Glenview.

'Et merde…' fut la seule chose qui me vint à l'esprit. Je réfléchis à la date de sa mort.

— Sida ?

— Ouais. Un tragique cliché de merde.

Il se laissa tomber par terre, s'asseyant sur le sol avec ses genoux contre sa poitrine. Je n'aimais pas être penché sur lui, donc je m'assis à côté de lui.

— Je l'ai cherché dès que je suis arrivé à New York, ajouta-t-il. Dès que j'ai trouvé où il était enterré, j'ai conduit jusqu'ici pour voir. Pour découvrir si l'histoire était vraie.

Il entoura ses jambes de ses bras.

— La première fois je suis juste resté assis ici sans bouger, pendant une heure. Et j'ai pensé *'Quel gâchis'*. Je veux dire, être jeté dehors, attraper une maladie affreuse. Je ne sais pas s'il est mort seul, mais j'imagine que oui. Il n'y a jamais de fleurs ici quand je lui rends visite, sauf si j'en laisse.

Nous restâmes assis tous les deux pendant un long moment à regarder la pierre tombale.

— De temps en temps, je viens ici, finit par dire Adam. Peut-être une fois tous les deux mois. Ne rigole pas, mais parfois je lui parle. J'ai l'impression qu'on se serait bien entendu, lui et moi. On se serait compris. Mais personne ne nous a laissé la chance de nous connaître. Mon père dit que mes grands-parents ont été horrifiés lorsqu'ils ont découvert que Steven était gay.

Sa voix trembla sur le mot *gay*, et il prit une profonde inspiration.

— Je trouve ça bizarre de faire le deuil de quelqu'un qu'on n'a jamais connu, mais c'est le cas pour moi. Ou plutôt, je suis en deuil de la relation qu'on n'a jamais pu avoir. Je ne sais pas.

C'était étrange de le regarder. Il était tellement homme, grand, large et fort, mais à ce moment-là il avait l'air si jeune, comme l'adolescent dégingandé que j'avais connu et dont j'étais d'abord tombé amoureux. Je pouvais le revoir, assis dans un coin de ma chambre, ses genoux touchant sa poitrine, son long corps plié en quatre pendant que nous parlions de tous ces petits drames de l'adolescence : ses parents ne faisaient pas attention à lui, il avait un problème de petite amie, il en avait marre que l'entraîneur s'énerve sur lui parce qu'il ne courait pas assez vite…

À cet instant, assis à côté de cette tombe, c'est à cela qu'il me faisait penser.

— C'est affreux. Je suis désolé, dis-je. Mais pourquoi est-ce que tu m'as amené ici ?

Ma question sembla réellement le surprendre. Il tourna brusquement la tête en arrière et me regarda pour la première fois depuis qu'il avait commencé à parler d'oncle Steven.

— Parce que j'ai besoin que tu comprennes, d'abord. Ce n'est pas juste une tragédie. C'est quelque chose qui a été fait par ma famille.

— Ta famille a changé. Ils t'acceptent, n'est-ce pas ?

— Mes parents, oui. Mais parfois je me dis que Steven a dû mourir pour que cela soit possible. Je crois que mes parents, ou du moins mon père, ont vu ce que la haine et l'homophobie sont capables de faire, alors ils ont été plus ouverts lorsque ça a été mon tour. Mais mes grands-parents… Mon père m'a fait promettre de ne rien leur dire.

— Adam…

Mon cœur saignait pour lui.

— J'ai commencé à venir ici pour parler à Steven, mais j'ai aussi beaucoup réfléchi. Et je me suis dit que je ne voulais pas que ma vie se termine comme la sienne. Je ne voulais pas mourir seul. Mais j'étais bien parti pour. J'avais coupé les ponts avec toutes les personnes qui tenaient à moi, sauf ma famille proche. Je n'avais pas vraiment de relations amoureuses, juste des histoires de cul. J'étais pris dans un cercle vicieux et je ne pouvais pas en sortir. Et j'étais assis à cet endroit même quand j'ai réalisé que je voulais rentrer à la maison pour vous retrouver. Toi, Ox et Longo. Je voulais voir s'il était possible que l'on redevienne les quatre coins. J'avais juste besoin d'une occasion. Puis mon voyage à Chicago est tombé en même temps que l'enterrement de M. Lombard, et j'ai cru que c'était un signe. Et voilà, tu es là.

— Je suis là.

Il sourit légèrement.

— Ça a toujours été nous, Jake. Je veux dire, bien sûr Brendan et Kyle étaient là aussi, mais entre toi et moi ça a toujours été spécial, je pense. Je sais que ça a l'air niais et stupide, mais…

— Non, je sais ce que tu veux dire, l'interrompis-je.

— Peut-être qu'on se comprenait juste, avant même de savoir qu'il y avait quelque chose à comprendre.

J'aimais cette idée. Lorsque j'avais déduit qu'Adam était gay, je m'étais dit la même chose.

Il baissa la voix.

— Tout ce que je sais, c'est que j'aime être avec toi. Tu m'as manqué à en crever quand j'étais loin. Je crois que j'ai sans doute été amoureux de toi depuis le collège, mais que j'étais trop lâche pour faire face à mes sentiments. Et je sais que j'ai encore énormément de choses à me faire pardonner avant que tu puisses me faire confiance. Mais j'ai besoin que tu saches que j'ai changé, que ce temps passé assis à côté d'oncle Steven m'a changé, a changé ce que je voulais dans la vie. Je t'ai amené ici pour te montrer ça, pour que tu me croies.

Je le croyais. Je voulais lui dire que je l'aimais aussi, mais je n'étais pas vraiment sûr que ce soit le cas. J'avais aimé Adam, à une époque. Mais cet

Adam – calme, contemplatif, contrit – l'Adam hors du placard, il fallait que je m'habitue à lui.

Donc au lieu de lui répondre, je pris sa main dans la mienne et j'entrelaçai nos doigts. Il pencha la tête vers moi et souris. Nous restâmes ainsi pendant quelques minutes, et je laissai mon esprit vagabonder. Sa peau était chaude là où nos paumes se touchaient, et il était si *présent* à côté de moi. Je pouvais sentir son odeur : transpiration, cèdre et Adam. Je voulais le prendre dans mes bras, le serrer et lui dire que j'étais là pour lui maintenant, que je le soutiendrai et l'aimerai, mais je n'étais pas sûr que ce soit la vérité.

— Je suppose qu'on devrait rentrer, dit-il au bout d'un moment. On pourrait peut-être dîner en ville ? Il y a un bistrot français sur Amsterdam qui est assez cool.

— Bien sûr, Adam. Comme tu veux.

Il hocha la tête, lâcha ma main et se leva. Je me levai aussi et fis mine de le suivre. Il me tendit la main et je la saisis. Nous retournâmes main dans la main à la voiture.

XIII

NOUS NOUS tenions au pied du lit dans la chambre d'Adam, nous embrassant comme si le temps n'avait pas d'importance, nos bouches s'explorant lentement. Ses doigts glissaient dans mes cheveux tandis que mes mains étaient posées sur sa taille.

Je pris le temps de goûter, de savourer, de découvrir toutes les saveurs cachées d'Adam. Je pensais que j'aurais pu passer des heures rien qu'à l'embrasser, mais je pouvais aussi sentir la lente brûlure de l'excitation monter en moi tandis que les muscles d'Adam frémissaient sous mes doigts à chacune de ses inspirations. Ses lèvres bougeaient contre les miennes et son début de barbe me frottait les joues, comme pour me rappeler qu'il était bien là, qu'il était mâle, qu'il ne s'agissait pas juste de mon imagination.

Adam rompit le baiser pour promener ses lèvres sur mon visage. Il baissa les bras et commença à remonter mon tee-shirt.

— Je veux te faire l'amour, dit-il.

Mon cœur s'emballa. Moi aussi j'en avais envie, tellement envie. Je commençai à déboutonner sa chemise et je sentis mon estomac faire des loopings à l'idée de notre union. Bientôt nous serions nus et en sueur, ensemble sur ce lit.

Mais je repensai à la nuit précédente.

— Qu'est-ce qui a changé ? lui demandai-je sans bouger.

Il mordilla ma nuque et glissa ses mains sous mon tee-shirt.

— Hein ?

— Qu'est-ce qui a changé depuis la nuit dernière ? Tu pouvais à peine me toucher et maintenant tu veux faire l'amour ?

Il releva les yeux et fit un pas en arrière.

— Je voulais aussi faire l'amour la nuit dernière.

117

Ses lèvres étaient rouges et un peu gonflées, et sa chemise presque entièrement déboutonnée me donnait un aperçu tentant de son torse.

— Tu as une drôle de façon de le montrer.

Il tendit le bras et prit ma main.

— Jake.

Je haussai les sourcils

— J'étais nerveux, dit-il. Je ne veux pas tout faire rater. Je n'ai jamais eu de relation sérieuse avant, pas vraiment. Je ne sais pas ce qu'il faut que je fasse.

Je me souvenais de cette soirée avec Kyle, où il avait déclaré que selon lui, une relation gay était comme de l'amitié avec du sexe en plus. Peut-être qu'il ne fallait pas chercher plus loin.

— Tu te débrouillais très bien jusqu'à maintenant. Conduis-toi comme un ami, pas comme si je te faisais peur. Soutiens-moi et prends soin de moi. Fais-moi sentir que je suis sexy et que tu as envie de moi.

— Tu es sexy. Et j'ai tout le temps envie de toi.

Je tendis la main et défis les deux derniers boutons de sa chemise.

— Tu n'es pas mal non plus. Mais avant tout, sois toi-même. Sois là avec moi, et reste honnête. Pas besoin de jouer un rôle où toutes ces conneries. On n'a jamais eu besoin de se demander comment agir l'un avec l'autre, avant, pas vrai ?

— Oui, mais...

— Mais rien. Être ensemble ce n'est pas si différent de comment nous étions avant.

— Oui, dit-il en baissant les yeux. Mais c'est plus intense. Et plus sexy, ajouta-t-il avec un sourire idiot.

— Ça c'est sûr, dis-je en riant.

Il m'embrassa. Je n'étais pas vraiment sûr de m'être bien fait comprendre, mais je me laissai guider par Adam. Il m'ôta mon tee-shirt puis fit glisser sa chemise de ses épaules. Nous nous remîmes à nous embrasser, et nous bougeâmes jusqu'à ce que nos corps soient collés l'un à l'autre et nos membres entremêlés.

Nous nous trémoussâmes afin de retirer nos vêtements et nous fûmes bientôt nus l'un contre l'autre, nos sexes se caressant et nos corps cherchant des prises comme si nous étions en train de gravir une montagne. Adam gémit et son torse vibra contre le mien. Il enroula ses bras autour de moi et m'attira à lui. Il me murmura qu'il m'aimait. C'était étrange. Pendant toute la fin de mon adolescence et le début de ma vingtaine, presque dix ans en tout, j'avais voulu qu'Adam me dise ces mots. Et cela avait pris cinq ans sans se voir et une réunion étrange, pour que cela arrive. Et je n'y croyais toujours pas. Mais il y avait une chose en laquelle je croyais : le plaisir qu'il me donnait, la joie simple que j'éprouvais à être près de lui, juste parce que ses mains glissaient sur mon corps, juste grâce à sa texture et à son odeur. Je tenais profondément à Adam et je voulais que tout se passe bien pour lui et pour nous, mais je n'étais pas encore complètement...

Il me mordit, enfonçant ses dents dans la peau juste au-dessus de mon téton gauche, ramenant mon esprit au présent : nous, ensembles, dans ce lit, haletant l'un contre l'autre. Il enfonça ses ongles dans mon dos tout en suçant ma peau jusqu'à la marquer, comme s'il essayait de me dévorer. Il voulait sans doute plutôt attirer mon attention. *Reste avec moi, Jake*, semblaient dire les mains sur mon dos.

Je passai mes doigts dans les poils sur sa poitrine, puis je soupirai et me laisser aller contre lui. Il nous fit manœuvrer jusqu'à ce qu'il soit au-dessus. Il se glissa entre mes jambes et passa une main sous chacun de mes genoux. Il écrasa son sexe contre le mien et c'était délicieux. La friction me donnait l'impression à la fois de flotter hors de mon corps, et me rappeler à chaque instant qu'il était là, juste là, que nous étions ensemble. Je l'embrassai et mordis sa lèvre, ce qui le fit grogner, soupirer, et donner un coup de hanches contre moi.

— S'il te plaît... murmura-t-il, ma lèvre inférieure entre ses dents.

Il lécha mon menton puis se mit à mordiller ma mâchoire.

— S'il te plaît, Jake, pour l'amour de Dieu, laisse-moi être en toi. J'ai besoin d'être en toi.

— Oui.

Je n'avais pas de mots pour exprimer à quel point je voulais cela, aussi.

Il tendit le bras vers le tiroir et déposa le nécessaire sur le lit. Il se déplaça sur ma droite, mais garda une main entre mes jambes. Il prit mes testicules entre ses doigts et se mit à les masser doucement, faisant monter dans mon corps toutes sortes de métaphores : des feux d'artifice, des éclairs, des torrents de feux. Je cambrai le dos et décollai du lit lorsqu'il effleura de ses doigts mon entrée, y appliquant du lubrifiant et cherchant à y pénétrer. Je mis une main sur l'arrière de ma cuisse et ouvris mes jambes le plus possible pour lui donner la place. Il fredonnait légèrement et embrassait la moindre parcelle de peau qu'il pouvait atteindre : mon épaule, mon bras, mon poignet.

— Tu es tellement beau, murmura-t-il avant de glisser un doigt en moi.

Il alla lentement. Il bougea un doigt d'avant en arrière à l'intérieur de moi jusqu'à ce que je le supplie pour qu'il m'en donne plus, puis il en ajouta un autre et se mit à me détendre doucement. Pendant tout ce temps, il murmurait des mots d'amour et embrassait mon visage. Son sexe était dur et je pouvais le sentir à l'endroit où ma cuisse joignait ma fesse. Mon instinct et mon désir faisaient ployer mon corps vers lui. Je le voulais près de moi, avec moi, en moi.

Enfin, lorsqu'il fut satisfait et que je ne fus plus qu'une masse informe de désir, il enfila un préservatif et reprit sa position entre mes jambes.

— Est-ce que tu es prêt ? demanda-t-il.

— Oh mon Dieu, oui !

Il gloussa, un son rauque venant du fond de sa gorge, avant de lentement me pénétrer. C'était le paradis. Je pouvais sentir son sexe titiller mes terminaisons nerveuses, jusqu'à ce qu'enfin il atteigne l'endroit exact que je voulais. Le temps ralentit à ce moment-là tandis que le doux mouvement de ses hanches massait ce point à l'intérieur de moi. Je laissai tomber ma tête en arrière sur l'oreiller et grognai. Je ressentais un étrange soulagement. Enfin, nous pouvions bouger ensemble. Il m'attira à lui et continua ses mouvements, se retirant avant de revenir en moi, de plus en plus rapidement et de plus en plus fort, jusqu'à ce que nous soyons en sueur, nos corps entremêlés, et que j'eus l'impression de devenir aveugle sous la puissance de ce plaisir.

Je promenai mes doigts dans ses cheveux, sur ses épaules, son dos, partout où je pouvais l'atteindre. Puis je mis une main dans son dos dans une tentative de m'accrocher à lui, et attrapai mon sexe de l'autre afin de me caresser. J'imaginai que nous allions nous envoler ensemble de ce lit. C'était comme si nous continuons à escalader la montagne, mais que le but ultime était de sauter du sommet dans l'oubli. C'était un jeu dangereux, mais mon Dieu, la poussée d'adrénaline en valait le coup. Le résultat, l'orgasme, le soulagement, toute cette folie en valait le coup. Et je voulais tellement y arriver. Je voulais atteindre le sommet avec Adam.

Il grognait et gémissait, et son visage était crispé par le plaisir au-dessus de moi. Je levai la tête afin de l'embrasser.

— Mon Dieu, Jake, je vais jouir, murmura-t-il contre mes lèvres.

Tout explosa. Je sentis que j'atteignais le sommet de la montagne, puis mon corps se cambra et se contracta un bref instant. Et d'un seul coup, je jouis, éjaculant sur ma poitrine et mon ventre, et sur Adam aussi. C'était une sensation démente, comme si je m'envolais à travers le ciel. Adam gémit et prononça mon nom, avant de dire :

— Oh mon Dieu, Jake, je t'aime tellement.

Puis il sembla s'enrouler sur lui-même avant de frissonner et d'éjaculer. Il rugit sous l'impact du plaisir. Je le serrai dans mes bras tandis qu'il tremblait. Puis il se laissa aller sur moi.

Tandis que nous redescendions sur terre, j'eus une pensée. Peut-être qu'il s'agissait vraiment de sauter d'une falaise, mais au moins nous étions tous les deux là, à la fin, pour nous rattraper l'un l'autre.

Adam se leva quelques minutes plus tard afin de se débarrasser du préservatif. Je le suivis dans la salle de bain et nous nous aidâmes mutuellement à nous laver. Il prit ma main et me reconduisit jusqu'au lit. Nous nous glissâmes sous les draps et dans les bras l'un de l'autre, comme si c'était la chose la plus naturelle au monde pour nous.

— Tu me rends complètement fou, dit-il.

Je m'appuyai sur un coude pour pouvoir voir son visage. Il sourit et ferma les yeux.

— Je suis fatigué, dit-il.

Je le regardai juste pendant un long moment, examinant le moindre détail. J'essayai de me rappeler à quoi il ressemblait lorsque nous étions plus jeunes, afin de comparer son visage actuel, et ses taches de rousseur, avec la version plus fine, moins ciselée, de notre adolescence. Je n'y arrivai pas. Cet autre Adam n'existait plus et la version que j'avais sous les yeux était tout ce qui me restait.

C'est à ce moment que je la sentis, cette vérité qui avait tenté de se faire entendre toute la journée, au fond de mon cœur. Cette vérité que je n'avais pas voulu m'avouer aussi vite.

— Je t'aime aussi, murmurai-je.

Mais il était déjà endormi.

JE ME réveillai à nouveau seul le lendemain matin, mais la porte de la chambre était ouverte et je pouvais entendre Adam bouger dans l'appartement. D'après l'arôme qui s'échappait de la cuisine, il était en train de préparer le petit déjeuner et de faire du café.

J'enfilai un sous-vêtement propre et empruntai un tee-shirt à Adam. Il était trop large pour moi et mettait en évidence à quel point nos statures étaient différentes, ce qui était étonnant, car nous étions capables d'échanger nos vêtements au lycée. Je me réprimandai pour trop ressasser le passé. *Tu aimes cet Adam maintenant. C'est lui ton présent et ton avenir.* Penser à cela me fit sourire et je pénétrai dans le salon en forme pour faire face à Adam et à la journée.

Il était bien dans la cuisine, en train de jongler avec plusieurs poêles pour faire frire des œufs et du bacon de dinde, tout en fredonnant entre ses dents. Il sourit lorsqu'il me vit et me montra de la main un placard près du lavabo.

— Les assiettes sont par-là, dit-il.

— Ça l'air bon. J'ai faim.

Il me tapota les fesses lorsque je passai près de lui.

— Bien sûr que tu as faim. Une nuit de sexe torride a ce genre d'effet.

Je mis donc la table pendant qu'il finissait de cuisiner, et nous flirtâmes pendant que nous mangions. C'était amusant et facile, et je me sentis apaisé tandis que j'avalais mes œufs. C'était un repas simple, mais il était bien préparé. Les œufs exactement comme je les aimais, et le bacon tendre. Après manger, nous prîmes une douche ensemble, et lorsque j'hésitai sur quoi porter, Adam se moqua gentiment de moi. Tout semblait parfait, exactement comme il fallait, ma première nuit à New York maintenant oubliée.

Adam dut prendre un appel pour le travail un peu plus tard dans la journée, donc je m'assis sur son canapé et passai en revue les magazines qui étaient entassés sur sa table basse. Je fus un peu surpris de trouver une copie d'un magazine gay local. Je le feuilletai et trouvai qu'il n'avait pas beaucoup de substance, mais il contenait une liste des événements et un calendrier où étaient inscrits les bars gays qui avaient des happy hours intéressants selon les jours de la semaine.

Adam raccrocha et se laissa tomber à côté de moi.

— Est-ce que je peux te demander quelque chose ? dis-je.

— Vas-y.

Il se laissa aller en arrière et tendit la main pour jouer avec les cheveux à l'arrière de ma nuque.

— Je crois que tes cheveux longs me manquent vraiment, ajouta-t-il. Depuis combien de temps est-ce que tu les as aussi courts ?

— Euh, je ne sais pas. Je les ai coupés il y a quelques années. Je suis trop vieux pour avoir les cheveux longs, tu ne penses pas ?

— Ouais, peut-être. Je suis sûr que ça t'irait encore très bien. C'était ça ta question ?

— Non.

Je lui montrai le magazine ouvert entre mes mains.

— Mara m'a dit que tu n'allais pas dans les bars gays.

Il haussa les épaules.

— Je te l'avais déjà dit aussi. Ça n'a jamais été vraiment mon truc. Je n'ai jamais manqué de partenaires, alors à quoi bon ?

Je reposai le magazine sur la table basse.

— Pour t'amuser ? Pour passer du temps avec d'autres gays ? Pour te faire des amis ?

— C'est marrant, venant du mec qui habite à Boystown.

— Et alors ?

Il jeta un œil à la table basse.

— Je ne suis pas comme toi, Jakey.

— On a déjà eu cette discussion à Chicago.

Je regardai le magazine. Je me demandai ce qui l'avait fait le prendre. Peut-être qu'il s'était juste senti obligé, parce qu'il était gay et que le magazine était là.

Il détourna le regard.

— Je ne peux pas, d'accord ? Je ne peux pas le faire, je ne peux pas faire partie de tout ça. J'aimerais vraiment que tu comprennes.

— Quoi ? Qu'est-ce que tu veux que je comprenne ? Qu'en fait tu es toujours dans le placard ? Que tu me trouves ridicule parce que je prends part à tout ça ?

— Arrête, tu me fais dire des choses que je n'ai jamais dites.

Il tourna la tête pour me regarder.

— Je n'ai pas *honte*, si c'est ça que tu sous-entends. Mais je te l'ai dit, être gay, c'est quelque chose que je fais, ce n'est pas qui je suis. Avant toute chose, je suis un homme d'affaires, et quasiment toute ma vie tourne autour de mon travail. Ça ne me dérange pas si ça n'est pas le cas pour toi. Si tu veux te la jouer 'C'est la gay pride, youpi, youpla, boum' ou quelque chose dans le genre, je peux l'accepter.

— Tu peux l'accepter ?

Je m'énervais de plus en plus.

— Comme si c'était une espèce de défaut ? Parce que laisse-moi te dire quelque chose, mec, ce n'est *pas* un défaut. En tout cas, ma sexualité n'est pas un défaut, et c'est *qui* je suis. C'est *toi* qui ne comprends pas. Il y a des tonnes de gens dans le monde qui nous détestent juste parce qu'on s'aime, qui détestent cette chose avec laquelle nous sommes nés, qui nous détestent à cause de *qui nous sommes*. Être fier de qui je suis et célébrer ma propre homosexualité, c'est le moyen que j'ai de reprendre le contrôle de ma vie et de ne pas le laisser à ces gens qui me détestent. C'est grâce à ça que je ne pète pas les plombs.

— Écoute, je n'ai pas dit qu'il ne fallait pas être fier d'être gay, ou quoi que ce soit d'autre. Je n'ai juste pas envie de montrer cette part de moi aux autres. Ce n'est pas comme si je mentais à qui que ce soit. Des tas de gens savent que je suis gay. Ça n'est pas un secret. Je ne vais juste pas descendre dans la rue pour agiter des drapeaux ou ce genre de truc.

— Ce n'est pas que ça !

J'étais vraiment parti maintenant. Je me levai et commençai à arpenter le salon.

— Ce truc à propos de ne pas être en dessous. Tu aurais pu juste me dire 'Je n'aime pas ça', mais à la place tu m'as sorti ce discours qui sous-entend qu'être en dessous fait que tu n'es pas vraiment un homme, et c'est vraiment de la connerie, Adam, j'espère que tu le sais.

— Jake, arrête.

— Mais pourquoi je suis là en fait, hein ? On était des amis géniaux à une époque, mais on dirait que ça n'est plus le cas maintenant.

— Ce n'est pas vrai. Je t'aime.

Il leva les yeux vers moi et appuya une main contre son torse.

— Ah oui ? Eh bien ce n'est pas suffisant. Ce n'est pas suffisant que tu m'aimes, tu dois me respecter aussi. Si tu ne me respectes pas, on ne peut aller nulle part.

En entendant cela, il se leva, le front plissé par la colère. C'était l'expression typique d'Adam lorsqu'il s'énervait. Son visage était rougi, ses sourcils froncés, son menton en avant.

— Ah oui ? Et bien il faut que tu arrêtes de te vexer à chaque fois que j'essaie de m'expliquer. Il y a plus d'une manière d'être gay, tu sais ? Ce n'est pas parce que je ne fais pas les choses comme toi que ma vie est moins légitime que la tienne. Aux dernières nouvelles, la seule chose que nous ayons tous en commun, c'est d'aimer coucher avec des mecs.

— Ce n'est pas que je sois vexé, mais je pense juste que…

— Ça marche dans les deux sens, tu sais ? Je fais vraiment un effort, mais tu continues à t'entêter à refuser de croire que, peut-être, je suis juste amoureux de toi et que j'ai envie d'être avec toi sans qu'il y ait une raison cachée. Je ne veux pas te faire changer, ou te forcer à faire quoi que ce soit dont tu n'aies pas envie, et tout ce que je demande en échange, c'est que tu fasses pareil envers moi.

Sa réponse était tellement raisonnable et logique. J'eus l'impression d'être un salaud pour avoir sous-entendu que je voulais le faire changer, même s'il fallait admettre qu'au fond de moi c'était exactement ce que je voulais. Mais j'étais encore en colère.

— Peut-être que l'on est dans une impasse. Peut-être que tu n'aurais pas dû revenir.

— Peut-être, dit-il en croisant les bras sur sa poitrine.

Il fallait que je sorte de l'appartement. J'avais l'impression que les murs étaient en train de se refermer sur moi, et la seule façon pour que je me calme était de m'éloigner d'Adam un moment. J'aurais pu aller dans un café par exemple, prendre une heure pour apaiser mon irritation et ensuite revenir. Mais il y avait tant de colère et de frustration en moi que je n'arrivais plus à penser clairement. Soudain, j'eus envie de rentrer chez moi plus que tout autre chose. Je voulais me retrouver dans mon appartement, rempli de mes propres affaires, où je me sentais à l'aise et en sécurité. Je ne supporterais pas l'appartement immaculé d'Adam une seconde de plus.

Je rentrai dans sa chambre comme une tornade et commençai à rassembler toutes les affaires m'appartenant qui étaient étalées partout dans la pièce. Je les enfournai dans ma mon sac et le traînai jusqu'au salon.

Adam écarquilla les yeux.

— Qu'est-ce que tu fais ?

— Je vais à l'aéroport.

— Mais ton avion est dans six heures.

— Peut-être que je vais essayer d'en prendre un plus tôt.

— Jake, s'il te plaît arrête. On peut en parler…

Je pris une grande inspiration.

— J'ai entendu ce que tu avais à dire. Vraiment. Mais je suis en colère là, et je crois que je ne suis pas encore habitué à l'idée que tu sois de retour dans ma vie, que tu aies changé de plein de façons que je ne connais même pas, je parie. Tu es une autre personne maintenant.

— Je ne suis pas si différent.

— Oui, je sais, je le vois aussi. Mais tout s'embrouille dans ma tête, et je suis juste tellement en colère contre toi. Je ne sais pas quoi faire de tout ça, alors je pense que je ferais mieux de partir.

— Tu n'es pas obligé. Je vais refaire du café, on va s'asseoir et en parler, tout ira bien.

On aurait dit qu'il s'adressait à lui-même plutôt qu'à moi.

Je marchai jusqu'au placard et en sortis mon manteau.

— Je tiens énormément à toi, et notre amitié me manque beaucoup. Mais il y a un truc qui ne va pas, et je ne sais pas comment faire pour résoudre ça.

— On peut essayer.

— Peut-être. J'ai envie d'essayer. Mais j'ai juste besoin de m'éloigner un peu, d'accord ? Je peux rentrer chez moi ?

— Tu veux me quitter comme je t'ai quitté, c'est ça ?

J'enfilai mon manteau.

— Je ne suis pas aussi rancunier que ça. Tu devrais le savoir, depuis tout ce temps. Est-ce que je peux héler un taxi en bas ?

— Oui, il faut que la lampe au-dessus soit allumée.

Il ferma les yeux.

— Je n'ai vraiment pas envie que tu t'en ailles. Notre relation n'est pas parfaite, et alors ? On en est encore qu'au début, on s'apprivoise. Ce n'est pas une raison pour te faire la malle.

— Je ne fuis pas. J'ai juste besoin d'air. Être avec toi pendant quarante-huit heures d'affilée, c'est difficile alors que l'on n'a même pas eu le temps de se réhabituer à passer du temps ensemble, et encore moins à *être* ensemble.

Il marcha jusqu'à la porte.

— D'accord. Je te laisse partir, mais tu me promets que ce n'est pas un adieu ?

— Non, ce n'est pas un adieu.

Je marchai jusqu'à lui et embrassai sa joue en gage de bonne foi.

— Je crois que ça ne sera jamais adieu entre nous. J'ai juste besoin de réfléchir à certaines choses, d'accord ?

— D'accord. Moi aussi je suppose.

— Super. Je t'appellerai d'ici quelques jours, d'accord ?

— Oui, s'il te plaît.

Sur ce, je m'en allai. Je descendis la rue et hélai un taxi. Je passai tout le trajet au téléphone avec ma compagnie aérienne pour tenter d'obtenir un vol plus tôt. En écoutant la musique d'attente, faussement joyeuse, quelque chose continuait à me tirailler dans un coin de ma tête. Je ne sus d'abord pas ce que c'était. Juste une pointe de souvenir, un léger malaise.

Ses mots résonnaient dans ma tête. *'Tu veux me quitter comme je t'ai quitté',* avait-il dit. Ce n'était pas ça. Pas ça du tout même. Je le voulais dans ma vie, c'était bien le problème. Toute cette colère était surtout une manifestation de ma peur. Parce qu'il était tout ce dont j'avais toujours rêvé, tout ce que j'avais attendu, mais je ne lui suffisais pas.

126

Adam avait tout : l'appartement de luxe, les amis snob, et même sa propre putain de boîte. Et moi j'étais quoi, à part un souvenir désuet de tout ce qu'il avait laissé derrière lui ? Comment pouvait-il vouloir de moi ? Et moi, comment allai-je pouvoir empêcher mon cœur de se briser en mille morceaux lorsqu'il allait inévitablement m'abandonner à nouveau ?

Je ne pourrais jamais quitter Adam comme lui m'avait quitté. Je l'aimais trop pour lui faire subir cela. Je jetai un œil à Manhattan derrière moi, tandis que le taxi s'engageait sur le pont de Triborough. Ce n'était pas la fin, pensai-je. Mais peut-être que cela aurait été plus facile si cela avait été le cas.

XIV

LE SAMEDI suivant mon retour de New York, je pris le train pour me rendre à l'anniversaire de mon père à Glenview. Lorsque je sortis de la gare, je vis la Sedan bleue de Brendan qui attendait sur le bord de la route. Je lui avais demandé de venir me chercher, car mes parents étaient occupés par l'organisation de la fête.

— Hé mec, merci d'être passé me prendre, lui dis-je en montant dans la voiture.

— Pas de problème.

Il fit démarrer la voiture et nous nous éloignâmes de la gare.

— Comment ça va ?

— Ça va.

— Longo dit que tu es allé à New York le week-end dernier ?

— Ouais, je…

Je n'étais pas sûr de ce que je devais lui raconter. Mon premier réflexe était de garder secret tout ce qui s'était passé entre Adam et moi, sans trop savoir pourquoi. Ce qui était drôle, c'est que, de tous mes amis, Brendan l'hétéro avait toujours été celui qui voulait bien m'écouter déblatérer sur les garçons.

— Je suis allé voir Adam. Il vit à New York.

Brendan me jeta un regard en biais en s'arrêtant à un feu rouge.

— Rosie Adam ?

— Tu en connais un autre ?

Brendan tapota ses doigts sur le volant en attendant que le feu passe au vert.

— Tu as vu Adam ou tu as *vu* Adam ? demanda-t-il lorsque la voiture se remit en route.

— Tu veux dire est-ce que j'ai vu Adam tout nu ?

Il grimaça.

— Euh, oui.

— J'ai… On s'est vu dans ce sens oui.

— Oh, Jake…

C'était amusant à quel point Brendan pouvait prendre un ton paternel. Sa voix indiquait clairement que je l'avais déçu. Cela faisait plus mal que ce à quoi je m'attendais. Je savais que Brendan n'allait pas me féliciter, mais j'avais espéré qu'il ne me jugerait pas.

Mais je connaissais bien mon ami, et sa réaction ne me surprenait pas.

— Voilà pourquoi je ne voulais rien dire.

Brendan déglutit et hocha la tête.

— Désolé.

— Donc, tu es allé à New York pour voir Adam, et en fait ça fait quelque temps que vous voyez. C'est ça ? ajouta-t-il lorsque nous nous arrêtâmes un autre feu rouge

— Oui. Presque depuis l'enterrement de M. Lombard.

Brendan n'arrêtait pas de remuer la tête d'avant en arrière, comme s'il n'arrivait pas à comprendre le sens de cette information.

— Il est vraiment gay alors ?

— Ouais.

Je faillis faire une blague graveleuse, mais je me retins. Rien dans la situation ne me semblait amusant.

— Mais rien n'est sûr en fait, on a eu une grosse engueulade juste avant que je quitte New York.

Brendan fit soudain faire un virage à la voiture, et je me rendis compte qu'il prenait le chemin le plus long pour arriver chez mes parents. Ce trajet-là nous prendrait vingt minutes de plus en passant par des routes secondaires et des zones de banlieue au lieu de la nationale. Je me lançai donc dans la version longue. Je lui racontai comment j'étais allé voir Adam à son hôtel, comment il avait débarqué chez moi avec la Ducati, comment j'étais allé lui rendre visite à New York, et même pourquoi nous nous étions disputés. Brendan écouta sans rien dire, hochant la tête de temps en temps.

Lorsque j'eus fini de parler, je regardai Brendan, qui était en train de grimacer.

— Désolé si ça te dégoûte, dis-je. Je sais que c'est Rosie, et personne ne veut imaginer ses amis dans ce contexte, mais…

— Non, ce n'est pas ça.

Il serra plus fort ses doigts sur le volant.

— Je veux dire, si bien sûr, penser à Rosie comme ça c'est juste super bizarre, mais c'est plus que…

Il se mordit la lèvre.

— Accouche.

Il soupira.

— Tu ne trouves pas ça bizarre que tu aies fait ton coming out il y a plus d'une décennie, mais que lui soit toujours dans le placard ?

— Il n'est pas vraiment dans le placard, il est…

— Alors pourquoi vous vous êtes engueulés ? Tu penses qu'il ne te respecte pas parce qu'il a un problème avec la culture gay. Et n'oublie pas que je n'étais absolument pas sûr qu'il soit gay jusqu'à ce que tu me le dises il y a cinq minutes. Et on a été amis presque toute notre vie. Il fait un petit blocage, non ? Et pour couronner le tout, il t'a déjà brisé le cœur une fois. Juste pour être clair, c'est avec *ce mec* que tu sors.

Je repensai à ma petite épiphanie dans le taxi pour aller à l'aéroport. Je comprenais où Brendan voulait en venir, mais je fus soudain sur la défensive.

— C'est différent maintenant. Je veux dire, je sais que tu es encore en colère contre lui, même moi je ne lui ai pas encore complètement pardonné, mais…

— Bien sûr que je suis encore en colère !

Nous arrivâmes à une intersection et Brendan freina un peu trop violemment. La voiture s'arrêta avec une secousse.

— Je ne comprends pas comment tu peux lui pardonner aussi vite. Et tu lui as pardonné, arrête de te voiler la face. Il nous a laissés tomber, tu te rappelles ?

Brendan et Kyle avaient été tout aussi perdus que moi face à la disparition d'Adam. Ils s'étaient mis en colère lorsqu'il n'avait pas répondu à leurs appels et à leurs e-mails. Je croyais qu'ils avaient tous les deux dépassé ce stade, nous n'en avions pas parlé depuis longtemps. Mais voilà que Brendan avait l'air prêt à frapper quelqu'un.

— Il t'a quitté de la pire des façons, tu ne te rappelles pas ce que tu as ressenti ?

J'essayais de l'oublier depuis des semaines.

— Bien sûr que si. Mais on a passé beaucoup de temps ensemble depuis qu'il est revenu et… Tu sais quoi ? Oublie. Oublie tout ce que je t'ai dit. Ça n'a pas d'importance parce que de toute façon, on s'est engueulé, et il habite à New York, putain, et je ne vais certainement pas déménager. Il a l'air décidé à habiter aussi loin que possible d'ici, alors tant pis. Ça ne va sans doute même pas marcher entre nous, mais je me demande quand même pourquoi mes amis ne peuvent même pas me soutenir un tout petit peu. Parce que Longo est sur mon dos aussi, figure-toi. Comme si j'étais un crétin qui n'avait réfléchi à rien. Mais j'y ai réfléchi, pendant des années même. Alors changeons de sujet, d'accord ?

Nous fulminâmes chacun en silence pendant un long moment. Mes pensées retournèrent vagabonder du côté d'Adam. Je me demandai ce qu'il faisait à cet instant. Est-ce qu'il était en train d'avoir le même genre de discussion avec ses amis à propos de moi ? Est-ce qu'ils lui disaient à quel point j'étais un 'mauvais investissement' ? Comme promis, je l'avais appelé quelques jours auparavant, mais la conversation avait été tendue et polie. J'avais l'impression que rien n'était résolu. C'était frustrant, car j'aurais voulu pouvoir tout réparer. J'avais toujours voulu que tout soit parfait, mais au lieu de ça tout allait de mal en pis, et je ne savais pas quoi faire.

Brendan se gara brusquement. Nous n'étions pas encore arrivés chez mes parents, mais je reconnus le pâté de maisons. Nous étions dans le quartier. Il se tourna vers moi.

— Je suis désolé.

— Je sais. Pardon d'avoir crié.

— Non, je l'ai mérité. Tu as raison, je n'aurais pas dû te traiter comme un gamin. Je ne veux pas qu'il t'arrive quelque chose, c'est tout.

— Je sais. Excuses acceptées.

— J'ai passé mes nerfs sur toi, tu ne mérites pas ça.

— Arrête de t'excuser, je t'ai déjà pardonné.

Nous restâmes assis encore un moment. Brendan posa les mains sur le volant et je crus que nous allions repartir.

— Il y a quelque chose qui cloche chez moi, dit-il à la place.

— Ox, il n'y a rien qui cloche toi, je t'ai déjà dit…

Il fit glisser ses doigts le long du volant.

— Non, pas ça. Je veux dire, on essaie d'avoir un enfant. Maggie et moi, évidemment. On veut des enfants, et cela fait plus d'un an qu'on essaie. Maggie est allée chez le médecin pour tout vérifier, et il n'y a rien d'anormal, donc c'est clairement moi le problème.

— Je suis tellement désolé.

Je ne savais pas quoi dire d'autre. Je m'étais parfois demandé pourquoi Brendan et Maggie n'avaient pas encore eu d'enfants, étant donné qu'ils avaient toujours déclaré que cela faisait partie de leurs projets.

— Tu as pris rendez-vous ?

131

— Non, je sais que je devrais, mais je ne peux pas.

Il secoua la tête

— Tu sais ce qui me rend dingue ? Longo, cet abruti. Il baise tout ce qui bouge et il se retrouve avec un gosse dont il ne veut même pas. Maggie et moi, on est ensemble depuis dix ans, on veut vraiment un enfant, et rien.

— Ce n'est pas vraiment juste pour Longo.

— Je sais ! Je sais bien. Je réalise à quel point c'est stupide et irrationnel. Je sais que Longo aime sa gamine, et étonnamment il est même un assez bon père. Mais en ce moment, dès que je le vois, je m'énerve.

Je ne savais pas comment l'aider. Je ne savais même pas si je le pouvais.

— Je suis vraiment désolé, dis-je. J'aimerais savoir quoi dire ou faire.

Brendan haussa les épaules et fit redémarrer la voiture.

— C'est ça être adulte, hein ? Tout était bien plus simple quand notre plus gros souci c'était de savoir s'il fallait remplacer nos gants de baseball.

Il prit une profonde inspiration.

— Fais juste attention, d'accord ? Avec Rosie, je veux dire. J'espère que ça va marcher. Je suis là, si ça foire.

— Merci Ox. J'espère que ça va aller avec Maggie.

LORSQUE NOUS arrivâmes chez mes parents, j'arrivai à convaincre Brendan d'entrer dire bonjour à ma mère. J'ouvris la porte d'entrée est appelai pour signaler mon arrivée.

— Dans la cuisine ! cria ma mère.

Je laissai tomber mon sac près de l'escalier. Nous revînmes vers la cuisine et elle nous serra tous les deux dans ses bras.

— Brendan, ça me fait tellement plaisir de te voir. Tu as bonne mine. Comment va ta jolie femme ?

— Elle va très bien, Madame Isaacson.

Ma mère sourit.

— Jacob, *bubelé*, tu n'as pas eu de problème avec le train ?

— Non.

— Ton père est allé chez le marchand de vin, mais il devrait revenir bientôt.

— Tu as besoin d'un coup de main pour quoi que ce soit ?

— Tu as déjeuné ? Tu devrais vraiment prendre un sandwich, tu es trop maigre.

Je levai les yeux au ciel, mais laissai ma mère préparer des sandwiches à la dinde pour Brendan et moi. Nous les avalâmes debout devant le plan de travail.

— Oh, Jake, dit ma mère. J'ai lu un article magnifique dans le *Trib* sur un couple homosexuel qui a adopté une petite fille handicapée motrice cérébrale. Ça n'est pas mignon ?

J'avais aussi lu l'article.

— C'est très mignon.

— Ça pourrait être toi !

— Hein ? m'exclamai-je.

— Enfin, tu n'es pas obligé d'adopter un bébé atteint de paralysie, mais un jour, tu pourras te marier n'importe où dans ce pays et avoir une famille comme n'importe qui.

— Il faut déjà que je trouve un mari, dis-je.

— Oui, oui, répondit-elle comme si ce n'était qu'un détail négligeable.

Je jetai un œil à Brendan qui mangeait tranquillement son sandwich. Je me demandai s'il savait que nous étions dans le même bateau, lui et moi. Il était hautement improbable que j'aie un jour des enfants biologiques, même si je n'étais pas vraiment sûr d'en vouloir.

— Tu n'as pas une fille qui vit à quelques centaines de mètres d'ici, et deux petits-enfants parfaitement acceptables ? répondis-je à ma mère.

— Bien sûr, mais je veux que tu sois heureux aussi, mon chéri.

Brendan s'inséra dans la conversation tout en ôtant un morceau de dinde de son sandwich.

— Tu ne vois pas quelqu'un en ce moment, Jake ?

— Je n'hésiterai pas à t'abattre dans ton sommeil, répondis-je.

— C'est vrai Jake ? Tu as un petit ami et tu me l'as caché ? Il faut que tu l'invites à la fête ce soir !

— Maman, ce n'est même pas mon copain. C'est juste…

J'hésitai, et Brendan haussa un sourcil. Je ne voulais pas mentir à ma mère.

— Il n'habite pas Chicago. Il ne peut pas venir ce soir.

— Bientôt, alors. La prochaine fois qu'il sera en ville. Si tu l'as déjà rencontré en personne, bien sûr, et que ce n'est pas une de ces liaisons sur Internet.

Elle pinça les lèvres pour communiquer sa désapprobation

— Je l'ai déjà rencontré.

— C'est le moins que l'on puisse dire, ajouta Brendan.

— Sérieux, mec !

Ma mère éclata de rire.

— Vous, alors.

Elle ramassa nos assiettes.

— Brendan, tu viens ce soir, je suppose ?

— Oh, euh… C'est-à-dire que… En fait, Mme Isaacson, Maggie et moi avions prévu…

— Amène-la, alors ! Cela me ferait très plaisir de la voir.

Brendan hocha la tête, sachant quand s'avouer vaincu.

— Je vais voir si elle peut venir, d'accord ?

— Parfait ! Maintenant, vas-y !

Elle poussa Brendan vers l'avant de la maison.

— Je vais mettre mon ingrat de fils au travail. À ce soir, d'accord ?

Brendan acquiesça et s'enfuit.

KYLE VINT aussi à la soirée, et il amena Alexa. J'avais peur que cela ne pose problème à Brendan, mais il parut en prendre son parti. Et au moins, Maggie était là pour le calmer à chaque fois que Kyle disait quelque chose pour l'énerver.

En fait, si Brendan avait vraiment voulu éviter Kyle, il aurait très bien pu se perdre dans la fête. Une cinquantaine de personnes étaient entassées dans le salon de mes parents, soit vingt de trop pour que l'on puisse se sentir à l'aise. Je passai la majeure partie de la soirée sur le canapé du salon, entouré de ma cour, m'alcoolisant lentement avec les bières que les gens me passaient. Personne ne m'en tenait rigueur, cependant. Tout allait bien. Mon père passait de groupe en groupe pour plaisanter et s'assurer que tout le monde s'amusait, tandis que ma mère s'inquiétait de savoir s'il y avait assez à manger sur les plateaux qu'elle avait disposés partout.

Brendan resta avec moi sur le canapé pendant une bonne partie de la soirée. Nous ne parlions pas beaucoup, mais le silence était confortable. Kyle courait après Alexa, qui avait l'air déterminée à mettre ses doigts dans chaque bol de nourriture et à voler des canapés dans les assiettes des invités. Elle avait trois ans, et semblait assez difficile à gérer.

Lorsque ma sœur Rachel finit par arriver, Alexa fut au moins distraite par mon neveu et ma nièce, qui avaient environ le même âge. Le soulagement sur le visage de Kyle lorsque ma sœur le dispensa de surveiller sa fille était comique. Il lui fit un bisou sur la bouche, ce qui la laissa pantoise pendant un instant. Il se laissa ensuite tomber sur le canapé à côté de moi

— J'aime ta sœur.

— Mec, elle est mariée.

— Je ne veux pas coucher avec elle, répondit Kyle en riant. Elle te ressemble trop déjà. C'est juste ma personne préférée au monde là, tout de suite.

Je pris une autre bière.

— Sympa, merci.

Kyle me tapota le dos.

Maggie nous rejoignit tranquillement. Comme nous prenions toute la place sur le canapé, assis à trois, elle grimpa sur les genoux de Brendan. Il sourit et mit ses bras autour d'elle.

— Coucou les garçons, dit-elle.

— Coucou Maggie.

Kyle et moi murmurâmes simultanément.

— J'espère que je ne dérange pas ?

— Pas du tout très chère, dit Kyle. Tu sais que nous sommes fous de toi.

Il y a une chose qu'on ne pouvait pas retirer à Brendan : il adorait sa femme. Ce soir-là, ce fut évident dès qu'elle s'approcha de lui. Il lui sourit et flirta avec elle tandis qu'ils échangeaient des petits bouts de ce qu'ils avaient vu pendant la soirée. La mine renfrognée qu'il avait arborée une bonne partie de la soirée disparut. Il la serra contre lui et posa la main sur son épaule. Je tentai d'ignorer – ou du moins de ne pas réagir – devant ce témoignage public d'affection, mais je les trouvais très mignons tous les deux. C'était tellement adulte d'avoir une relation comme la leur.

Je tentai d'imaginer mes anciens petits copains à une soirée comme celle-ci. David n'avait rencontré mes parents qu'à quelques occasions, et jamais pour plus longtemps qu'un dîner. Je n'avais pas voulu qu'il fasse partie de ma vie de la même façon que mes amis. Je voulais garder les choses bien séparées. Ma mère avait insisté pour rencontrer David au bout de six mois, et elle n'arrêtait pas de suggérer de l'intégrer à notre famille. La plupart du temps, j'avais fait mine de ne pas l'entendre.

En fait, je savais déjà au fond de moi que David n'était pas le Bon. Il n'était qu'un substitut, en attendant que je rencontre l'homme qui me ferait oublier Adam.

Et Adam, bien sûr, serait tout à fait à sa place ici. Ses parents étaient même en train de discuter avec ma mère de l'autre côté de la pièce, et il me semblait avoir vu un de ses frères se balader dans la maison. Nous étions son cercle. Nous avions tous été ses amis un jour. Et je pouvais parfaitement nous imaginer blottis à deux dans un coin de la pièce en train de discuter d'un air de conspirateurs. C'est sans doute ce que nous avions fait lors de la soirée des cinquante ans de mon père, et lors de celle de ses quarante ans. Mais la différence, c'était que, maintenant, Adam me tiendrait peut-être la main. Il me prendrait peut-être le bras. Il me volerait peut-être un baiser. Au lieu de conspirer pour voler quelques bières dans la glacière, nous tenterions de décider où nous cacher pour nous peloter.

Y penser ne faisait qu'empirer les choses. Je fis glisser mes fesses vers l'avant pour que ma tête puisse s'enfoncer davantage dans les coussins du canapé.

— Bon, Jakey, dit Maggie. Ta mère m'envoie à la pêche aux informations sur ce nouveau petit copain.

Nous grognâmes en chœur, Brendan le plus fort de nous trois. Maggie lui donna un coup de coude dans le sternum et il se mit à tousser.

Kyle leva un sourcil.

— Rosie ? demanda-t-il.

Je haussai les épaules.

— Apparemment. Je suppose. Peut-être.

Maggie tendit le bras pour me frapper l'épaule.

— Tu te moques de moi ! déclara-t-elle.

— Ce n'est pas… Enfin, on s'est disputé et… Je suppose qu'on sortait ensemble, mais je ne crois pas que ça va marcher et…

— Pas la peine de lui faire la morale, j'ai déjà essayé, dit Brendan à l'intention de Maggie.

— Moi aussi, ajouta Kyle. Et on voit bien comme il m'a écouté.

— Je ne sais pas, répondit Maggie. Peut-être que c'est une bonne chose ? Je sais que je n'étais pas là quand vous étiez petits, mais quand j'ai rencontré Brendan il parlait toujours de vous deux comme si vous étiez une entité unique. *Je vais boire un verre avec Jakey-et-Rosie'. 'Je vais m'entraîner avec Jakey-et-Rosie'.* Comme si vous étiez une seule personne. Alors, peut-être que c'est l'amour de ta vie et que tu es le sien ? Une histoire d'amour épique qui restera dans l'histoire !

Brendan lui prit son verre de vin des mains.

— Tu vas arrêter ça pour ce soir.

— C'est quand même un truc extraordinaire, non ? Toi et Rosie ? demanda Maggie.

— Mouais, dis-je, tentant de minimiser les choses afin que l'on change de sujet.

Maggie grogna.

— Vous êtes tous horribles ! Il n'y a pas un gramme de romantisme chez aucun d'entre vous.

— Moi je suis très romantique, dit Kyle en gonflant la poitrine. J'ai eu la bonne fortune il y a peu de connaître une jeune femme appelée Jennifer. La connaître bibliquement, bien sûr, et elle me donne même envie de lui amener des fleurs et de payer le restaurant.

— Ouah. Ça a l'air génial, répondit Maggie.

— Attends, il va tout gâcher, dit Brendan.

— Oui, maintenant il va nous parler de ses gros nibars, ajoutai-je.

Kyle leva les yeux au ciel.

— Même s'il s'avère effectivement qu'elle possède une poitrine généreuse, il se trouve que je l'apprécie en tant que personne. La plupart du temps.

— Où est le piège ? demandai-je.

— Elle déteste les gosses.

Il renversa la tête sur le dossier du canapé est mis une main sur son front.

— Je veux dire, je ne suis pas très fan des gosses, moi non plus, mais j'aime *ma* gosse. Alors sa haine généralisée me pose un peu problème.

— Est-ce qu'elle est au courant pour Alexa ? demandai-je.

— Je lui ai dit, oui, elle a répondu quelque chose du genre *'ça ne sera pas un problème parce qu'Alexa sera avec sa mère la plupart du temps'*. Je n'ai pas eu le cœur de détromper la pauvre fille. Surtout qu'à ce moment-là, j'essayais de la convaincre de coucher avec moi. J'ai réussi, d'ailleurs.

— Tu es un porc, dit Maggie.

— Eh bien oui, mais ça n'est pas le sujet. Le problème, là, c'est que j'ai trouvé une fille très gentille, que j'aime beaucoup, mais que je vais devoir larguer parce qu'elle hait ma fille.

— Peut-être qu'elle va changer d'avis, tenta de le rassurer Brendan. Comme toi, tu as changé d'avis quand Alexa est née. Peut-être qu'elle va aimer cette gosse-là.

— Je ne crois pas que je peux vous faire comprendre la profondeur de sa haine. J'ai peur de lui présenter Alexa au cas où elle sortirait la bombe lacrymogène.

Kyle se redressa et secoua la tête.

— Je n'aime pas ce truc, avoir la trentaine. La vie était tellement plus simple il y a dix ans.

Comme si le fait de parler d'eux les avait invoqués, les enfants choisirent ce moment-là pour débouler dans le salon. Alexa se dirigea tout droit vers son père en remorquant les enfants de ma sœur. Elle sauta sur les genoux de Kyle, et il grogna en absorbant l'impact.

— Salut gamine, dit-il. On parlait justement de toi. On disait des choses horribles.

— C'est pas vrai, répondit-elle en gloussant.

Kyle soupira et la serra dans ses bras.

— Non, tu as raison. Je ne pourrais jamais dire de choses horribles sur toi. Tu es la princesse de papa, hein ? Même si je ne trouve jamais d'autres femmes pour m'aimer, au moins toi tu seras toujours là.

Je n'avais pas vu Alexa depuis un moment. Elle avait tellement grandi que c'était difficile de croire qu'il s'agissait de la même enfant. La pauvre ressemblait grosso modo à une version blonde et plus petite de Kyle.

Elle porta une main à sa tête et fronça le nez pendant qu'elle tentait de comprendre ce que son père lui disait.

Kyle sourit et embrassa le sommet de son crâne.

— Oncle Jake ? appela mon neveu Joey. Grand-mère dit que tu as des camions dans ta chambre.

— Oh, oui. Il y a une grosse boîte violette pleine de voitures et d'autres jouets. Elle est juste à côté du placard. Faites-vous plaisir.

Joey poussa un petit cri, puis lui et sa sœur détalèrent en direction de ma chambre. Alexa se laissa glisser des genoux de Kyle pour leur courir après.

Kyle me donna un coup de coude.

— On peut compter sur le gamin gay pour avoir des jouets de garçons, mais les garder dans une boîte violette.

— Hé, la boîte est à ma mère. Et en plus, je te ferai savoir que *'les petits garçons gays jouent avec des Barbie'*, c'est un stéréotype. Tu sais très bien que j'aimais les trucs de mecs.

Kyle se mit à rire.

— Ouais, les trucs *des* mecs plutôt. C'est pour ça que tu faisais du sport. Tu matais les trucs des mecs dans les vestiaires, hein ?

Je haussai les épaules.

Kyle porta sa bière à ses lèvres.

— Oh, moi aussi.

Brendan leva les yeux au ciel.

138

— Comment ça se fait que de nous quatre je suis le seul hétéro ? Comment ça a pu arriver ? Pourquoi c'est vous que j'ai choisis comme meilleurs amis ?

— Parce que tu es sensible, mon cœur, répondit Maggie. Tu t'intègres parfaitement avec ces garçons.

Kyle et moi explosâmes de rire. Brendan rougit furieusement.

Maggie se leva et ajusta sa jupe.

— Eh bien, je vais aller voir si Mme Isaacson a besoin d'aide pour quoi que ce soit. Je vous laisse parler des trucs des garçons.

Elle embrassa Brendan sur la joue puis disparut dans la foule.

— Alors, dit Kyle lorsqu'elle eut disparu. Rosie ? C'est toujours en cours ?

— Je suppose. Je ne sais pas.

— Une partie de moi a envie de savoir s'il est doué au pieu, mais l'autre part, vraiment pas.

— C'est dégueu, Longo, dit Brendan.

— Je peux parler des seins de Jennifer si ça te met plus à l'aise.

Brendan fit la grimace.

— Ce n'est pas le fait qu'il soit gay. C'est que ce soit Rosie. C'est… incestueux.

— Pas autant qu'on le croirait, dis-je.

— Ouais, tu as eu le béguin pour lui pendant *combien* de temps ? dit Kyle en riant.

Je toussai. La bière que je sirotais resta coincée dans ma gorge.

— Depuis quand est-ce que tu sais ça ?

— Il y a eu un moment, avant David, où dès qu'Adam rentrait dans une pièce, tu te mettais à lui faire des yeux de cocker battu.

— Oui, on était tous un peu au courant, ajouta Brendan. Mais c'est bien pour ça que ce qu'il a fait est si horrible, n'est-ce pas ? Je veux dire, récapitulons : il a commencé à être de mauvaise humeur avec toi tout le temps quand tu es sorti avec David. Et au lieu de le mettre face à ces conneries, tu as juste tout encaissé. On est d'accord ? Et ensuite il t'a embrassé, avant de disparaître sans laisser d'adresse. Donc, on peut dire qu'il t'a fait marcher, puis qu'il t'a largué.

— Ce n'est pas vraiment comme ça que ça s'est passé.

— Nous sommes dans 'l'équipe Jake', dit Kyle. Je choisirais toujours celui qui prend son temps au lieu de celui qui précipite les choses. Mais toi, on dirait que tu es pour 'l'équipe Adam'. C'est un peu tordu, si tu y réfléchis.

Je sirotais ma bière puis secouai la tête.

— J'apprécie vraiment que vous soyez là pour moi, les mecs, mais c'est juste que... Il faut que je règle ça moi-même. Et au cas où Adam serait vraiment le bon, si cela marche vraiment entre nous, j'aimerais que vous soyez avec moi pour ça aussi.

— On l'est, dit Kyle.

— On te soutient, Jake, mais on se réserve aussi le droit de t'empêcher de prendre des décisions stupides. Pour Rosie, le jury ne s'est pas encore prononcé.

— Merci, les mecs.

Je laissai ma phrase résonner un moment, pendant que nous sirotions nos boissons en regardant la fête.

— Mais juste pour info, il est génial au pieu, finis-je par dire. Il a une très grosse...

— Stop ! cria Kyle en riant

— Mec, c'est dégueu ! dit Brendan.

— Je dis ça, je dis rien...

XV

ADAM M'APPELA quelques jours après la fête. Son appel semblait avoir deux objectifs : tout d'abord me demander encore et encore si tout allait bien entre nous, et ensuite m'annoncer qu'il serait à Chicago pour affaires quelques semaines plus tard, et qu'il voulait me voir.

— D'accord, dis-je.

— Vraiment ? Parce que je comprendrais si tu…

— Adam. On s'est disputé. On essaie de résoudre le problème. Je veux bien réessayer si toi aussi tu le veux.

— Bien sûr que je le veux. Merci…

— Mais je dois te prévenir : Brendan a ouvert sa grande bouche, alors maintenant ma mère est au courant que je vois quelqu'un. Je vais peut-être devoir lui dire la vérité un de ces jours.

Adam pouffa.

— Mes parents ne sont toujours pas au courant, ils ne connaissent pas leur bonheur. Je suis en train de chercher le meilleur moyen de leur annoncer. Ma mère peut toujours commodément 'oublier' que je suis gay si je n'ai pas de petit ami. Je vais devoir lui annoncer que je sors avec le petit Jakey Isaacson de la maison d'en face, et que son pire cauchemar est devenu réalité. Ça pourrait être drôle, en fait.

— Est-ce qu'on peut se mettre d'accord sur le fait que je ne suis plus 'le petit Jakey', s'il te plaît ?

— Bien sûr, Jake, dit-il en riant avant de baisser la voix. Il n'y a rien de petit chez toi de toute façon.

J'eus l'impression que nous étions revenus à un certain équilibre. Enfin, jusqu'à ce qu'il débarque chez moi avec un jour d'avance. Lorsque j'ouvris la porte, je vis qu'il avait sa valise avec lui, ce qui me parut un peu présomptueux. Il m'avait dit qu'il resterait à l'hôtel, ce qui m'avait semblé une

141

très bonne idée parce que je ne voulais pas risquer une répétition de ce qui s'était passé à New York. Je cherchais comment lui dire que je ne pensais pas que ce soit une bonne idée qu'il reste chez moi quand il était en ville, lorsqu'il annonça :

— Je veux que tu me fasses l'amour.

Je dus rester abasourdi pendant une bonne minute, la bouche ouverte, tandis que ses mots pénétraient dans mon esprit.

— Tu veux… quoi ?

Il me poussa l'intérieur, tirant sa valise dans l'entrée et laissant la porte de la maison se refermer en claquant. Je jetai un œil en direction de la porte de mes propriétaires, je ne me souvenais plus si je les avais entendu rentrer ou pas. Même si après réflexion, j'étais sûr que ce n'était pas la première fois qu'un homme se tenait au pied des escaliers montant à mon appartement et me disait ces mots. Mais j'étais à peu près certain, cependant, que c'était la première fois de sa vie qu'Adam les prononçait.

Il me poussa contre le mur et m'embrassa violemment. Ma tête claqua contre le lambris hideux du vestibule, mais je m'en fichais parce qu'Adam avait un goût de feu et de risque, et de *lui*, et que je ne n'avais pas réalisé à quel point il n'avait manqué, à quel point l'avoir dans mes bras m'avait manqué, avant cet instant où je le serrai à nouveau contre moi.

À travers les brumes de mon cerveau, j'entendis un bruit en provenance de l'appartement du rez-de-chaussée, comme une chaise que l'on tire sur un plancher, donc je repoussai Adam.

— Mes voisins. Montons.

Je saisis sa valise pour la tirer jusqu'en haut et il me suivit, tendant la main de temps en temps pour me caresser les fesses. Une fois dans mon appartement, je laissai tomber son bagage près de la porte de ma chambre puis pointai du doigt mon canapé.

— Assis, ordonnai-je en me dirigeant vers la cuisine.

Je trouvai une bouteille de vin rouge et sortis deux verres de mon placard.

Lorsque je revins dans le salon, il était assis sur le canapé avec ses mains sur ses genoux. Il se balançait légèrement, et je ne savais pas s'il était nerveux ou juste impatient. Je posai le vin et les verres sur la table basse puis m'assis à côté de lui.

— Ouah, classe, dit-il.

— Pour information, j'essaye d'abaisser tes défenses pour pouvoir ensuite abuser de ton corps.

— C'est bon à savoir, s'esclaffa-t-il.

Nous parlâmes et bûmes le vin, et je commençais à me demander si je n'avais pas mal entendu ce qu'il avait dit lorsque j'avais ouvert la porte. Lorsque nous arrivâmes au fond de la bouteille, je me penchai et l'embrassai, cherchant un signe de ce qu'il voulait. Il posa ses mains au bas de mon dos et les fit remonter lentement. Ses paumes étaient chaudes contre ma peau. C'était un geste simple, affectueux, mais je me sentais tout de même nerveux à propos de ce qui allait se passer.

— Jake, murmura-t-il. Ce soir je… je veux te sentir en moi.

Je ne pouvais pas m'écarter de lui, mais je me reculai légèrement afin de pouvoir observer son visage sans que nos mains ne cessent de se toucher.

— Tu es sérieux ?

— Très sérieux.

— Pourquoi ?

C'était tout ce à quoi je pouvais penser. C'était tout ce que je pensais à dire.

Il me fit un demi-sourire hésitant.

— J'ai beaucoup réfléchi à ça. C'est quelque chose qui m'a toujours fait peur, mais je veux savoir comment c'est. Je veux savoir ce que tu ressens quand je suis en toi, parce que tu as cette expression… C'est tellement magnifique, tu as toujours l'air d'être sur le point de mourir de plaisir. Et aussi, je veux faire ça pour toi, Jake. Je t'aime, et je te fais confiance comme je n'ai jamais fait confiance à personne, je veux te le prouver en faisant ça.

— Adam, tu n'as pas besoin de me prouver quoi que ce soit. Je…

Il posa un doigt sur mes lèvres.

— Tu aimes être au-dessus de temps en temps, n'est-ce pas ?

— Eh bien oui, mais…

— Je veux aussi être un amant conciliant. Avec toi, Jake. Je veux toutes ces choses avec toi.

Je n'arrivais pas à trouver quoi dire de plus intelligent que 'merci', donc au lieu de parler, je me levai et lui tendis la main. Lorsqu'il la prit, je l'aidai à se mettre debout et le conduisis dans ma chambre.

J'avais l'impression que c'était un moment important, et je ne savais pas trop comment m'y prendre. Est-ce qu'il voulait que ce soit romantique ou brut ? Est-ce que l'on devait enlever nos propres vêtements, ou se déshabiller l'un l'autre ? Est-ce qu'il fallait que je sorte les préservatifs et le lubrifiant du tiroir maintenant, ou attendre le bon moment ?

Je dus m'arrêter un peu trop longtemps, parce qu'il réduisit l'espace entre nous et vint s'enrouler autour de moi pour m'attirer dans un baiser magnifique, doux, mais passionné, et je pensai : *Il n'y aura pas de retour en arrière maintenant.* Adam ne serait plus jamais juste mon ami, et je ne pensais pas que je serais capable de vivre à nouveau sans qu'il soit avec moi comme ça. Malgré tous nos problèmes et nos incompatibilités, il était là, il s'offrait à moi, il m'aimait. De quoi d'autre avais-je besoin ?

Sans dire un mot, nous commençâmes à nous déshabiller l'un l'autre. Nous nous tenions sur le côté de mon lit et nous nous embrassions tandis que nous ôtions un à un nos vêtements, caressant la peau de l'autre où elle se dévoilait. Adam ferma les yeux et se laissa aller dans mes bras, gémissant, quand je me mis à déposer des baisers sur ses épaules et laissai glisser ma main sur son sexe.

— Tu es sûr de toi ? demandai-je une fois que nous fûmes tous les deux nus.

— Oui, dit-il, même si sa voix tremblait.

Je le poussai sur le lit afin qu'il soit sur le dos. J'attrapai du lubrifiant et quelques préservatifs dans la table de nuit et les déposai près de sa tête. Puis je me positionnai au-dessus de lui et l'embrassai de toutes mes forces. C'était ma façon muette de lui dire que je comprenais l'importance de son geste, et que je l'aimais d'autant plus pour ça. J'appréciais qu'il me fasse confiance, et je voulais que ce cela soit vraiment bon pour lui, afin de ne pas trahir cette confiance.

Il mit ses bras autour de moi, et je me positionnai de manière à pouvoir frotter mon sexe contre le sien. J'aurais pu jouir juste comme ça, rien que par la douce pression de mes testicules frottant contre les siennes, ou de nos verges glissant l'une contre l'autre, faisant remonter des étincelles et des frissons à travers tout mon corps. Il murmura mon nom et je commençai à craquer. Je sentis mon corps s'arquer et je sus que je me rapprochais de l'ascension finale. Mais pas encore, ça ne pouvait pas déjà se terminer.

Je déposais une ligne de baisers le long de sa poitrine, frottant mon visage contre ses poils. J'adorais la texture et l'odeur de son corps, je l'adorais lui.

— Adam, murmurai-je. Adam, Adam...

Encore et encore. J'avais l'impression d'avoir gagné le gros lot, comme si ce corps sous mes doigts était quelque chose dont j'avais eu désespérément besoin depuis toujours.

— Jake, me répondait-il en murmurant, comme un écho déboussolé.

Je le léchai, le mordis, et suçai sa peau en descendant le long de son corps, tandis qu'il faisait courir ses doigts dans mes cheveux. Il donna un léger coup de hanches lorsque je me rapprochai de son sexe, comme s'il cherchait à atteindre quelque chose que j'étais le seul à pouvoir lui donner.

Je le pris dans ma bouche et il grogna. Je laissai courir ma langue sur le dessous de sa verge et prit un moment pour savourer son goût, salé et sucré, et pour respirer l'odeur de sa sueur et de cette autre chose qui faisait qu'il était Adam. Il se trémoussait en dessous de moi pendant que je le touchais, et j'adorais ça. J'aimais savoir que je pouvais lui faire perdre pied de la même façon qu'il me faisait perdre la tête. Je fis courir mes doigts sur ses testicules, les massant lentement, et arrivai à lui soutirer toutes sortes de sons. Je savourai chaque minute. J'aimais la taille et la forme de son sexe magnifique, j'aimais la façon dont il remplissait ma bouche, et j'aimais comment je pouvais le rendre fou. Je levai les yeux et vit qu'il était en train de se tirer les cheveux, et il ondulait le bas de son corps en même temps comme s'il essayait se soulager. Je reculai légèrement.

— Putain, mais tu sais vraiment allumer, dit-il.

J'attrapai la bouteille de lubrifiant.

— Flatteur.

Il rit, il avait l'air à moitié fou.

Le lubrifiant était maintenant dans ma main. Je le repris dans la bouche, et cette fois je détendis ma gorge. Il hoqueta lorsque je le suçai jusqu'à pouvoir presser mes lèvres à la base de son sexe. Je sentis qu'il arrêtait de respirer pendant un instant tandis que je commençais à monter et descendre le long de sa verge, puis il laissa échapper un gémissement étranglé. J'étais heureux qu'il soit presque en train de délirer de plaisir, parce que les choses allaient bientôt devenir intéressantes.

Je gardai ma bouche sur son sexe, léchant l'extrémité, goûtant une perle de semence, et versai du lubrifiant sur mes doigts. Aussi gentiment que possible, je fis courir un doigt sur son entrée. Comme je m'y attendais, il se crispa, mais il ne perdit pas son érection. Cela semblait déjà un progrès. Je continuai à le sucer, pressant ma langue contre sa peau, utilisant tous les trucs qu'il aimait, tandis que je poussai. J'écartai un peu plus ses jambes pour découvrir la contrée inexplorée de son corps. Son souffle se coupa à nouveau quand je commençai à frotter mes doigts contre l'anneau de muscles.

J'ôtai ma bouche de son sexe assez longtemps pour murmurer :

— Détends-toi. Fais-moi confiance.

Puis je glissai un doigt en lui.

Il sursauta, avant de s'habituer à la sensation. Mais encore une fois, il ne perdit pas son érection. Je continuai à sucer son membre tandis que j'explorais, et je réussis à le faire se détendre assez pour pouvoir rentrer un deuxième doigt. Puis je recourbai mes phalanges et trouvai son point sensible.

Il sursauta si fort que je crus que nous allions tous les deux tomber du lit.

Mais à ce moment-là, il laissa échapper un autre de ces gémissements étranglés. Il posa une main fermement sur l'arrière de ma tête et tira gentiment sur mes cheveux pour me ramener vers sa verge. Je pris cela comme un signe que je pouvais continuer, donc je l'étirai doucement, en continuant à faire ce qu'il paraissait aimer, vénérant son corps. Pendant ce temps, ma propre excitation continuait à monter, et je n'arrêtais pas de penser '*Je vais être à l'intérieur d'Adam*'. J'en avais eu envie pendant si longtemps que mon sexe était dur rien qu'en l'imaginant, et mon cœur battait de plus en plus fort tandis que nous nous rapprochions de l'instant où j'allais pouvoir glisser dans son corps musclé.

— Tu es prêt ? lui demandai-je en relevant la tête.

— Je crois que oui.

Je m'éloignai légèrement pour enfiler un préservatif et il commença à se caresser. Le voir ne fit que renforcer mon désir pour lui. C'était tellement excitant, je n'en pouvais plus d'attendre. Je le regardai un instant en réfléchissant à la meilleure façon de faire, légèrement intimidé par la mission qui m'incombait.

— À quatre pattes, dis-je.

— Hein ?

— La première fois, c'est mieux si tu es à quatre pattes.

— Mais j'aime quand on est face à face.

Moi aussi, je préférais ça. J'aimais pouvoir l'embrasser quand il était à l'intérieur de moi, mais je savais que ça n'était pas la chose à faire.

— C'est trop compliqué pour nous, là tout de suite. C'est une question d'angles, de positions, etc. Ce sera vraiment mieux si tu es à quatre pattes. Ça fera moins mal au début, fais-moi confiance.

Il acquiesça et se retourna. Il s'appuya sur ses coudes et me présenta ses fesses. C'était une vision de toute beauté. Je gémis rien qu'à le contempler et il tourna la tête pour me regarder en haussant un sourcil.

Je m'agenouillai derrière lui et fit glisser une main le long de son dos. Sa peau était moite et douce. Il avait une tache de naissance sur l'épaule droite que je n'avais jamais remarquée avant. Je me penchai sur lui et embrassai le creux entre ses omoplates. Je déposai une pluie de baisers le long de sa colonne vertébrale. Je léchai sa peau et goûtai sa sueur salée. Je l'embrassai doucement jusqu'au bas de son dos, et continuai entre ses fesses. Me sentant audacieux, je le léchai. Je réalisai soudain que c'était peut-être un des actes les plus intimes que l'on pouvait partager avec quelqu'un. J'avais accès à un des endroits que l'on ne montre jamais à personne, généralement, et j'adorais ça. J'adorais aussi qu'Adam ait l'air toujours à peu près détendu. Je léchai son anus et il frissonna donc je recommençai encore et encore. Je pris ses testicules dans une de mes mains et les massai tout en continuant de le lécher. Il tremblait, grognait et frissonnait, perdant peu à peu le contrôle, et chaque son qu'il émettait résonnait directement dans mon sexe, à travers mon système nerveux. Mon corps le désirait et vibrait pour lui.

Je reculai légèrement puis remontai le long de sa colonne en l'embrassant encore, de façon un peu plus agressive cette fois, mordant et suçant la peau au fur et à mesure que je remontais. Je lui fis un suçon sur l'épaule, et pendant tout ce temps, il trembla en dessous de moi. Je me penchai le plus près possible de son oreille, ce qui fit glisser mon sexe entre ses fesses. Je donnai un petit coup de hanches, laissant ma verge glisser contre sa peau. Être pressé contre lui était une sensation merveilleuse, surtout lorsqu'il se frotta contre moi, envoyant de petites ondes de plaisir à travers tout mon corps. Je voulais être à l'intérieur de lui, et mon désir commençait à être douloureux.

— Si je fais quoi que ce soit que tu n'aimes pas, dis-je doucement, si tu as trop mal ou que tu veux que je m'arrête, tu n'as qu'à me dire 'Stop' et je le ferai. Je ne vais rien faire que tu ne veuilles pas. Tu as compris ?

— Oui, dit-il, et sa voix ressemblait un gémissement. S'il te plaît, Jake…

Je lubrifiai mon sexe, puis mis un peu de liquide sur mes doigts. J'en glissai deux à l'intérieur de lui et le détendis encore un peu. Il grogna lorsque mes doigts effleurèrent sa prostate. Je décidai qu'il était aussi prêt que possible, et je me positionnai derrière lui, tenant mon sexe dans ma main, et j'avançai lentement jusqu'à ce que l'extrémité de ma verge rencontre un début de résistance.

Je posai une main sur le bas de son dos.

— Détends-toi, dis-je. Respire profondément.

Il hocha la tête et laissa échapper un soupir avant de commencer à respirer lentement et profondément. Je le pénétrai lentement, étudiant ses réactions au fur et à mesure même si je n'avais qu'une envie : le prendre d'une seule poussée. Cela faisait un moment que je n'avais pas été au-dessus, et il était étroit. Son corps serrait mon sexe exactement comme il fallait, et je mourrais d'envie de le sentir sur toute la longueur de ma verge. Je suis sûr que j'aurais joui directement. Je voulais donner des coups de hanches, entrer et sortir de son corps rapidement, mais je ne pensais pas qu'il était prêt pour ce genre de choses. J'étais aussi presque sûr qu'il allait me dire d'arrêter très bientôt, mais il ne le fit pas. Au lieu de ça, il commença à pousser ses fesses contre moi.

— Encore, Jake, s'il te plaît.

Je poussai donc un peu plus fort, glissant lentement à l'intérieur de lui, et mon Dieu qu'est-ce que c'était bon.

— Caresse-toi, lui dis-je.

Il réussit à placer une main entre ses jambes et commença à caresser son sexe pendant que je continuai à pousser, jusqu'à être enfoncé en lui jusqu'à la garde. Je massai son dos et lui demandai :

— Ça va ?

— Oui, ça va, vas-y. Bouge.

Je bougeai donc. Je me retirai lentement et revins, puis je recommençai. Le plaisir était si fort qu'il en était douloureux. Son corps était chaud et froid et me serrait merveilleusement, à tel point que j'avais l'impression que j'allais jouir avant même que nous ayons vraiment commencé. Je m'arrêtai un moment pour m'habituer, puis accélérai le rythme petit à petit.

Adam crispa ses doigts dans les draps et poussa contre moi.

— Oh, mon Dieu, encore ! Plus vite. Encore.

C'était tout ce qu'il me fallait. Je ne me laissai pas complètement aller, mais je bougeai plus vite, entrant et sortant facilement de son corps jusqu'à ce que nous criions tous les deux de plaisir. J'attrapai ses hanches et le pris rapidement, perdu dans la sensation de son corps qui me serrait et m'arrachait un plaisir brûlant et glacé à la fois. Je baissai les yeux sur son dos, sur la façon dont les muscles de ses épaules se tendaient et se détendaient. J'admirai à quel point il était large d'épaules et pensai *'j'aime cet homme'*. Et c'était vrai, je l'aimais de tout mon cœur et je voulais garder cette connexion entre nous, cette chose que nous étions en train de partager, aussi longtemps que possible.

— Oh putain, je vais jouir, dit-il d'une voix surprise avant de répéter : Je vais jouir, je vais jouir, encore une fois ou deux tandis qu'il caressait furieusement son sexe.

Puis son dos se creusa et ses épaules se contractèrent, et il laissa échapper un gémissement tremblant. Son corps se referma sur moi, me faisant

148

frissonner, mais je continuai à bouger malgré tout, pendant qu'il jouissait. Puis tout devint trop chaud et serré, et je fus complètement assommé par mon orgasme. C'était trop, et je jouis à l'intérieur de lui, emplissant le préservatif, criant et enfonçant mes ongles dans sa peau.

Nous tombâmes l'un sur l'autre et aucun de nous ne fut capable de parler pendant un certain temps. Finalement, nous fûmes forcés de nous lever, car nous grattions et collions, et cela devenait trop inconfortable. Nous nous levâmes donc pour nous nettoyer ensemble. Nous nous lavâmes amoureusement l'un l'autre, et pendant ce temps, nos yeux n'arrêtaient pas de se chercher, comme si nous étions en train de nous raconter des secrets dans le noir. Je voulais lui demander comment il se sentait, mais j'étais encore nerveux et j'avais peur que sa réponse soit négative. Je ne dis donc rien pendant que nous nous lavions ou que nous nous essuyions doucement. Pendant qu'il s'attardait dans la salle de bain, je changeai les draps. Puis nous nous rallongeâmes ensemble dans le lit.

— Ça semble un peu cliché, dis-je tandis qu'il me prenait dans ses bras, mais... Est-ce que ça t'a plu, mon cœur ?

Il pouffa, et sa poitrine vibra contre moi.

— C'est dingue l'effet que tu me fais, Jake. Je n'aurais jamais imaginé que ça pouvait être aussi bon.

— Vraiment ? Alors ça va ?

— Enfin, je ne sais pas si je suis complètement converti, parce que j'aime toujours autant te faire l'amour. Et c'est vraiment bizarre, mais je peux encore le sentir... Comme si tu étais encore en moi. Ça veut sans doute dire que j'aurai mal demain. Mais putain, pendant tout le temps où tu me pénétrais, j'avais l'impression d'être au bord de l'orgasme, et quand j'ai joui c'était tellement intense que j'ai cru que j'allais péter un plomb.

Cela m'excitait à nouveau de l'écouter parler de ce qui s'était passé.

— Alors maintenant tu comprends mon point de vue. Ça n'est jamais une corvée d'être en dessous avec toi.

Je faillis ajouter 'encore plus avec ta grosse queue', mais je me sentis un poil complexé, alors je me tus.

Il me fit un baiser sur le front.

— Merci pour... Merci. Pour tout. Tu es extraordinaire.

— Je sais. Je suis juste génial.

Je lui fis un sourire idiot, pour lui montrer que je blaguais et que je n'étais pas complètement narcissique.

— Je t'aime vraiment, tu sais.

Il me serra contre lui.

— Je m'en doutais.

— Ah oui ?

— Enfin, tu ne l'as jamais dit, mais j'espérais tout de même. Je t'aime aussi, tellement. Je suis content que ma première fois comme ça ait été avec toi. Je ne crois pas que cela aurait pu se passer avec quelqu'un d'autre.

— J'espère que ta dernière fois sera aussi avec moi.

Ça avait semblé romantique dans ma tête, mais lorsque je le prononçai cela ressembla plus à une menace.

— Je veux dire, j'espère que tu resteras avec moi pendant très longtemps, et que tu ne feras pas ça avec d'autres mecs, mais qu'on recommencera souvent… Oh, oublie.

Il rit, de bon cœur cette fois-ci, un rire assourdissant.

— Non, je comprends.

Je ris aussi.

— Oh, je t'adore, espèce de gros crétin.

XVI

C'ÉTAIT UNE idée de Kyle. Il pensait qu'une sortie à quatre pouvait d'une certaine façon ramener la paix, donc il nous fit tous venir chez Dickie.

J'avais pris le train pour venir, et Adam avait dit qu'il viendrait me chercher à la gare, car il passait l'après-midi à Glenview. Je n'aurais pas dû être surpris lorsque je sortis de la gare et le vit qui m'attendait à cheval sur la Ducati. Je ne dis rien. Il me tendit la joue, donc je lui donnai un baiser rapide avant de prendre le second casque, de l'attacher et de sauter à l'arrière de la moto. Nous roulâmes dans les rues comme nous l'avions fait des milliers de fois quand nous étions au début de la vingtaine. Tout semblait étrangement familier depuis l'arrière de cette moto.

La Ducati ronronnait en dessous de nous lorsqu'Adam s'engagea dans le parking du bar puis arrêta le moteur.

— Ça fait des siècles que je ne suis pas venu, dit-il en enlevant son casque. Je vois que c'est toujours aussi minable.

Son ton n'était pas vraiment nostalgique, mais plutôt neutre. Plutôt du genre *'Oh, c'est encore là ?'* que *'ça me rappelle tellement de souvenirs !'*

Je pris sa main et le guidai à l'intérieur. Kyle et Brendan étaient déjà assis au bar et se tournèrent tous les deux pour nous saluer quand nous entrâmes. Un long moment de malaise s'ensuivit, où ils prirent la mesure d'Adam et vice versa. Je m'éloignai légèrement pour aller nous chercher deux bières, mais Adam attrapa mon bras pour me ramener à lui, comme si j'étais sa bouée de sauvetage. Je poussai un couinement lorsqu'il me serra le bras.

Heureusement, Kyle brisa la glace.

— Hello, mon petit Rosie. Je vois que tu n'es plus un gringalet maintenant.

Adam desserra légèrement sa prise, mais ne lâcha pas mon bras.

151

— Salut, dit-il. Est-ce qu'on peut juste mettre les pieds dans le plat tout de suite ?

Kyle fit semblant d'enfoncer ses pieds dans quelque chose.

Adam soupira et me lâcha enfin.

— Écoutez, je suis désolé pour tout, d'accord ? D'être parti, d'avoir ignoré vos messages, tout ça. J'avais pas mal de problèmes. Je voudrais vraiment essayer me rattraper, et j'espère que vous allez pouvoir me pardonner. Jake l'a fait.

Kyle plissa les yeux.

— Je ne dois pas coucher avec toi pour te pardonner, hein ?

—Non, ne te sens pas obligé, dis-je.

Kyle passa une main sur les pectoraux d'Adam.

— Parce que je serais prêt à faire le sacrifice…

—Longo ! Arrête de flirter avec mon copain !

Tout le monde se figea encore une fois. Je soupirai et allai au bar commander à boire pour Adam et moi. Je me réprimandai pour avoir dit qu'Adam était mon copain, car je réalisai que cela pouvait mettre encore davantage en évidence à quel point la dynamique du groupe était différente maintenant. Kyle avait voulu que l'on se retrouve pour essayer de tout faire revenir à la normale, mais c'était impossible de revenir en arrière. Il fallait que l'on crée une nouvelle norme.

Je jetais un œil à Brendan qui n'avait pas encore ouvert la bouche depuis que nous étions entrés. Il baissa les yeux sur le bar et joua avec son verre du bout des doigts. Le barman me servit deux des bières qui étaient proposées pour la *happy hour* ce jour-là. J'en passai une à Adam.

Finalement, Brendan déclara.

— D'ailleurs, pourquoi est-ce que tu flirtes avec Rosie ? Tu n'as pas une certaine Jennifer pour faire ça ?

—C'est vrai, dit Kyle. Je n'ai pas encore rompu avec elle.

Adam prit une gorgée de bière et s'appuya sur le bar.

— C'est quoi son défaut ? Elles en ont toutes un, n'est-ce pas ?

Je remarquais avec gratitude qu'il essayait d'être aussi l'aise dans le groupe que possible, comme si nous étions encore toujours vraiment tous amis.

Kyle haussa les épaules.

— C'est vrai. Celle-là n'aime pas les enfants.

— Oh, parce que toi tu es un grand fan des gosses.

Tout le monde se figea à nouveau. Je me demandai combien de fois nous allions encore marcher sur une mine, comme ça. Je m'adressai à Kyle.

— Euh, ça n'est pas encore venu dans la conversation.

Adam fronça les sourcils et regarda autour de lui.

— Qu'est-ce que j'ai raté ?

Kyle soupira et mit une main dans sa poche. Il farfouilla dans son portefeuille jusqu'à trouver un portrait d'Alexa fait chez le photographe, où elle posait avec un immense sourire tout en dents. Il la montra Adam.

— C'est Alexa. Elle a trois ans.

— C'est ta fille ? demanda Adam en tirant le portefeuille à lui pour regarder la photo de plus près.

— Ouais. Sa mère et moi avons rompu environ un an après sa naissance, et on se partage la garde. On n'était pas mariés ou quoi, Alexa était juste un heureux accident.

Adam rendit son portefeuille à Kyle.

— Je suis désolé mec, je ne savais pas.

Il regarda autour de lui, son regard s'arrêtant sur chacun d'entre nous.

— Quelles autres informations vitales est-ce que j'ai manquées ces cinq dernières années ? D'après l'alliance, je dirais que Brendan s'est marié. Avec Maggie ?

Brendan hocha la tête.

— Des enfants ?

— Pas encore.

La conversation reprit, et tout le monde essaya de combler les trous sur ce qui s'était passé ces cinq dernières années pendant qu'Adam n'était pas là. Tout semblait bien se passer. Brendan prononça même quelques mots.

À un moment, le téléphone de Kyle sonna.

— Ah, mince, c'est Michelle. Il vaut mieux que je décroche.

Il sortit pour prendre l'appel. Puis Brendan excusa et alla aux toilettes.

Je me retrouvai seul avec Adam au bar. Je mis ma main sur sa taille.

— Tout se passe bien, n'est-ce pas ? dis-je.

Il tendit la main et repoussa mes cheveux vers l'arrière.

— Oui, je crois. C'est un peu bizarre aussi. Je suppose que je n'aurais pas dû m'attendre à ce que tout le monde m'accueille à bras ouverts comme si rien ne c'était passé. Mais honnêtement, je m'attendais à ce que le pire soit Longo. Je n'aurais jamais pensé qu'Ox serait celui qui refuserait de m'adresser la parole.

— Il a ses propres problèmes en ce moment.

Adam hocha la tête.

— Mon Dieu, la dernière fois que j'étais dans ce bar, je crois que je me concentrais plus pour ne pas admettre que j'avais le béguin pour toi que sur ce que je buvais. Longo n'arrêtait pas de te poser des questions sur David, tu te souviens ?

— Je me souviens.

Il se pencha sur moi.

— Je t'écoutais parler de David, et je ne pouvais pas m'empêcher de penser *'Ça devrait être moi !'* Ça aurait dû être moi qui sortais avec toi, moi dont tu parlais avec tes amis.

—Eh bien, c'est le cas, maintenant.

Il sourit.

— C'est vrai. J'ai failli t'embrasser ce jour-là dans les toilettes. Je voulais te hurler que tu aurais dû me choisir moi et pas David.

Je mis mes mains sur ses épaules.

— Tu aurais dû m'embrasser.

— Je vais t'embrasser là maintenant. Tu penses que c'est faisable ? On ne va pas scandaliser les banlieusards ?

— On s'en fout.

Nous réduisîmes l'espace entre nous d'un même mouvement, et nos lèvres s'effleurèrent gentiment, légèrement, en un baiser qui disait juste *'Je t'aime, et je suis heureux que tu aies fini par me choisir'*. C'est à ce moment-là que Kyle et Brendan revinrent, bien évidemment. Kyle siffla. Brendan grogna.

— Donc, c'est vrai, dit Kyle.

— Tu pensais que je mentais ? demandai-je.

— Non. Mais ça n'est pas pareil de t'entendre en parler, et le voir de mes propres yeux. Et c'est un peu bizarre, aussi. J'ai encore du mal à capter que Rosie est gay.

— Inceste, ajouta Brendan.

— Ouais, ça aussi. C'est comme voir mes frères s'embrasser. Si j'avais des frères au lieu de vous, les mecs. Ouah.

Je m'écartai légèrement d'Adam, mais il passa un bras autour de moi pour me retenir.

Brendan se crispa légèrement.

— Il faut que j'y aille, dit-il.

Il serra la main d'Adam et s'enfuit. Adam le regarda partir, puis s'excusa et alla aux toilettes. Kyle regarda en direction du parking.

154

— Qu'est-ce qui lui prend ? demanda-t-il

— C'est bizarre. Mais je savais que ça serait bizarre.

— De quoi ? Adam et toi ? Ouais, c'est bizarre. Les changements sont toujours comme ça. On va s'y faire.

Je me retournai en direction du bar et fis signe au barman de m'amener une autre bière.

— Ox a encore l'air bien en colère.

— Il l'est. Ça lui passera.

Kyle se gratta le menton.

— Je suppose que c'est là que je suis censée de faire un discours sur la nature changeante de l'amitié. Et le fait qu'on ne peut pas rester figés pour toujours.

— Je ne te l'aurais pas demandé. Je ne suis pas venu parce que je croyais que tout serait comme il y a cinq ans.

— Non, je suppose que tu ne me l'aurais pas demandé. Bon. Est-ce qu'il te rend heureux, au moins ?

— Oui... La plupart du temps.

Kyle fit tinter son verre contre le mien.

— Eh bien, c'est le plus important, alors.

— Tout va bien avec Michelle ?

— Quoi ? Ah, oui. Alexa a un rhume, et Michelle est persuadée que c'est la tuberculose ou un truc dans le genre. J'ai réussi à la détendre en lui promettant d'emmener Alexa chez le docteur demain.

Il haussa les épaules.

— Ma vie est très glamour dorénavant.

C'est à ce moment qu'Adam revint. Il m'embrassa sur la joue avant de s'asseoir sur un tabouret. Kyle rit.

— Ouais, il va falloir que je m'y habitue, dit-il.

Lorsqu'Adam regarda ailleurs, je fis un signe de la main pour attirer l'attention de Kyle et articulai sans bruit : merci.

— De nada, répondit-il.

JE PASSAI cette nuit-là chez mes parents, et Adam chez les siens. C'était un peu surréaliste, mais j'étais trop saoul et fatigué pour reprendre le train jusqu'à mon appartement.

Le lendemain était un samedi. Brendan m'appela le matin pour faire la paix et me dit de passer prendre Adam et de le rejoindre aux tunnels de frappe.

— Il va nous faire jouer au baseball, hein ? dit Adam tandis que nous enfourchions la Ducati.

Ça ne m'avait pas échappé qu'il l'avait poussée pour traverser la rue jusqu'à ce qu'il soit invisible depuis chez lui. Mes propres parents étaient partis à l'office pour la bar-mitsva d'un ami de la famille.

Je tirai sur les sangles de mon casque.

— Je suppose, oui.

— Ça fait des années que je n'ai pas joué, en fait. Quand j'étais en Californie, la boîte où j'étais avait une équipe de softball, donc je jouais à ça, et j'étais le meilleur bien sûr.

Il fit craquer ses articulations.

— Mais je n'ai pas vraiment eu le temps depuis, j'ai été trop occupé.

— Apparemment tu trouves le temps d'aller à la salle de sports.

Je pinçai son biceps.

— Eh bien…

Nous roulâmes dans les rues secondaires de Glenview est arrivâmes aux tunnels de frappe. Kyle était déjà dans le parking, en train de sortir du matériel de son coffre. Adam gara la moto et se dirigea vers lui pour lui donner un coup de main. Il regarda le siège auto à l'arrière du 4x4.

— C'est vraiment une voiture d'adulte, dit-il.

— Je sais, c'est horrible, répondit Kyle. Elle a intérêt à devenir une joueuse de baseball plus tard, pour que je puisse justifier tout le matériel que j'ai. J'ai trouvé deux paires de crampons dans mon placard. Deux !

— Comment va son rhume ? demandai-je.

Kyle tendit un sac de sport à Adam.

— Oh, elle va très bien. Michelle – mon ex – est en école d'infirmières, alors en ce moment elle est un peu surexcitée dès qu'il s'agit de diagnostiquer quelque chose. Elle avait cours ce matin, alors j'ai emmené Alexa chez le docteur comme elle l'avait ordonné. C'est une petite fille en parfaite santé. Le pédiatre pense que quoi qu'elle ait eu, c'est déjà passé. Donc je l'ai redéposée chez Michelle, qui va la surveiller comme le lait sur le feu pendant tout le reste de la journée. Parce que bien sûr ni moi, son père, ni le docteur avec tous ses diplômes et son expérience, ne savons vraiment ce qui se passe.

Adam pouffa. Kyle lui jeta un regard noir, et il lui sourit en disant :

— Je suis encore en train de m'habituer à l'idée que tu sois papa. C'est un peu bizarre.

— Je suis encore en train de m'habituer à l'idée que tu sois homo. Les choses changent, Rosie.

— Je ne me plains pas.

La grosse berline de Brendan entra dans le parking à ce moment-là. Il se gara de l'autre côté de la voiture de Kyle et descendit. Il nous regarda tous avec appréhension, mais finit par se tourner vers Adam.

— Je suis désolée de m'être barré comme ça, hier soir.

— C'est pas grave, dit Adam.

Et nous passâmes à autre chose, juste comme ça.

Adam ouvrit le sac de sport qu'il tenait pour voir ce qu'il y avait dedans. Il contenait quelques battes, un assortiment de gants, et une demi-douzaine de balles. Tout le matériel donnait l'impression d'avoir été bien utilisé.

— De quand date cet équipement ? demanda Adam

— Il n'est pas si vieux. C'était quand ? Il y a trois ou quatre ans, je crois, Ox et moi nous sommes mis dans la tête d'entraîner une équipe junior. Ça... Euh, ça ne s'est pas très bien passé.

— Leur équipe a fini dernière de la division, expliquai-je à Adam.

— Tout le monde ne peut pas être un bon entraîneur, dit Kyle.

— Parle pour toi, répliqua Brendan.

Adam passa la bandoulière du sac autour de son cou. Brendan et Kyle se disputèrent gentiment à propos de stratégie, et nous nous dirigeâmes vers le bâtiment principal. Brendan offrit de payer l'entrée pour tout le monde, mais Adam n'était pas d'accord. Nous finîmes enfin en face d'un des tunnels, et Kyle fit passer Adam en premier.

— Est-ce que tu es encore capable de toucher une balle ? demanda-t-il.

Brendan alla allumer la machine. Je décidai de rester derrière le grillage, cela me semblait plus prudent.

— Bien sûr, dit Adam.

La machine s'alluma, et Brendan courut autour du box du batteur pour me rejoindre derrière le grillage.

— Est-ce que tu pouvais toucher une balle au lycée ? demanda Kyle.

Adam laissa tomber sa batte et regarda Kyle.

— J'avais le meilleur score de toute l'équipe !

Il avait à peine fini de parler qu'une balle passa à toute vitesse à quelques centimètres de sa tête.

— Va te faire foudre, Longo, dit-il.

Il ramassa sa batte et se mis en position. Je suppose que les vieilles habitudes sont les plus difficiles à oublier, parce que je me retrouvai à analyser sa posture. C'était sa position à la Ken Griffey Jr., et son coude était trop haut. Il frappa et rata la balle suivante.

157

— Baisse ton putain de coude, dis-je.

Kyle et Brendan se tournèrent tous les deux vers moi et me dévisagèrent, mais Adam fit ce que je lui avais dit, et il frappa la balle suivante avec force. Elle fila dans l'air avant d'être interceptée par le filet.

— Oh yeah, dit Adam.

Il expédia les deux balles suivantes avant de tendre la batte à Kyle. Celui-ci la prit, mais la tint éloignée de lui.

— Je suis sûr que tu as jeté un sort dessus, ou un truc dans le genre. Elle est maudite. Je vais prendre une balle en pleine tête.

— Oh, ta gueule, répondit Adam en riant.

Il fit le tour du grillage et vint se placer à côté de moi. Il me sourit. Je tendis le bras et lui tapotai l'épaule. Oui, peut-être que c'était étrange, mais nous retrouvions un terrain d'entente. Après tout, s'il y avait bien une chose que nous avions toujours eue en commun, c'était le baseball.

Kyle frappa la première balle, mais elle n'alla pas bien loin. Il rata la deuxième et troisième.

— Vous me déconcentrez, dit-il.

— Nous ? Pas du tout, dis-je.

Et d'un seul coup, d'un commun accord, nous nous mîmes tous les trois à le charrier.

— Plus fort, batteur, plus fort ! criai-je.

Kyle frappa la quatrième balle. Elle n'aurait pas pu faire un homerun, mais c'était une bonne frappe. Il se concentra pour la cinquième, mais elle passa en sifflant à côté de lui.

— Jake, Jake, dit-il en me faisant signe de venir le remplacer. Mais peut-être que si tu frottes les fesses d'Adam, tu auras plus de chance que moi.

Je pensai à le faire, mais Brendan nous jeta un regard noir, donc je me contentai de tendre ma joue à Adam. Il me fit un rapide bisou, et j'allai frapper.

Cela faisait longtemps que je n'avais pas dû frapper une balle. Prendre la position était assez simple. J'avais assez de mémoire musculaire à force d'avoir tant joué, étant petit. Mais je ne me souvenais plus de comment il fallait faire pour frapper la balle. Je sentais Adam derrière moi, qui me regardait, et cela me rappelait toutes ces fois où nous venions au tunnel quand nous étions au lycée. Toutes ces fois où je réfléchissais trop quand c'était mon tour parce que je voulais qu'Adam pense que j'étais un bon joueur. Mais il sortait avec moi maintenant, et j'étais à peu près sûr que mes compétences de batteur n'avaient pas d'influence sur ses sentiments pour moi. Penser à ça m'ôta un grand poids. Je me fichai un peu de frapper la balle, ce qui m'intéressait c'était de passer une après-midi avec mes plus proches amis et de pouvoir être avec Adam.

Alors quand la balle se dirigea vers moi, je frappai sans vraiment y penser. Je ne réalisai que je l'avais touché que quand j'entendis le bruit et que je sentis la batte vibrer entre mes doigts sous la force du coup, et j'en fus surpris. Adam siffla derrière moi, mais je l'ignorai. Je me demandai si je serais capable de recommencer. J'en fus capable. Je frappai la deuxième et la troisième balle. Je manquai la quatrième... Mais je réussis à frapper la cinquième aussi. Je me sentais encore assez impressionné lorsque je tendis la batte à Brendan.

— Pourquoi est-ce que tu ne pouvais pas faire ça quand on était au lycée ? demanda-t-il.

— Jake est apparemment devenu un super batteur rien que par un baiser d'Adam sur sa joue, dit Kyle. Si je l'embrasse avec la langue, est-ce que je serais capable de faire des homeruns ?

— N'essaie pas, dis-je en retournant à ma place derrière le filet pour regarder Brendan.

— Je sais pourquoi tu ne pouvais pas toucher une seule balle au lycée, ajouta Kyle.

— Je pouvais toucher une balle. J'avais un score honorable.

— Tu étais trop déconcentré par Rosie.

Je levais les yeux au ciel, mais Adam sembla retrouver la forme en entendant ça. Il se tourna vers moi, un grand sourire sur le visage.

— Vraiment ?

— Vos gueules, dit Brendan.

Il marcha jusqu'au marbre et nous fit une petite danse, en faisant tourner la batte entre ses doigts, en enfonçant ses baskets dans le sable, et en vérifiant qu'il était à l'aise dans sa position, comme s'il était un joueur professionnel. J'étais sûr qu'il le faisait à notre intention, sans doute pour frimer, puisqu'il était le seul d'entre nous à venir s'entraîner encore régulièrement. Il m'avait dit un jour que frapper le détendait.

Il frappa ses cinq balles avec assez de force pour casser une fenêtre. Et même si les cinq n'auraient sans doute pas été des homeruns, je ne pouvais pas nier qu'il était doué.

— Ouah, Ox, dit Kyle tandis que Brendan passait la batte à Adam. Tu imagines que c'est la tête de tes ennemis quand tu frappes ?

Brendan émit juste un grognement et retourna à sa place derrière la cage.

Nous continuâmes à discuter, frapper, rire, et plaisanter, et j'étais heureux de voir à la fois qu'Adam se réintégrait assez bien au groupe, mais aussi qu'il avait un bon sens de l'humour même si Kyle le charriait sans arrêt.

Lorsque notre temps fut écoulé, Brendan nous invita chez lui pour dîner.

— On peut faire un barbecue, ou quelque chose comme ça.

Adam me jeta un regard, comme s'il s'attendait à ce que je dise quelque chose, mais je ne savais pas ce qu'il voulait donc je haussai les épaules. Il hocha la tête et dit :

— Super.

Le téléphone de Kyle sonna à cet instant.

— Putain ! dit-il, avant de décrocher. Michelle, elle va bien, le docteur a dit… Oh. Ouais, d'accord. Je peux être là dans quinze minutes.

— Qu'est-ce qui se passe ? demanda Brendan.

— Michelle sort avec ce connard qui s'appelle Timothy T.

Il imita un accent snob en prononçant le nom.

— Ce n'est pas Tim, ou Tom, toujours Timothy, et apparemment il a réussi à obtenir une réservation dans une espèce de resto très sélect à Chicago. Alors maintenant, le rhume d'Alexa, ce n'est rien du tout et au fait, est-ce qu'elle peut rester avec moi jusqu'à la fin du week-end ?

Il soupira.

— Donc, Ox, ça ne t'ennuie pas si j'amène une invitée à ton barbecue ?

— C'est un connard parce que c'est un connard, ou c'est un connard parce qu'il sort avec Michelle ? demandai-je.

Kyle écarta les mains comme s'il soupesait quelque chose dans chacune d'elles.

— Un peu de chaque. Ce n'est pas un connard dangereux, et il se débrouille pas mal avec Alexa, donc je laisse faire. Mais c'est la troisième fois ce mois-ci qu'elle m'appelle pour me refiler Alexa pour pouvoir sortir avec lui. C'est un peu présomptueux de sa part non ? Et si moi, j'avais un rendez-vous ?

— Et comment va Jennifer ? demanda Brendan

— Argh, dit Kyle.

Il marcha jusqu'à sa voiture et grimpa à l'intérieur.

— Je vais passer par chez Michelle. À dans une demi-heure à peu près.

Adam demanda son adresse à Brendan, puis celui-ci monta dans sa voiture. Il démarra tandis qu'Adam était encore en train de trifouiller la moto.

— Ça fait tellement adulte d'avoir un dîner, dit Adam en enfilant son casque.

— Je ne sais pas si tu as remarqué, mais nous sommes adultes.

Je mis mes mains autour de sa taille.

— Malgré nos idioties au baseball.

— Je dois juste m'y faire, c'est tout.

— Je suis vraiment heureux que tu puisses faire partie de ça. Que tu puisses refaire partie de ma vie.

Il tourna légèrement la tête. Le casque cachait une grande partie de son visage, mais les petites rides au coin de ses yeux indiquaient qu'il était en train de sourire.

— Oui, moi aussi, dit-il.

Les rues de banlieue défilèrent à toute vitesse jusque chez Brendan. Je me sentais étrangement heureux, accroché à Adam tandis que le vent sifflait à nos oreilles. Il y avait eu quelques tensions ce matin-là, mais aussi beaucoup de bonnes choses. Brendan faisait vraiment un effort, Adam avait l'air aussi contrit qu'il le fallait, et tout le monde s'était bien amusé.

Nous nous arrêtâmes dans l'allée de Brendan et sautâmes de la moto. En prenant mon casque, Adam me donna un rapide baiser. Je me sentais un peu perdu. À quoi est-ce que l'on jouait ? Est-ce qu'Adam était venu pour ranimer des amitiés, ou est-ce que c'était pour que je présente mon copain à mes amis ?

Maggie ne m'aida pas à éclaircir les choses. Elle vint nous saluer à l'entrée d'une manière très enthousiaste. Elle serra tout de suite Adam dans ses bras.

— Oh, ça me fait tellement plaisir de te voir ! dit-elle.

Elle fit un pas en arrière et épousseta ses épaules.

— Tu as l'air en forme

— Merci, toi aussi.

— Salut Maggie, dis-je, me sentant invisible.

— Hé, Jakey. Brendan est déjà derrière en train de s'occuper du barbecue.

Elle nous guida à travers la maison, et Adam regarda tout autour de lui. Brendan habitait dans un pavillon assez grand, mais modestement meublé. C'était agréable, mais un peu classique, dans le genre banlieue standard. Nous trouvâmes Brendan sur la terrasse, en train de verser du charbon dans son barbecue.

— C'est une très belle maison, dit Adam

— Merci, répondit Brendan.

Les choses se firent un peu tendues ensuite. Personne ne savait quoi dire. Maggie questionna Adam sur ce qu'il avait fait depuis qu'il était parti, et Brendan fit un peu comme si nous n'étions pas là. Je me rapprochai discrètement de lui.

— Qu'est-ce qui a changé ? lui demandai-je.

— Quoi ?

— Je pensais que ça allait plutôt bien tout à l'heure, quand on était aux cages, et tu as invité Adam à venir chez toi. Mais là tu es un peu impoli.

— Non, ce n'est pas vrai.

Je choisis de ne pas argumenter. De toute façon, Kyle arriva à ce moment-là. Et tout le monde se mit à s'extasier sur Alexa. Étonnamment, Adam se débrouilla bien avec elle. Il se mit à genoux pour pouvoir voir son visage et lui parla comme une personne au lieu de se mettre à parler bébé. Il l'écouta même quand elle commença à déblatérer sur la poupée qu'elle tenait. Elle pointa un de ses petits doigts vers Adam et lui demanda ce qu'étaient tous les points. Il essaya de lui expliquer ce qu'étaient les taches de rousseur, mais elle se désintéressa de l'explication au milieu et alla discuter avec Maggie.

— Elle est vraiment très mignonne, dit Adam à Kyle. Tu devras faire fuir les garçons à coups de pieds lorsqu'elle sera plus vieille.

— Je n'ai pas l'intention que ça aille aussi loin, répondit Kyle. Dès que j'aurai de quoi me payer une maison, je vais acheter un fusil, comme ça, je pourrai m'asseoir sur le porche, et j'enlèverai la sécurité dès qu'un garçon s'approchera. Ou alors je vais juste devoir la mettre dans une bulle en plastique dès qu'elle aura 13 ans, et ne pas la laisser sortir avant qu'elle ait fini l'université. Ou qu'elle ait 45 ans.

— Ça semble un peu extrême, dit Adam.

— Pas du tout. Les hommes comme moi existent, et je n'ai pas l'intention de les laisser s'approcher de ma fille.

C'est ce moment que choisit Alexa pour revenir.

— Papa ?

— Qu'est-ce qu'il y a, ma poupée ?

— J'ai faim.

— Tu veux que j'aille lui chercher un casse-croûte ? demanda Maggie.

Kyle plissa les yeux pour regarder Alexa.

— D'accord. Mais on va bientôt passer à table, alors rien de trop gros. Et pas de sucre.

— J'ai du céleri et du beurre de cacahuètes.

Alexa hocha la tête et trotta après Maggie. Brendan réussit à faire démarrer les flammes, et déclara qu'il fallait laisser le barbecue tranquille pendant un moment pour qu'il puisse chauffer. En attendant, nous finîmes encore par nous faire des passes avec une balle de baseball dans le jardin de Brendan. Sans même y penser, nous nous étions positionnés sur nos anciennes bases, et nous nous échangions la balle en demi-cercle comme nous l'avions fait un milliard de fois à l'entraînement. Nous parlâmes de sport pendant un moment, nous échangeant des statistiques et nous charriant sur nos rivalités inter-équipes. Alexa ressortit de la maison et nous lui laissâmes nous jeter la balle.

Nous dînâmes sur une table de pique-nique installée sur la terrasse. Adam était assis près de moi et n'arrêtait pas de me toucher d'une manière qu'il pensait être discrète, mais Brendan nous lançait souvent des regards, donc je parie que les gestes d'affection d'Adam ne manquèrent pas d'être remarqués. Je m'étais dit qu'il allait éviter les démonstrations d'affection, à l'exception du baiser de la nuit dernière au bar, mais en règle générale il avait été bien plus affectueux avec moi pendant tout ce séjour à Chicago. Je me demandai si c'était parce qu'il pensait que c'était ce que je voulais, ou si c'était parce qu'il le voulait aussi.

— Alors, Ox, Longo, qu'est-ce que vous faites en ce moment ? demanda Adam. Où est-ce que vous travaillez ?

— Malheureusement, je travaille toujours pour la même compagnie pharmaceutique que quand tu es parti. Je suis en train de monter dans la hiérarchie de la division publicité.

Kyle cita les noms de quelques médicaments pour lesquels il avait pris part à la campagne de publicité.

— Je m'occupe surtout des campagnes imprimées. Parfois je rédige les petites lignes. *'Ce médicament peut avoir comme effets secondaires : la bouche sèche, une indigestion, des lésions cutanées, et la mort'.*

— Charmant, dit Brendan.

— Et toi, Ox ? demanda Adam.

— Je travaille pour mon père.

Le père de Brendan était propriétaire d'une quincaillerie dans le centre-ville.

— Ne sois pas modeste, dit Maggie. Le père de Brendan est en train de lui passer la main.

Tout cela n'était sans doute pas très surprenant pour Adam. Nous savions tous que Brendan finirait par atterrir dans l'affaire de famille. Mais

Brendan s'était aussi révélé être un petit génie des chiffres, et il avait passé un diplôme de comptabilité avant de décider de travailler pour le magasin. Il s'occupait des livres, et travaillait comme caissier quelques jours par semaine.

— On sait tous ce que Rosie a fait pendant tout ce temps, dit Brendan. J'ai un article sur toi dans Computer World.

Cela me surprit. Je n'étais pas au courant que Brendan avait aussi suivi ce que faisait Adam.

— Je pense à agrandir l'entreprise, répondit Adam en me jetant un coup d'œil. Peut-être ouvrir des bureaux dans le Midwest. Mon partenaire ne veut pas quitter New York, mais je suppose que ça ne veut pas dire que, moi aussi, je dois y rester.

— Vraiment ? demandai-je.

Si c'était vrai, c'était plutôt une bonne nouvelle.

— C'est une possibilité. Je suis encore en train de réfléchir aux détails.

Le dîner se passa bien, selon moi. Alexa n'arrêtait pas de nous distraire, parce qu'elle avait trois ans et faisait des choses mignonnes. Kyle lui disait d'être sage ou alors il allait la décoiffer. À un moment, il dit même :

— Eh bien, en fait, je suis content d'avoir amené une invitée. Je me sentirais comme la cinquième roue du carrosse, sinon.

Brendan plissa le front.

— Pourquoi ? Ce n'est pas comme si tu étais le seul céli... Oh. Oui.

Il fronça les sourcils.

— J'avais oublié.

Adam se hérissa, mais je pus voir qu'il faisait un effort pour se détendre. Il n'avait pas envie de se vexer. Je passai une main dans son dos.

L'ambiance était de nouveau tendue.

Après le repas, j'aidai Maggie à ranger. J'étais seul dans la cuisine quand Adam entra. Il se dirigea vers moi et me passa un bras autour de la taille.

— Je ne sais pas si je vais y arriver.

— À quoi ? demandai-je

— Faire comme si tout allait pour le mieux dans le meilleur des mondes. Passer du temps avec Ox et Longo me fait réaliser à quel point certaines choses nous séparent maintenant, je suppose. Ox est vraiment en colère contre moi.

— Mais non.

— Tu n'as pas besoin de mentir pour me protéger.

Je soupirai.

— Ils essaient de me protéger. Ou alors ils ont encore du mal avec le fait que tu aies disparu, pour brusquement revenir en voulant être leur meilleur ami à nouveau.

— Je sais que ça ne marche pas comme ça, mais… Te protéger ? En quoi est-ce que je suis dangereux pour toi ?

Cela me dérangea qu'il fasse l'innocent.

— Tu dois quand même admettre que tu m'as vraiment blessé quand tu es parti. Les autres n'ont aucune raison de croire que ça ne va pas se reproduire.

Et cela m'incluait aussi. J'appréciais ces moments que nous passions ensemble, et je voulais que cela dure, mon Dieu, je le voulais plus que tout. Mais j'étais encore persuadé que ce n'était qu'une question de temps avant que quelque chose n'arrive qui ferait paniquer Adam et le ferait disparaître encore une fois. Et il y avait le fait que nous habitions dans différents États. Et même s'il ouvrait des bureaux dans le Midwest, cela ne nous rapprocherait pas forcément. Est-ce que cela vaudrait vraiment le coup pour moi de faire le trajet entre Chicago et l'endroit où il atterrirait ? Parce qu'un siège dans le Midwest, cela pouvait signifier Milwaukee ou St Louis aussi bien que Chicago.

— Ça n'arrivera pas, Jake. Je t'aime.

J'avais sur le bout de la langue de lui répliquer qu'il m'avait aimé aussi cinq ans auparavant et qu'il était quand même parti. Mais à la place je dis :

— Je sais, mais il faut que tu te mettes à leur place. Tu as passé à peine deux jours avec eux. Moi, au moins, j'ai eu ces derniers mois pour réapprendre à te connaître. Ça va prendre du temps.

— Je sais. Et je m'y attendais, c'est juste que… Tu sais. Ça semblait si facile tout à l'heure, quand on était aux cages ou juste à se lancer la balle. Comme quand on était petits.

— C'est toi qui n'arrêtes pas de dire qu'on n'est plus des enfants.

— Je sais.

Il se pencha et appuya son front contre le mien, et je mis mes mains sur ses épaules. Nous restâmes ainsi pendant un moment, à peut-être échanger par la pensée ce que nous avions besoin de nous dire.

J'entendis des chaussures couiner sur le linoléum. Adam se jeta quasiment en arrière, mais j'attrapai son bras avant qu'il puisse trop s'éloigner. C'était Maggie qui nous avait dérangés, et elle nous fit juste un sourire narquois.

— C'est bon. Vous êtes mignons, tous les deux.

— Merci, répondis-je.

— Brendan se sent un peu bizarre à propos de tout ça, mais il va s'y faire.

— Tu as l'air bien sûre de toi, dit Adam.

— Kyle est déjà de votre côté, il vous torture juste parce que c'est comme ça qu'il est. Enfin, ne fais rien qui blesse Jakey, ou tu devras t'expliquer avec chacun de nous. Mais oui, si ça marche entre vous, Brendan s'y fera.

— Merci Maggie, dit Adam. Je… Merci.

XVII

NOUS ÉTIONS pelotonnés dans mon lit, Adam lové dans mon dos, et j'étais absolument satisfait de rester là à ne rien faire. Mes draps sentaient Adam, et nous, et le sexe. Je commençais à me dire que peut-être, je n'allais pas les laver tout de suite après qu'il soit parti. C'est à ce moment-là qu'il embrassa mon épaule.

Il planta des baisers le long de ma colonne vertébrale, jusqu'à mon cou, puis il aspira mon lobe dans sa bouche.

— Eh bien, on est câlin aujourd'hui, hein ? dis-je.

— Mmm. Il faut croire que je n'en ai jamais assez de toi.

Il était trop tôt après notre dernier rapport pour pouvoir ne serait-ce qu'imaginer recommencer, et je pouvais sentir que son sexe était flasque contre mes fesses. Mais c'était tout de même bien d'être allongé là et de me laisser couvrir d'attention.

— Je dois dire qu'être avec toi est bien mieux que tout ce que j'aurais pu imaginer.

Mon rythme cardiaque s'accéléra sous l'effet du bonheur, et je me reculai davantage contre lui.

— Tu as passé beaucoup de temps à imaginer ?

— Oh, bien sûr.

— Ça m'étonne qu'on n'ait jamais rien fait ensemble étant petits.

— Eh bien, on était tellement pris par nos angoisses d'adolescents que…

— Non, je veux dire quand on était plus jeunes que ça. Quand ça aurait eu l'air plus innocent. Par exemple, j'ai des amis gays qui m'ont dit qu'ils s'étaient embrassés ou tripotés avec d'autres garçons lorsqu'ils étaient vraiment petits. Ou plutôt, lorsqu'ils étaient assez vieux pour savoir ce qu'ils faisaient, mais encore trop jeunes pour que quiconque leur ait enfoncé dans le crâne qu'embrasser d'autres garçons était mal.

Adam resta silencieux un long moment, son souffle chatouillant le bas de ma nuque, mais ensuite il s'écarta. Je roulai sur le dos pour voir ce qu'il faisait. Il s'était allongé et regardait en l'air. Je me coulai contre lui, car je ne voulais pas perdre le contact, enroulant ma jambe autour de la sienne et m'allongeant sur sa poitrine.

— Tu ne te rappelles pas, n'est-ce pas ? dit-il.

— Me rappeler quoi ?

— Quand on avait, je ne sais pas, peut-être huit ans ? Neuf maximum ? Une nuit, on a fait du 'camping' dans ton jardin.

Il avait enroulé un bras autour de ma taille et utilisa sa main libre pour signaler qu'il s'agissait d'une citation.

— Il était tard, tes parents étaient allés se coucher, on avait un paquet de biscuits de contrebande et on était en train de se goinfrer. Puis tu t'es allongé et j'ai remarqué pour la première fois que tu portais un bas de pyjama – je crois qu'il y avait le logo de Superman dessus – qui montrait clairement que tu n'avais rien en dessous. Et d'un seul coup j'ai pensé à quelque chose : j'avais vraiment besoin de savoir à quoi ressemblait ton pénis.

Je ris.

— Vraiment ?

— Oui, vraiment. J'avais vu d'autres pénis avant, évidemment. J'ai quatre frères, et en plus ma mère avait l'habitude de nous traîner Danny et moi au YMCA pour prendre des cours de natation parce qu'elle trouvait qu'on était paresseux. Donc j'avais déjà vu d'autres garçons que ceux de ma famille dans les vestiaires. Mais je ne sais pas, j'ai pensé que, comme tu étais mon ami et que j'avais tous ces sentiments différents pour toi, le tien serait différent.

— C'est d'une logique enfantine époustouflante.

Je relevais la tête pour pouvoir le regarder, et il y avait un léger sourire sur son visage.

— Oui bon, et donc, sans trop réfléchir, je t'ai demandé si je pouvais le voir. Typiquement, tu as répondu : *'D'accord, si tu me montres le tien'*.

Je commençai à me souvenir de ce qu'il racontait.

— Je crois que je me souviens. Eh bien, si ça n'était pas un signe précurseur...

— Ce qui était marrant, m'interrompit Adam, c'est que même si ton zizi ressemblait à peu près à tous ceux que j'avais déjà vus, j'ai trouvé que te voir baisser ton pantalon était vraiment excitant. Et puis… Tu te rappelles maintenant ?

Je me rappelai. Je me rappelai comment je m'étais allongé sur le dos, et j'avais descendu mon pantalon de pyjama sur mes hanches, pour laisser Adam regarder aussi longtemps qu'il le voulait. Je me rappelai que mon sang battait à mes oreilles pendant que je le laissais regarder. Je me rappelai le sentiment d'exaltation que j'avais ressenti lorsque j'avais remonté mon pantalon et poussé Adam à baisser le sien. Et j'avais un souvenir vibrant de ce à quoi son pénis ressemblait à l'époque.

— Et après ça, dit Adam, tu t'es retourné et tu t'es endormi. J'ai passé le reste de la nuit éveillé, à t'écouter ronfler, et à me dire que j'aimerais vraiment savoir ce que cela faisait de toucher ton zizi.

— Je ne ronfle pas.

— Chut. En plus, si, tu ronfles. Ça ne me dérange pas, d'ailleurs. Enfin, j'ai commencé à avoir honte après ça. Peut-être que c'était parce qu'elle avait cinq garçons à élever, mais ma mère avait des règles très strictes concernant la nudité dans la maison, et une fois que j'ai eu réfléchi à tout ça, j'ai commencé à avoir l'impression d'avoir fait quelque chose de mal avec toi.

— Ce n'est pas vrai. C'était de la curiosité naturelle.

— Je sais ça, maintenant. Mais mes parents sont catholiques. Se masturber est un péché. Je crois que ma mère aurait été horrifiée si elle avait appris ce qu'on avait fait.

— Elle serait encore plus horrifiée de savoir ce qu'on fait maintenant, je crois.

Il sursauta légèrement, donc je changeai de sujet.

— D'ailleurs, je te signale que maintenant tu as un accès libre et illimité à mon pénis. Tu peux le toucher quand tu veux.

J'attrapai sa main et je la posai sur mon sexe à moitié dur.

Il comprit rapidement ce que je voulais, et commença à me caresser. Il déposa un baiser sur ma mâchoire.

— Je t'aime, Jake.

— Je t'aime aussi.

Nous nous embrassâmes. Nous essayâmes un peu de reprendre ce que nous faisions, mais finalement, d'un accord tacite, nous nous rallongeâmes dans le lit, dans les bras l'un de l'autre.

Il soupira.

— Je suppose que cela ne nous semblait pas étrange à l'époque. Peut-être qu'une des raisons pour lesquelles notre amitié a toujours fonctionné, c'est parce que nous sommes tous les deux gays.

— Je sais, mon cœur. On en a déjà parlé. Dormons maintenant.

— Non, je… Ça n'est pas ce que je voulais dire. C'était comme, quelque chose d'inné, je suppose. Je le sentais déjà à l'époque, mais sans le comprendre. Quand tu as fait ton coming out, j'ai été vraiment surpris. Tu te rappelles, ce soir-là chez Dickie ?

— Bien sûr. Mais ce dont je me souviens c'est que tu t'es énervé contre moi. Tu t'es mis en colère. Tu m'as à peine parlé pendant des semaines après ça.

Il se tortilla sur le lit.

— Je n'étais pas en colère. J'étais… énervé contre moi-même, surtout.

Je m'assis.

— Non. Je me rappelle très clairement que tu étais en colère contre moi. Tu parlais encore avec Ox et Longo, mais tu m'adressais à peine la parole. Et quand tu le faisais, tu étais très cassant. Ne me mens pas, Adam.

— Je ne mens pas. J'étais complètement paumé. Je veux dire, je savais depuis… Eh bien, sans doute depuis cette nuit-là dans ton jardin, s'il faut être honnête avec moi-même. Mais je m'étais beaucoup menti aussi. Et ton coming out… Mon Dieu. Peut-être que je t'en ai voulu pendant un moment, mais surtout parce que tu avais quelque chose que je ne pouvais pas avoir. Tu nous as dit que tu étais gay, et tu semblais… Fier. Et moi je me sentais tellement mal, j'étais terrifié, et j'avais tellement honte.

Il me disait tout cela d'une manière assez hachée, entrecoupé de longues pauses pendant lesquelles son souffle se bloquait. Une fois qu'il eut réussi à avouer ça, il bougea. Il mit ses mains derrière sa tête et regarda le plafond.

— Tu as juste dit : *'Hé, je suis gay'*. Et ça semblait tellement facile pour toi, alors que moi j'avais l'impression qu'on me réduisait en pièces de l'intérieur.

Il prit une profonde inspiration

— Sans oublier que je te voulais, je t'avais voulu pendant si longtemps, mais je ne pouvais pas t'avoir.

— Tu aurais pu m'avoir.

Je ramenai mes genoux contre ma poitrine et me plaçai de manière à pouvoir le voir, mais il continuait à fixer le plafond avec entêtement.

— Non, dit-il en se mordant les lèvres. Tu n'aurais pas voulu de moi à ce moment-là. Tu te mettais en colère parce que je n'arrivais même pas à dire *'je suis gay'*, et tu avais raison. J'avais d'abord besoin d'accepter le fait que ma vie ne serait jamais comme je l'avais imaginée.

— Qu'est-ce que tu avais imaginé ?

Il fixa le plafond et cligna des yeux plusieurs fois avant de répondre.

— Quand j'étais enfant, je pensais que mes frères étaient les personnes les plus cool de la terre. Tu sais ce qui s'est passé l'été où on a fait du camping dans ton jardin ? Doug s'est marié. Et tu sais ce qu'ont fait Matt, Greg, et Danny depuis ? Ils se sont mariés et ils ont eu des enfants.

— Tu peux encore te marier. Pas vraiment de manière légale dans de nombreux états, je te l'accorde, mais…

— Ils parlaient toujours de filles. Je suis même sorti avec quelques filles moi aussi, même si je savais bien que ça ne servirait à rien, juste pour pouvoir rentrer à la maison et dire *'Ouais, cette fille, Maureen, elle est géniale'*.

Il se cachait les yeux avec un de ses bras. Je me creusai la cervelle. Est-ce que je me rappelais d'une Maureen ? Si je me souvenais bien, c'était la fille avec qui il était sorti quand nous étions au début de la vingtaine, à peu près au moment où j'avais fait mon coming out auprès du groupe.

— Je suis sorti avec Maureen pendant presque trois mois, et je n'ai jamais couché avec elle, tu le savais ? Elle, elle en avait envie. Un soir, on était chez elle, et elle a essayé de me sucer. Et je n'ai même pas pu avoir d'érection, j'étais trop paniqué. Tu te rends compte à quel point c'est naze ? J'étais un putain de puceau jusqu'à vingt-cinq ans.

Je ne savais pas quoi lui dire, ou même s'il fallait que j'essaie de le réconforter. Clairement, il n'avait pas fini de parler. J'essayai de poser doucement une main sur sa poitrine. Je me sentais un peu horrible de penser ça, mais même avec son air bouleversé, il restait incroyablement beau. Sa poitrine nue était en évidence, et mon drap gris s'enroulait autour de sa taille. Il leva légèrement son bras pour me regarder.

— Quand j'étais en Californie, je n'arrêtais pas de me demander ce qu'il se serait passé si j'étais resté, dit-il. Si je t'avais embrassé et que je t'avais tout raconté, que je t'avais dit ce que je ressentais. Mais je… Je veux dire, tu étais avec David à l'époque.

— J'ai rompu avec David quand tu m'as embrassé.

Mais bien sûr, la vérité était plus compliquée que ça. J'avais aimé Adam pendant si longtemps… S'il avait débarqué chez moi un jour en disant qu'il voulait être avec moi, j'aurais accepté en un instant. Mais tout de même, je n'étais pas sûr que j'aurais été capable de le supporter lorsqu'il était encore dans le placard. Pour tout dire, il n'y était plus et pourtant j'avais encore du mal à supporter sa réticence en public. Je me rallongeai à côté de lui. Il tourna la tête pour me regarder.

— Je ne sais pas si cela aurait changé quoi que ce soit si je l'avais su, dit Adam. Je sais que je n'avais jamais rencontré David jusqu'à il y a peu, mais j'étais convaincu que lui et toi formiez un couple solide.

— Nous l'étions parfois, mais c'était compliqué.

En fait, Adam avait pensé exactement ce que j'avais voulu qu'il pense, or cela changeait tout le temps. Parfois je voulais le persuader que ma relation avec David n'était pas importante, et que j'étais encore libre. Parfois je voulais le rendre jaloux, et j'essayais de lui faire croire que ma relation avec David était absolument formidable.

Mais on ne parlait pas de David, là.

Adam prit une profonde inspiration.

— Je sais que m'enfuir était lâche, que c'était facile, mais ça ne m'a pas rendu plus heureux. Alors quand je suis arrivé en Californie je me suis *dit 'Tant pis, j'ai embrassé un mec, tout est clair maintenant'*. Je suis sorti avec le premier mec relativement potable qui s'est intéressé à moi. Au final, il s'est avéré que c'était un connard. Il était vraiment à fond dans certains trucs tordus de dominance et de soumission que je ne comprenais même pas à l'époque. Et il voulait que je lui laisse contrôler beaucoup plus de choses que je voulais. Au début, j'étais convaincu que ce n'était pas un salaud, qu'on n'était juste pas compatibles. Mais ensuite les choses ont mal tourné et…

Il s'interrompit et détourna le regard.

— Il s'est passé quelque chose ?

Adam expira longuement.

— Il voulait me baiser. Il me traitait de tous les noms quand je disais que je ne voulais pas. Mais je n'étais pas encore prêt. Je découvrais à peine les choses, et je ne sais pas, je crois que j'avais intégré une partie des conneries homophobes de mes frères en grandissant. Comme quoi les gays étaient des tapettes ou des fillettes, et que la preuve, c'était qu'ils se faisaient baiser. Je n'y crois pas vraiment, je t'assure, mais je pense que j'en avais internalisé une partie, et je n'arrivais juste pas à accepter. Il a fini par me larguer.

Il tourna la tête vers moi et me regarda enfin.

— Je me suis vraiment dit que ma vie était finie. J'étais en Californie et je me sentais si seul… Tu me manquais tellement, Ox et Longo aussi, mais surtout toi. Et ma famille me manquait, rien n'allait. Je n'arrêtais pas d'essayer de parler avec mes parents, de leur faire accepter… Mais ma mère se fermait complètement, elle a même refusé de me parler pendant un long moment après que j'ai déménagé. Et j'ai… Il y a eu une nuit tout était vraiment horrible et…

Je fus surpris lorsqu'il se mit à pleurer. Ce n'était pas que je ne le pensais pas capable de pleurer – même si quelqu'un avait gobé ce mensonge comme quoi les vrais hommes ne pleurent pas, ç'aurait été Adam – c'était plutôt que jusqu'à ce moment je n'avais pas compris la profondeur de sa souffrance. Il craqua complètement devant moi. Une grosse larme roula sur sa joue.

— Qu'est-ce qui s'est passé ? demandai-je.

J'arrêtai d'essayer de ne pas le réconforter, et tendis le bras. Je mis une main sur son ventre et me pressai contre lui de tout mon long.

— J'avais l'impression d'avoir tout perdu et d'être complètement seul, murmura-t-il. Je me détestais tellement. Je me sentais mal et je n'avais aucune idée de comment arranger les choses. J'avais des antidouleurs, parce qu'on m'avait enlevé mes dents de sagesse quelques semaines plus tôt, mais comme je n'avais pas eu vraiment mal je ne les avais pas pris. Et une nuit, j'ai avalé tous les cachets.

— Merde.

J'eus l'impression que mon estomac venait de se retourner.

— Oh, Adam.

Je le pris dans mes bras. Rien qu'à l'idée que j'aurais pu le perdre comme ça, pour toujours, me brisait le cœur.

— Mon colocataire m'a trouvé, murmura-t-il près de mon oreille. Il m'a amené à l'hôpital. Et puis, eh bien, les choses sont allées un peu mieux après ça. Je me suis fait des amis en Californie, tout allait bien au travail. J'ai décidé de me concentrer sur ma carrière, et j'ai commencé à faire des plans pour monter Boughton Technology. Je me sentais un peu moins seul, et j'ai commencé à définir ce qu'être gay voulait dire pour moi.

— Dieu merci.

Je le serrai dans mes bras et réalisai que j'étais en train de pleurer un peu aussi.

— Dieu merci, ça n'a pas marché. Dieu merci, tu vas bien. Je ne sais pas ce que j'aurais fait si tu…

Il tendit la main pour essuyer mes larmes.

— Mais toi, tu étais ici. Et tu avais David. En tout cas, c'est ce que je pensais.

Je pressai mon visage contre son épaule, et lui dis la vérité.

— Même si je n'avais pas rompu avec David, ça n'aurait pas eu d'importance si je t'avais perdu. Tu étais mon meilleur ami.

Je commençais à perdre pied, ma gorge me faisait mal à force de m'empêcher de pleurer.

— Tu es tout pour moi, Adam. On a toujours été deux, ensemble, toutes nos vies. Je n'existe pas sans toi. Et tu as disparu pendant cinq ans. J'ai passé chaque année, chaque heure, chaque minute, chaque seconde, à attendre que tu reviennes.

— Jake, dit-il en me prenant dans ses bras.

Sa voix tremblait.

— Tu es revenu, dis-je, en tremblant moi aussi. Tu es revenu pour moi, et c'est mieux que tout ce dont j'aurais pu rêver. Je t'aime tellement. Tu ne peux pas… Ne doute jamais de qui tu es. Rien chez toi n'est inférieur aux autres, ou mauvais, ou manquant. Tu es un homme bien.

Il s'agrippa à moi, me serrant de toutes ses forces.

— Je crois… Je crois qu'il fallait que je parte. Il fallait que je comprenne comment être gay. Comment être moi. Il fallait que je sorte avec quelques mecs qui n'étaient pas bons pour moi, et que je voie ce qu'il y avait à voir, et que je découvre qui était oncle Steven. Il fallait que tout ça arrive. Je voulais être quelqu'un de mieux lorsque je reviendrai te voir, et je pense que c'est le cas. J'ai encore peur, parfois, mais je n'ai plus honte.

J'étais plus que touché. Je ne savais pas quoi dire, donc je l'embrassai. Le baiser commença doucement, mais dégénéra très rapidement en quelque chose de plus passionné lorsque nous ouvrîmes nos bouches comme nous ouvrions nos cœurs. La tentative de suicide d'Adam tournait dans ma tête pendant que je l'embrassais, et je ne pouvais pas m'empêcher de penser qu'il était vivant sous mes doigts, que son corps était chaud, et que je pouvais sentir sa sueur dans l'air. Je m'émerveillais aussi que nous nous soyons retrouvés comme ça, que toutes ces années depuis que nous nous connaissions aient abouti à ce moment précis. Et que d'une certaine manière, c'était complètement différent de tout ce que nous avions expérimenté ensemble auparavant. Nous étions nus dans mon lit, l'un contre l'autre, en plein milieu du genre d'histoire d'amour qui chamboule tout sur son passage. Et pourtant rien n'avait changé. C'était Adam et moi, il était là pour moi, et moi pour lui, et rien d'autre n'avait d'importance.

Je me sentais vidé. J'étais heureux de l'embrasser, mais trop fatigué pour faire l'amour encore une fois.

— On devrait dormir, dit-il lorsque nous finîmes par nous séparer.

— Oui.

Il leva une main pour se frotter les yeux.

— Mes parents ne sont pas au courant pour les médicaments. J'ai demandé à ce qu'on ne les appelle pas à l'hôpital et je n'ai pas voulu les mettre au courant après. Je ne leur ai pas non plus parlé de nous. Je vais le faire, mais je n'ai aucune idée de comment. Je les ai vus et on a discuté une demi-douzaine de fois lors de ce voyage-ci à Chicago, et je n'arrête pas d'insérer dans la conversation que je sors avec quelqu'un, mais ma mère se ferme et refuse parler. Je suppose qu'un de ces jours je vais juste être obligé de lâcher *'Je suis amoureux de Jake, le voisin d'en face'*.

— Je n'ai pas encore parlé à mes parents non plus. Mais je vais le faire.

Même si pour être honnête, je n'étais pas vraiment sûr que c'était la vérité. Une partie de moi s'attendait encore à ce que tout disparaisse en fumée et continuait à se dire qu'il allait reprendre ses esprits et partir. Mais tout de même, j'avais l'impression qu'il se passait quelque chose d'important entre nous cette nuit-là et je voulais en profiter sans arrière-pensée.

Il rit doucement et me serra à nouveau dans ses bras. Il prit une profonde inspiration.

— Je veux qu'on soit partenaires en tout. Je veux déménager à Chicago, qu'on habite ensemble, qu'on partage nos vies. C'est comme ça que ça devrait être.

Cela me paraissait parfait. Je me serrai contre lui.

— Mon dieu, dit-il, je ne savais pas que c'était possible d'aimer quelqu'un autant que je t'aime. C'est dingue, non ?

— Ce n'est pas dingue. C'est comme ça pour moi aussi.

Il embrassa le haut de mon crâne.

— Eh bien, longue vie à notre folie partagée.

XVIII

QUELQUES JOURS plus tard, Brendan me retrouva pour dîner un soir à Chicago. Adam était déjà reparti à New York. Je me sentais encore un peu sous le choc de sa visite, et depuis que je l'avais laissé à l'aéroport il me manquait terriblement. Je me consolais principalement en rêvassant à notre avenir. Il avait dit plus d'une fois qu'il était réellement possible pour lui de revenir habiter à Chicago.

Je me demandais cependant ce qui allait se passer après cela. Adam avait parlé de prendre un appartement ensemble, et c'était aller beaucoup trop vite pour moi. Pourquoi est-ce que nous ne pouvions pas juste avoir une relation normale pendant un temps ? Avoir chacun notre appartement, sortir ensemble, réapprendre à se connaître. Je le présenterais petit à petit à mes amis. Je convaincrais Kyle et Brendan de lui refaire complètement confiance. Et tout irait bien jusqu'à ce que nous soyons prêts pour la prochaine étape. En supposant qu'il ne me disait juste pas qu'il allait déménager à Chicago pour me calmer ou, pire, pour que je continue à coucher avec lui. Cela semblait peu probable, mais je n'étais pas encore sûr de pouvoir lui refaire pleinement confiance. Je n'arrivais pas à être certain qu'il allait vraiment revenir, qu'il n'allait pas juste disparaître à nouveau. Peut-être que c'était moi qui faisais un blocage. D'ailleurs, c'était sans doute le cas. Je voulais lui faire confiance, mais ça n'était juste pas encore le cas.

J'avais invité Brendan à dîner parce que j'avais le sentiment que tout n'était pas encore résolu entre nous. Enfin, ça, et aussi parce que sans Adam, je tentais de remplir mes soirées afin de me distraire. Mais je voulais éviter de parler d'Adam avec Brendan au début, pour vérifier que notre amitié allait toujours bien. Nous nous cantonnâmes donc à des sujets peu sensibles, jusqu'à ce que je lui demande comment allait Maggie.

— Ça va. J'ai… J'ai rendez-vous chez le médecin la semaine prochaine.

— Oh. C'est bien, non ? Comme ça tu seras sûr. Et peut-être que ce n'est rien du tout, qui sait ?

— Peut-être.

Nous mangeâmes en silence pendant quelques minutes, ce qui me donna l'occasion d'observer le décor japonais caricatural du restaurant de sushis où nous étions. Brendan était un peu maladroit avec ses baguettes, et il n'arrêtait pas de faire tomber ses makis dans le petit bol de sauce soja.

— Comment va Adam ? demanda-t-il.

Je me sentis un peu soulagée que Brendan soit celui qui aborde le sujet.

— Ça va. Il est retourné à New York pour l'instant.

— Bien. Cool.

Je ne sais pas pourquoi, mais cela me mit en colère. Quelque chose dans le ton que Brendan avait utilisé – il avait dit 'cool' de la même façon qu'il aurait dit 'bon vent' – me hérissa.

— Tu penses que c'est cool qu'Adam soit retourné à New York ?

Brendan grimaça.

— Ce n'est pas ce que je voulais dire. C'est juste que, tu sais. C'est sans doute bien qu'il soit rentré, pour que tu puisses prendre un peu de distance.

— De la distance ?

Il se tortilla sur sa chaise. Je supposai qu'il m'en avait dit plus qu'il en avait eu l'intention.

— Pour t'assurer que tu prends la bonne décision.

Je le dévisageai pendant un instant, en espérant que le véritable sens de ses paroles allait apparaître en grosses lettres au-dessus de sa tête.

— Je ne comprends pas, finis-je par dire. Tu as toujours un problème avec Adam ? Même après l'avoir invité chez toi ? Tu m'avais dit que non.

— Il est de retour depuis, quoi, quelques mois ? Je veux bien lui laisser une chance, mais tu ne peux pas t'attendre à ce que tout redevienne comme avant juste parce qu'il t'a tourné la tête.

Tourné la… ? J'étais vexé. Je pris un instant pour formuler ma réponse.

— Je comprends pourquoi tu es en colère, mais même après tout ce qui s'est passé, j'ai trouvé le moyen de lui pardonner presque entièrement. J'aimerais que tu en sois capable aussi. Il a vraiment dérouillé ces dernières années, et il a changé. Je peux te dire qu'il a changé, j'ai passé beaucoup de temps avec lui. Tu lui as à peine laissé une chance.

— Et pourquoi je le devrais ? dit Brendan en secouant la tête. Tu veux qu'on redevienne tous les meilleurs amis du monde, et je n'en suis pas capable. Longo et toi, vous êtes mes meilleurs amis. Mes parents, Maggie, et

177

vous les mecs, vous êtes ma famille. Adam a choisi de partir. Il a choisi de détruire la famille.

— Je n'en suis pas convaincu. J'étais là quand il est parti, tu sais ? Je crois…

— Il *a* détruit la famille quand il est parti, tu le réalises, pas vrai ? Bien sûr, on est quand même restés amis, mais on sait tous que ce n'est plus pareil. Et il t'a vraiment blessé, ça, j'en suis sûr.

— Je ne sais pas comment l'expliquer, mais on a résolu quelques trucs. Il est vraiment désolé pour ce qu'il a fait. Je suis convaincu…

— Parce que tu ne veux pas voir ce qui est juste devant ton nez !

Les mots échappèrent à Brendan d'un ton exaspéré. Il prit une profonde inspiration et se renfonça dans sa chaise. Lorsqu'il reprit la parole, il était beaucoup plus calme.

— Je sais que tu étais amoureux de lui à l'époque. Je te voyais lui faire les yeux doux, mais je ne disais jamais rien, parce que je me disais qu'Adam était au courant aussi. Tu n'étais pas discret. Et je pensais qu'il allait mettre fin à tout ça, comme il avait fait avec Lindsay Howell en seconde.

Je n'avais pas pensé à Lindsay Howell depuis des années. C'était la vice-présidente de notre classe, une fille très jolie et sûre d'elle. À un moment donné, quand nous étions en seconde, elle avait décidé qu'Adam devait sortir avec elle. Elle avait flirté avec lui pendant des semaines, avant de finalement se lancer dans un assaut frontal, mais Adam n'était pas intéressé. Il avait dû lui offrir un discours du genre 'je suis flatté, mais tu n'es pas mon genre'. En tout cas, c'est ce qu'il nous avait dit plus tard. Je ne lui avais jamais demandé ce qu'il avait dit exactement, même si plus tard j'en étais venu à comprendre pourquoi il l'avait repoussée. Quoi qu'il en soit, ce qu'il lui avait dit l'avait convaincue de dépenser son énergie ailleurs.

Je fus surpris que Brendan pense que nos situations étaient similaires.

— Peut-être bien que j'avais le béguin pour lui, mais c'était plus…

— Alors qu'est-ce qui s'est passé exactement ?

Brendan tapota le dessus de la table avec un bout de ses baguettes.

— Je ne crois pas que tu nous l'aies jamais dit. Il a essayé de te séduire, et puis il a disparu ?

— Il m'a embrassé. Ça, je te l'ai dit.

— C'est vrai. Il t'a embrassé. Et pourtant, aucun d'entre nous ne savait qu'il était gay avant ça.

Brendan s'arrêta un instant. Il ne bougeait plus du tout. Puis il reposa ses baguettes sur la table et leva les yeux vers moi.

178

— Tu étais au courant.

— J'étais au courant. Il ne m'a jamais rien dit, mais je savais.

Brendan secoua la tête.

— Je ne comprends toujours pas. Comment est-ce que tout ça a pu se passer sans que je sois au courant ? Pourquoi est-ce que tu ne nous as rien dit ? Pourquoi est-ce *qu'il* ne nous a rien dit ? Il a menti. Pendant toutes ces années où il sortait avec des filles, il nous mentait. Jake, il mentait à ses plus proches amis.

Je n'avais pas envie de trouver des excuses à Adam, et pourtant je me retrouvais à prendre sa défense tout de même. Brendan avait raison, mais à la fois, non.

— Il n'était pas prêt.

— Eh bien, dommage pour lui. Toi tu l'étais. On ne t'a jamais jugé. On ne l'aurait pas jugé non plus.

— Je sais. Lui aussi devait le savoir. Mais ses parents sont beaucoup plus conservateurs que les miens, et je pense que tout s'est mélangé avec des sentiments pour moi, et…

Brendan secoua la main.

— De toute façon, ça n'a plus d'importance maintenant.

Mais si, cela en avait. Tout d'un coup, tout fut clair. Nous avions été amis depuis l'enfance, et il s'était toujours agi d'un numéro d'équilibriste. Je n'avais pas pensé que notre amitié pouvait être si fragile… Notre relation avait survécu à mon coming out, à la relation de Brendan et Maggie, et même au fait que Kyle ait un enfant, sans trop de problèmes. Mais peut-être que je me trompais ? Assis là, devant Brendan, je commençais à avoir l'impression d'être face à un étranger. Il ne m'avait jamais rien dit à propos de ça auparavant. Je ne l'avais jamais vu aussi en colère.

— Comment est-ce que tu peux lui pardonner ? demanda-t-il. Parce que tu lui as pardonné, n'est-ce pas ? Pas juste 'en partie' comme tu n'arrêtes pas de le répéter. Tu l'as complètement absous de tout ce qu'il a fait.

Brendan avait raison. Je détestais l'admettre, mais j'avais pardonné à Adam. Je haussai les épaules.

— Peut-être que je le comprends plus que toi.

— Parce que vous êtes tous les deux gays.

— Oui. Au fond, malgré tout, je comprends ce par quoi il est passé. Je comprends pourquoi il a fait ce qu'il a fait. Il n'a pas bien géré du tout, et ce qu'il m'a fait était vraiment atroce, mais je comprends pourquoi il est parti.

Je poussai un soupir et m'appuyai sur la table.

179

— Est-ce que tu sais que sa mère nous a vus nous embrasser ? Il est venu chez moi et m'a embrassé devant la maison, mais il ne savait pas que sa mère était en train de nous regarder. Elle l'a massacré après. Elle ne l'a pas jeté dehors exactement, mais elle l'a vraiment terrifié. Il lui arrivait des choses vraiment affreuses à ce moment-là, et je ne lui en veux pas de s'être enfui. En tout cas, plus maintenant.

Brendan baissa les yeux vers son assiette.

— Écoute, je ne m'attends pas à ce que tu lui pardonnes. J'aimerais que tu le fasses, mais je comprends pourquoi tu ne peux pas. Et je sais qu'on ne peut pas juste faire comme si rien ne s'était passé. De toute façon, les choses sont différentes maintenant. Je comprends enfin qu'on ne peut pas revenir à ce que l'on avait avant qu'il disparaisse. Il veut une relation avec moi, une relation amoureuse. La dynamique est différente.

— Est-ce que c'est ce que toi tu veux ?

— J'y réfléchis encore.

Je n'étais plus vraiment sûr de ce que je voulais. C'était facile de repenser à la période avant qu'Adam s'en aille avec plaisir, et de souhaiter que les choses redeviennent comme avant, mais c'était aussi facile d'oublier à quel point je m'étais senti misérable tandis que je me languissais de lui. Ce n'était vraiment pas ce que je voulais. Je ne pouvais pas m'empêcher aussi de repenser à nos dernières nuits ensemble. À quel point mon cœur saignait pour lui lorsque je pensais à ce qu'il avait vécu, à quel point j'étais triste sans lui à côté de moi.

— Je suis amoureux de lui, dis-je. Mais en dehors de ça, je n'ai encore rien décidé.

— Écoute, tu es mon ami et je suis là pour toi, quel que soit ce que tu décides. Je veux juste m'assurer que tu prends la bonne décision, pour que tu ne sois pas blessé encore une fois. Pour Adam, eh bien, peut-être qu'avec le temps je serais capable de lui pardonner, mais je n'en suis pas encore là.

— C'est tout ce que je demande.

Brendan reprit ses baguettes et les utilisa pour balader ses derniers makis dans son assiette.

— Je t'aime comme un frère, Jakey, tu le sais. Longo aussi, et même Rosie, au fond. Mais Rosie, c'est comme un frère avec qui je me serais brouillé. C'est ce type duquel j'étais proche, mais que je n'appelle plus jamais maintenant. Tu vois ce que je veux dire ?

— Je comprends.

— Bon, soupira-t-il. Je suis désolé. Tu es vraiment amoureux de lui ?

— Vraiment.

Il tenta encore une fois de prendre un maki entre ses baguettes.

— Je ne comprends pas ça. Je n'arrive juste pas à comprendre. Mais si c'est lui que tu veux, et bien vas-y, je suppose.

Ah, Ox. Malgré tous ses beaux discours sur le fait qu'il n'avait aucun problème avec 'ça', je n'étais pas à complètement sûr qu'il ait vraiment adopté le concept. C'était un hétéro marié à une femme. J'étais sûr qu'une partie de lui avait encore du mal à admettre que l'on puisse aimer un homme, de la même façon que je ne pouvais même pas imaginer aimer une femme. Je comprenais donc bien ce qu'il ressentait.

J'avais à peine touché à mon dîner. Je repris mes baguettes et essayai à nouveau. Je n'avais pas vraiment faim, mais je continuai à enfourner des makis dans ma bouche. À ce moment-là, c'était plus facile que de parler.

LORSQUE NOUS avions douze ans, Adam avait hérité de son frère Doug un abri de jardin derrière la maison. Il n'y avait pas assez d'arbres dans le quartier pour construire des cabanes, mais derrière la maison d'Adam, il y avait ce vieux cabanon que la famille utilisait surtout pour entreposer des outils avant que Doug n'en revendique la propriété et ne la transforme en une sorte de salle de jeux. Ce n'était pas un grand cabanon. Avant que Doug s'en empare, il avait surtout servi à entreposer la vieille tondeuse autoportée des Boughton et des outils de jardin divers et variés, comme des râteaux et des tuyaux d'arrosage. Doug m'avait avoué un jour que lorsqu'il avait fait main basse sur le cabanon, leur père s'en était servi comme d'une excuse pour enfin se débarrasser de la tondeuse, qui ne fonctionnait de toute façon plus depuis des années. Je suis sûr que les parents d'Adam étaient tout aussi contents que certains des garçons se retrouvent hors de la maison de temps en temps, étant donné l'état chaotique de celle-ci la plupart du temps. Avant que l'aîné, Matt, ne parte pour l'université, la maison était un vrai cirque.

Quelques années après que Doug soit entré au lycée, il avait offert le cabanon-salle de jeux à son frère cadet Danny, qui l'avait à son tour offert à Adam en disant :

— Tu peux avoir cette cabane de pédé.

Nous avions nettoyé le cabanon, et peint les murs intérieurs en rouge, car c'était la couleur préférée d'Adam. Nous avions accroché quelques posters de nos groupes de rock favoris ou de nos joueurs de baseball préférés. Nous avions récupéré des carrés de moquette qu'un magasin du quartier s'apprêtait à jeter, et nous les avions utilisés pour recouvrir le sol d'un damier dépareillé. Ainsi, nous n'avions plus à nous asseoir par terre sur le ciment. Lorsque la mère d'Adam avait remplacé le canapé, nous avions récupéré les vieux coussins pour les utiliser comme sièges. Adam avait déclaré que le cabanon serait une zone interdite aux filles, et ses parents n'y avaient vu qu'une façon mignonne d'interdire l'endroit à sa petite sœur. En vérité, nous faisions partie des derniers de notre âge à être dans la phase où nous trouvions les filles dégoûtantes, même si nous étions déjà au collège depuis quelques années.

De toute façon, cela m'allait très bien que les filles soient interdites. À l'âge de douze ans, j'avais déjà commencé à me rendre compte que je ressentais pour les garçons ce que la plupart de mes camarades ressentaient pour les filles. J'avais déjà entendu le mot 'gay', mais seulement comme insulte de cour de récré. Je ne comprenais pas encore vraiment ce que cela voulait dire.

Nous invitions parfois Brendan et Kyle dans le cabanon. Nous étions déjà amis à ce moment-là, même si nous nous n'étions devenus vraiment proches qu'à partir du lycée. Mais la plupart du temps, c'était juste Adam et moi. Nous nous asseyions sur des coussins, l'un en face de l'autre, pour parler et manger des cochonneries. Nous parlions beaucoup de baseball, de nos camarades de classe, des professeurs, de tout.

Une après-midi, nous étions assis tous les deux, à nous partager un plateau de *pizza bagels* que sa mère avait préparé pour nous. Adam avait essuyé la sauce tomate qu'il avait sur les lèvres avant de dire :

— Tu sais ce qui serait cool ? C'est que ce soit notre maison, ici. Si on pouvait juste vivre là.

J'avais jeté un œil aux murs étroits du cabanon.

— Ici ? Dans cette petite pièce ?

— Bien sûr, pourquoi pas ? Pas de parents. Pas de frères et sœurs.

— Pas de cuisine, pas de salle de bain.

Il avait froncé les sourcils.

— D'accord, peut-être pas ici. Mais quand on aura fini le lycée, on devrait trouver un endroit où habiter ensemble. Juste nous deux.

— D'accord, avais-je répondu.

Cela m'avait semblé assez logique. Adam était sans aucun doute la personne que j'appréciais le plus au monde en ce temps-là, et je ne me lassais pas de passer du temps avec lui. Habiter ensemble m'avait semblé être une très bonne idée. J'y avais réfléchi pendant une minute. Nous irions à l'université, bien sûr. Cela avait toujours fait partie de nos projets. Je nous avais imaginé partageant une chambre de dortoir, et jouer au baseball dans l'équipe de l'université, et aller en cours ensemble, exactement comme nous le faisions déjà. Puis j'avais pensé à ce qui allait réellement se passer lorsque nous grandirions.

— Mais qu'est-ce qui se passera quand on devra, je ne sais pas, se marier ?

Cela m'avait semblé être une possibilité particulièrement déplaisante.

— Je suppose que nos femmes pourraient vivre avec nous. Genre, tous ensemble dans la même maison, avait-il dit.

Il avait mis ses mains derrière la sa tête et s'était laissé aller en arrière.

— C'est dommage qu'on ne puisse pas juste se marier ensemble, tu sais ? Je n'ai pas envie de me marier avec une stupide fille.

— Non, moi non plus.

J'avais réfléchi à ce qu'il avait dit pendant un moment. Cela m'avait également semblé logique. Lui et moi, comme compagnons pour le reste de nos vies, partageant une grande maison de la même manière que nous partagions le cabanon. Cependant, la possibilité que nous puissions nous marier m'avait parue tellement absurde que je m'étais mis à rire.

— Qu'est-ce qui te fait rire ?

— On ne peut pas se marier ensemble. C'est complètement stupide.

— Ben ouais, j'ai dit qu'on ne pouvait pas. Je pense juste que ça serait cool.

J'avais continué à glousser.

— Si on pouvait se marier, est-ce que tu porterais une robe pour le mariage ?

Cela m'avait semblé encore plus drôle. J'avais imaginé Adam dans une énorme robe de mariée recouverte de dentelle. J'avais ri si fort que je m'étais plié en deux et avais roulé sur le sol.

— Bien sûr que non, je ne porterais pas de robe ! Arrête, débile.

J'avais continué à rire sans répondre.

— En plus, c'est toi qui devrais porter une robe. Tu es beaucoup plus mignon.

Je n'avais pas été d'accord. J'étais resté allongé sur le dos en gloussant.

— Tu n'es qu'un crétin, avait conclu Adam, en riant un peu lui-même. D'accord, oublie. C'était une idée idiote.

CE SOIR-LÀ, Adam m'appela après que je sois rentré de mon dîner avec Brendan. Cela faisait peut-être vingt minutes que j'étais à la maison lorsque le téléphone sonna. Je me sentais un peu frustré et défait, mais entendre la voix d'Adam me remonta un peu le moral.

— J'aurais voulu te le dire en personne, mais je viens juste d'avoir la confirmation et je ne pouvais pas attendre, dit-il.

Il avait l'air excité, donc je devinais qu'il s'agissait d'une bonne nouvelle.

— De quoi s'agit-il ? demandai-je.

— Boughton Technology va ouvrir son nouveau siège dans le Midwest, à Chicago. J'ai eu un très bon prix pour la location de bureaux que j'avais visités la dernière fois que j'étais en ville.

— La vache ! Tu déménages à Chicago !

— Ouais, dès que nous aurons terminé les travaux de construction dans les nouveaux bureaux. C'est vraiment très bien, parfait pour ce que je veux en faire. Je n'arrive pas à croire que j'en ai eu un aussi bon prix. Je voulais t'en parler le jour où je les ai visités, mais il y avait un autre locataire potentiel et je n'étais pas complètement sûr que ça marche. Je ne voulais pas rien dire avant d'être certain. Mais en gros, pendant les deux prochains mois, je vais faire l'aller-retour entre New York et Chicago pour commencer à mettre en place les nouveaux bureaux. Je vais nommer mon partenaire à la tête du bureau de New York, et ensuite je prendrai la tête du bureau de Chicago de manière permanente.

— C'est absolument génial, je n'y crois pas !

Je pouvais à peine contenir ma joie. Maintenant, on aurait vraiment dit que chaque pièce du puzzle se mettait en place. Qu'Adam et moi puissions vivre dans la même ville n'était pas juste un rêve. Cela devenait réalité, et je le sentais bien, j'avais l'impression que c'était la façon dont les choses auraient toujours dû se dérouler.

— C'est vraiment un grand pas en avant pour l'entreprise, et je pense aussi que c'est une progression naturelle. Je veux commencer à travailler en collaboration plus étroite avec les compagnies de télécom basée dans la région, donc cela semble vraiment plus logique pour nous.

Il parlait de tout cela comme d'une opération commerciale, et cela ne m'échappait pas. Je m'en moquais. À ce moment-là, j'étais trop excité. Il me semblait que nous allions vraiment quelque part. Nous serions dans la même ville, et nous allions avoir une histoire d'amour passionnée. Je m'assis sur mon canapé et pris une profonde inspiration pour tenter de reprendre le contrôle de mes émotions. Parce que tout à coup, je sentais aussi une vague de panique m'engloutir. J'étais extrêmement heureux qu'Adam revienne à Chicago. Mais j'étais aussi terrifié. Tout semblait aller trop vite d'un seul coup. Le fait qu'Adam soit à New York m'aurait laissé le temps de m'habituer. J'aurais eu le temps de mettre au clair ce qu'était notre relation, ce qu'elle voulait dire pour moi, et comment j'allais procéder. Qu'Adam déménage à Chicago, cela voulait dire que j'allais devoir prendre quelques décisions.

— Donc, continua-t-il sans se rendre compte de mon angoisse soudaine. J'ai appris cet après-midi que l'endroit que je voulais est disponible. Les nouveaux bureaux ne vont pas ouvrir avant encore six mois, sans doute, mais je vais devoir passer beaucoup de temps à Chicago.

Il eut un petit soupir heureux.

— Je serai là d'ici quelques semaines. J'ai une série de réunions avec des clients potentiels, et je veux commencer à embaucher quelques personnes.

— C'est vraiment super. J'ai hâte.

Et c'était vrai. Je voulais le voir. Mais je n'étais pas prêt à faire de changement majeur dans ma vie à cause de notre relation. Pas encore.

On ne pouvait pas en dire autant d'Adam, qui continuait sur sa lancée.

— Alors, il ne faut pas trop s'avancer, mais on devrait commencer à planifier pour quand je reviens en ville. Je veux dire, définitivement, pas dans quelques semaines. Où est-ce que l'on va vivre, ce genre de choses. C'est sans doute idiot de commencer à chercher un appartement si tôt, mais je pensais, peut-être dans le Loop ? C'est près du travail pour nous deux.

— Où est le problème avec l'endroit où j'habite en ce moment ?

Il fit claquer sa langue.

— Enfin, Jakey. Ce n'est pas parce que nous sommes un couple gay que Boystown est notre seule option. Chicago est un endroit assez libéral, on peut habiter partout. Je veux dire, j'espère que tu ne pensais pas que j'allais juste aménager avec toi. C'est trop petit pour nous deux.

Je n'avais même pas pensé que nous allions vivre ensemble.

— Euh, non, ça n'est pas vraiment ce que je voulais dire. Je ne sais pas ce que je voulais dire. Tout arrive juste tellement vite. Je veux dire, tu viens juste de m'annoncer que tu vas revenir. Laisse-moi quelques minutes pour digérer.

Adam éclata de rire.

— Oui, d'accord, désolé. J'ai pensé à ça tout l'après-midi. Je vais te laisser y réfléchir et on se rappelle plus tard ?

— D'accord.

— Il faut que je file. J'ai rendez-vous avec Mara pour prendre un verre, je veux lui annoncer que je quitte New York. Je vais être triste de quitter mes amis ici. Mais c'est vraiment la bonne décision. Je ne me suis jamais vraiment senti chez moi à New York.

— D'accord. Dis bonjour à Mara de ma part. À bientôt.

— Je t'aime, Jake.

— Moi aussi.

XIX

J'AVAIS GARDÉ une photo de nous quatre. Je ne sais pas qui l'avait encadrée, sans doute ma mère, mais elle avait trôné sur mon bureau à l'université, sur ma commode quand j'étais revenu à la maison, et sur ma bibliothèque dans l'appartement de Boystown. Nous avions environ seize ans dessus, et elle avait clairement été prise après un match. Nous étions tous les quatre assis en ligne sur un banc, encore en uniforme, et l'on pouvait voir un terrain de baseball derrière nous. Brendan était tout à gauche, sa casquette repoussée sur le front laissait apparaître une touffe de cheveux blonds et son visage était éclairé par un immense sourire tandis qu'il faisait signe de la main à la personne qui prenait la photo. Kyle était à droite de Brendan, les bras croisés sur la poitrine. On aurait dit qu'il tentait de prendre un air maussade, mais on pouvait clairement voir aux plis de sa bouche qu'il essayait de se retenir de sourire. Adam était à côté de Kyle, le devant de son uniforme recouvert de poussière d'avoir glissé sur une base. Il arborait le petit sourire indéchiffrable qu'il avait si souvent, celui qui me faisait penser qu'il avait un secret bien croustillant à me révéler. J'étais assis à sa droite, une main sur la tête pour empêcher ma casquette de s'envoler. J'avais toujours aimé cette photo de moi pour deux raisons : d'abord parce que j'étais mignon dessus, dans le genre ado maigrelet, et ensuite parce qu'Adam avait son bras autour de mes épaules. Parfois cette photo me semblait être un fossile, surtout pendant la période où Adam organisait son retour à Chicago, quand j'avais le sentiment que tout était sur le point de changer irrémédiablement.

Je ne voulais pas que les choses changent, même si je savais bien que nous ne serions plus jamais les quatre coins du diamant, que tout avait déjà changé le jour où Adam m'avait embrassé pour la première fois. En vérité, une part de moi espérait toujours que tout pourrait redevenir comme avant. Que nous serions de nouveau quatre meilleurs amis. Même ma relation amoureuse

187

avec Adam ne me semblait pas si improbable dans ce contexte. Adam et moi avions toujours été plus proches l'un de l'autre que nous ne l'étions de Kyle et Brendan, du moins jusqu'à ce qu'Adam disparaisse. Enfant, je pensais que c'était uniquement parce que nous habitions l'un à côté de l'autre. Puis, plus tard, je m'étais dit que c'était parce que nous étions tous les deux gays. Mais cela n'expliquait pas pourquoi j'étais plus proche d'Adam que de Kyle. Parce que ça aurait aussi bien pu être Kyle. Je me moquais de lui parce qu'il me tendait la perche, mais je savais bien qu'il avait du mal avec son identité parfois, lui aussi. Je savais que nous avions cela en commun, et j'aimais Kyle comme un frère, pourtant je ne l'aimais pas comme j'aimais Adam.

Dans ma tête, nous étions restés en vol stationnaire depuis qu'Adam était parti, nous avions attendu qu'il revienne afin de pouvoir rassembler les morceaux. Brendan, Kyle et moi passions du temps ensemble, sortions dans des bars, allions dîner ensemble ou n'importe quoi d'autre, et j'avais l'impression que nous prenions seulement notre mal en patience. Tout était comme avant, sauf que nous attendions qu'Adam revienne. Nous stagnions. C'était comme si quelqu'un avait appuyé sur pause et que la vie ne reprendrait qu'une fois qu'Adam serait revenu.

Sauf que ça n'était pas du tout le cas. Parce que pendant que j'étais resté à attendre, Brendan et Kyle avaient continué à vivre. Brendan était tombé amoureux et avait commencé à passer une grande partie de son temps avec quelqu'un qui n'était pas nous. La relation de Kyle avec Michelle n'avait pas fonctionné, mais il avait commencé à annuler nos sorties pour pouvoir passer plus de temps avec sa fille. Je commençais à réaliser que Brendan n'était pas en colère contre Adam pour être parti, mais qu'il était en colère qu'Adam soit revenu et bouleverse tout encore une fois. Lui s'était adapté à une vie sans Adam tandis que moi, j'avais attendu qu'il revienne. J'avais eu des petits amis, mais cela n'avait rien changé. Je n'avais pas changé ma façon de vivre pour David ou n'importe lequel des autres. Et à chaque fois que je rompais avec quelqu'un que je fréquentais, je recommençais à attendre Adam.

Peut-être que c'était moi qui stagnais.

ALLER AU cinéma fut la chose la plus proche d'un rendez-vous classique que nous fîmes. Adam travaillait depuis une chambre d'hôtel dans le Loop, et il m'appela un après-midi.

— Il faut que je m'aère la tête. Viens au cinéma avec moi.

Nous allâmes donc voir un film d'action avec une star hollywoodienne qu'Adam adorait en tête d'affiche. Il avait raison d'ailleurs, l'acteur était très sexy. Le film était nul, mais Adam me laissa lui tenir la main, puis m'endormir sur son épaule.

Il dut me réveiller à la fin du film.

— Dis donc, le film était vraiment si bien ? dit-il en sortant du cinéma.

— Désolé.

— Oh, tu veux un café, ou autre chose ?

Je bâillai.

— C'est de ta faute, tu m'as tenu éveillé toute la nuit.

Cela avait été un véritable numéro d'équilibriste, de gérer ses aller-retour constants entre New York et Chicago. Lorsqu'il était en ville, il descendait généralement à l'hôtel, ou du moins prenait une chambre. Comme les nouveaux bureaux étaient toujours en travaux, ses employés et lui travaillaient la plupart du temps depuis sa chambre d'hôtel. Cela voulait dire qu'il fallait vraiment qu'il soit là, du moins pendant la journée. Mais il passait la plupart de ses nuits chez moi. Ce qui voulait dire que je ne dormais pas beaucoup lorsqu'il était en ville.

Je n'arrivais pas à décider si c'était une mauvaise chose. Lorsqu'il était là, tout était très intense entre nous. Il restait généralement en ville une semaine ou deux, et nous passions autant de temps que possible ensemble, ce qui voulait dire que je devais négliger mon sommeil et mes amis pour la durée de sa visite. Puis il repartait pour deux ou trois semaines et je me sentais complètement abandonné et seul, et je restai éveillé la nuit tellement il me manquait.

Je comptais bien que les choses se calment lorsqu'il allait emménager à Chicago pour de bon, parce que tout cela commençait à me peser.

Nous marchâmes jusqu'au bout du pâté de maisons pour atteindre un café, et il fit des blagues salaces sur le film et son héros pendant tout le trajet. Il m'installa à une table puis alla nous chercher deux cafés. Je m'assis donc et me renversai dans ma chaise pour le regarder depuis l'autre côté du café. Parfois j'aimais juste l'observer. Ce jour-là, il était particulièrement beau dans une chemise cintrée à carreaux bleus et blancs, rentrée dans un jean usé qui mettait en évidence ses fesses. Assis là, je pensai 'C'est mon petit ami' avec beaucoup de fierté, mais aussi 'C'est Adam Boughton' avec émerveillement.

Il revint et me tendit une tasse. Il me sourit pendant que je prenais une gorgée. Il me fallut un moment pour réaliser que tout était parfait, ce qui voulait dire qu'Adam savait ce que j'allais commander sans que j'aie eu besoin de lui dire. C'était cliché, mais il y avait quelque chose de très romantique à ça.

— Bien joué, dis-je.

Il eut un grand sourire.

— Merci.

Il retira le couvercle de son gobelet et ajouta un sachet de sucre. C'était amusant à quel point certaines choses n'avaient pas changé. Adam avait commencé à boire du café quand nous avions quinze ans parce qu'il pensait que cela lui donnait l'air plus adulte, mais il détestait le goût et ajoutait toujours une tonne de sucre. J'adorais le fait qu'il le fasse toujours. J'adorais surtout le fait que je connaissais ça sur lui.

Il tendit le bras pour me tapoter l'épaule.

— Tu as l'air bien content de toi. Qu'est-ce qui se passe ?

— Rien. C'est juste que je t'aime. Je savoure.

— C'est mignon.

Il remit le couvercle sur sa tasse.

— Oh, j'ai oublié de te dire, mais on dirait que la date officielle d'emménagement sera le 19 octobre.

C'était dans environ un mois

— Donc je pensais que j'allais prendre rendez-vous avec un agent immobilier, pour qu'on commence à chercher un appartement.

— Qu'est-ce qui ne va pas avec le mien ?

Il haussa les sourcils.

— Rien. Mais on a déjà parlé de ça. Si on habite ensemble, on peut prendre un appartement plus grand, et si on est deux à payer, on peut se permettre d'habiter un peu plus près de nos boulots.

— Tu veux dire ailleurs qu'à Boystown.

Il se renfonça dans son siège et prit une gorgée de café. Il secoua la tête.

— On peut vivre à Boystown si tu y tiens vraiment, je suppose. Je me fiche du quartier. Mais c'est toi qui prends les transports presque quarante minutes chaque jour pour arriver au boulot, donc j'avais pensé que tu serais content de raccourcir ça.

Dit comme cela, c'était très logique, mais sa prétention m'irritait.

— J'aime mon appartement. Je ne sais pas si j'ai envie de le lâcher tout de suite.

Il fronça les sourcils.

— Je t'ai déjà dit que je ne crois pas que ton appartement soit assez grand pour nous deux.

— Alors peut-être que tu devrais habiter seul.

Les mots s'étaient échappés de ma bouche avant que j'aie pu penser à ce que je disais. Ce n'était pas ce que je voulais dire. J'avais envie d'habiter avec Adam. Ou, en tout cas, je le croyais.

C'était un peu comme être de retour dans l'équipe de baseball, cependant. Adam avait toujours des idées très arrêtées sur comment la partie devait être jouée, et il manipulait souvent ses coéquipiers – sauf Kyle, qui était aussi têtu que lui – pour qu'ils fassent ce qu'il voulait. Il essayait de contrôler chaque match. S'il savait qu'un batteur du camp opposé avait l'habitude de voler des bases, il nous hurlait de rester près de nos postes. S'il savait que nous allions affronter un batteur en puissance, il nous faisait reculer. Il n'avait qu'à faire un geste de la main pour que tout le champ intérieur suive ses ordres.

Et voilà que maintenant, il était en train de me dicter comment ma vie avec lui allait se passer. En tout cas, c'était comme ça que je ressentais.

— C'est quoi le problème ? dit-il. Je croyais qu'on avait déjà décidé tout ça ?

— Tu as décidé.

— Non. On en a parlé.

— Tu en as parlé. Tu ne m'as jamais demandé si je voulais qu'on habite ensemble, tu es juste parti du principe qu'on allait le faire quand tu déménagerais ici.

Adam écarquilla les yeux.

— On parle de ça depuis des mois. Tu n'as pas dit une seule fois que tu ne voulais pas habiter avec moi.

Je croisais les bras sur ma poitrine, en colère contre lui autant que contre moi-même.

— C'est juste que je ne suis pas sûr, dis-je.

Adam me fixa pendant un long moment. Il prit une gorgée de café avant de dire :

— Tu ne me fais toujours pas confiance.

C'était une accusation. Je ne trouvais rien à lui répondre.

Même s'il était vrai que j'étais toujours en train de m'attendre à une catastrophe, en vérité je n'étais surtout pas prêt. Je faisais confiance à Adam, je voulais bien croire qu'il m'aimait, mais c'était trop intense. C'était juste trop. J'avais été amoureux d'Adam pendant si longtemps, et j'étais encore en train de m'habituer à l'idée que nous étions vraiment ensemble, et qu'il était vraiment en train d'essayer de changer. J'avais besoin de conserver quelque chose de mon ancienne vie pour ne pas perdre pied. J'avais besoin de savoir que j'aurais toujours un filet pour me rattraper si Adam se réveillait un matin et réalisait qu'il avait fait une erreur. Et je n'arrivais pas à trouver comment expliquer ça sans le mettre en colère. Alors à la place, je restai là, bêtement, à chercher quelque chose à lui dire qui le calmerait et mettrait fin à cette stupide dispute. Sauf que je ne trouvais rien.

— Putain, dit-il après une minute entière sans que ni lui ni moi n'ayons prononcé le moindre mot. Qu'est-ce que tu veux que je fasse ? Je sais que je t'ai fait du mal, mais j'ai fait tout ce que je pouvais pour te prouver que tu peux me refaire confiance. Je t'ai dit des choses que je n'ai jamais racontées à personne. Je fais certaines choses même si je ne suis vraiment pas à l'aise. Je déménage même à Chicago, juste pour pouvoir être avec toi. Mais je ne veux pas d'une relation où c'est moi qui dois faire tous les efforts. Il faut que tu me donnes quelque chose en échange, Jake. Il faut que tu fasses des efforts aussi, parce que je ne peux pas juste tout sacrifier pour être avec toi en ayant constamment peur que tu sois sur le point de tout refuser en bloc. Je ne peux pas te donner tout ce que j'ai si tu ne me donnes rien en échange. Je ne peux pas faire ça.

— Ce n'est pas ça… Pas vraiment, dis-je. Enfin, je t'aime, mais…

Il leva les mains.

— Est-ce qu'un jour tu ne m'as pas fait tout un discours sur le fait qu'il n'était pas suffisant que je t'aime, mais qu'il fallait que je te respecte aussi ? Eh bien, c'est le cas. Mais c'est pareil pour toi. Peut-être qu'au fond, c'est toi qui ne me respectes pas. Tu n'as jamais été à l'aise avec la façon que j'ai de vivre ma vie, n'est-ce pas ? Je ne m'affiche pas partout avec fierté et tout ce bazar, donc je ne suis pas assez bien, c'est ça ?

— Adam...

J'avais peur qu'il ait raison.

— Ne me fais pas dire ce que je n'ai pas dit. Je n'ai jamais…

— Je n'arrive pas à croire qu'après tout ça, tu croies toujours que tu vaux mieux que moi.

— Ce n'est pas de ça qu'il s'agit.

— Alors quoi ?

Je ne trouvai toujours rien à dire. J'avais déjà mes propres doutes. Comment peut-on convaincre un homme qu'on l'aime quand une part de nous est en train de paniquer complètement à l'idée d'une fin heureuse ? Ce n'était pas à Adam que je ne faisais pas confiance à ce moment-là, c'était à moi.

— Laisse tomber, dit-il.

Il laissa échapper un grognement avant de se lever et de quitter le café, me laissant seul face à son gobelet.

JE RÉUSSIS à rentrer chez moi sans m'effondrer. C'était juste une dispute, me dis-je. Nous nous étions disputés plusieurs fois au cours des six derniers mois. Nous allions mettre les choses au clair, et après cela tout irait bien, comme toujours. Sauf que c'était la première fois qu'il me plantait comme ça. Et soudain je compris la raison pour laquelle nous n'étions jamais sortis ensemble à l'époque. Dire que j'avais pensé que cela ne marcherait pas entre nous parce qu'Adam n'avait pas fait partie de ma vie pendant cinq ans. Je me disais que, si les choses ne marchaient pas, il disparaîtrait juste à nouveau et je recommencerais à vivre ma vie comme je l'avais fait quand il était parti. Mais je me trompais. J'avais beaucoup plus à perdre. La douleur serait encore plus atroce.

S'il me quittait cette fois-ci, ce serait parce que je l'y aurais poussé.

Mais par-dessus tout, je savais qu'il avait raison. Nous nous voyions depuis six mois et je n'arrivais toujours pas à nous considérer comme un couple. Je n'avais toujours rien dit à mes parents. L'idée d'emménager ensemble me rendait nerveux, mais je ne comprenais pas exactement pourquoi jusqu'à ce que je réalise le risque que je courais.

À première vue, on aurait pu penser que j'avais refusé uniquement par peur de m'engager. Mais j'appréciais le temps que nous passions ensemble. Adam avait envahi quelques tiroirs de ma commode, et des vêtements à lui étaient pendus dans mon armoire. Il avait sa propre brosse à dents et son propre rasoir sur le rebord de mon lavabo. Il n'y avait aucune raison logique pour que je panique autant à l'idée de vivre avec lui, car en fait, c'est déjà à peu près ce que nous faisions depuis des mois, de manière sporadique. Sauf que si tout se cassait la figure, je ne croyais pas que je serais capable de survivre. J'avais besoin d'Adam. Même lorsqu'il n'était pas là, pendant ces cinq années, j'avais vécu pour lui. Je n'avais jamais été vraiment capable de vivre sans lui.

Je me mis en pyjama et me roulai en boule sur le canapé, décidant résolument de ne pas penser à lui. J'étais en train de zapper lorsqu'il me sembla que j'entendais le nom Boughton. J'arrêtai de zapper et réalisai que j'étais tombé sur le bulletin d'information d'une chaîne sur les nouvelles technologies. Une photo d'Adam en train de faire une présentation à une convention quelconque apparut à l'écran.

— Boughton Technology est apparemment en train de mettre en place un siège dans le Midwest, disait le présentateur. Il est bien connu qu'Adam Boughton lui-même a de nombreuses idées intéressantes pour rendre les nouvelles technologies plus accessibles au grand public. Des bureaux à Chicago signifient que l'entreprise est en train de s'étendre, et va peut-être avoir une plus large distribution. Qu'est-ce que vous en pensez ?

Il se tourna vers sa partenaire.

— Oh, absolument, déclara la femme. J'espère que cela va avoir de bonnes retombées pour lui. J'aimerais beaucoup le voir faire des discours d'ouverture à la Steve Jobs lors de grands événements. Il n'est vraiment pas mal du tout.

Je ne pus m'empêcher de rire.

Mais le présentateur repris :

— Je ne crois pas que vous soyez son genre, Jane. Vous n'êtes pas au courant ? Ce mois-ci il est en couverture de *Out City*, parmi les dix hommes d'affaires gays les plus brillants.

Ils passèrent la couverture du magazine à l'écran, et je n'en crus pas mes yeux. Déjà, Adam était *magnifique* sur cette photo. Il était rasé de près, et ses cheveux étaient ébouriffés d'une manière sexy. Il portait un costume gris bien ajusté et une cravate violette. Il affichait un grand sourire qui lui donnait l'air absolument heureux et insouciant.

Alors, comme ça, il avait fini par donner cette interview. Celle qu'il ne voulait pas accepter. Et je savais qu'il l'avait fait pour moi.

Je réalisai aussi que ce que j'avais cru percevoir comme de la réticence était surtout dans ma tête. Malgré tous ses discours sur le fait qu'être gay ne faisait pas partie de son identité, il avait arrêté d'être mal à l'aise devant les gens. Nous nous étions tenu la main, nous étions embrassés, et avions parlé ouvertement de notre relation en public de nombreuses fois, et cela ne l'avait jamais dérangé. Il avait changé. Il avait fait tout ce que je lui demandais et plus encore. Il était revenu pour moi et, si je le laissais faire, il n'était pas près de disparaître. C'était moi qui étais têtu.

Les présentateurs échangeaient des blagues sur le fait qu'Adam ne semblait plus être libre – apparemment, l'interview mentionnait un petit ami – et ils firent quelques plaisanteries que je trouvais un peu déplacées. Notamment lorsque la présentatrice finit par dire :

— Les beaux mecs sont toujours gays, n'est-ce pas ?

Je me levai et éteignis la télé. Je retournai dans ma chambre et fouillai dans mes tiroirs pour trouver un jean et un tee-shirt propres. Une fois habillé, je quittai mon appartement.

JE SAVAIS qu'un des kiosques à journaux de mon quartier proposait *Out City*. C'était un mensuel sur papier glacé qui semblait avoir peu de tirage, et je le lisais rarement. En tout cas, c'est comme ça que je tentai de m'excuser de n'avoir pas remarqué que mon petit ami était sur la couverture.

Je trouvai le magazine sans encombre.

— Eh bien, il est vraiment pas mal, dit le vendeur en pointant du doigt la couverture.

— Je sais, répondis-je.

Je pensai un instant jouer la carte du 'Je couche avec lui'. À la place, je tendis juste l'argent au vendeur et calai le magazine sous mon bras. Je marchai jusqu'au El tout en appelant rapidement ma mère, puis je montai dans le train.

Je ne pus commencer à lire l'article qu'une fois en train de foncer vers le nord dans le Metra. Les premiers paragraphes étaient une présentation assez claire d'Adam, le génie des nouvelles technologies. Cependant, la personne qui avait rédigé cette description s'était assurée de préciser assez souvent à quel point Adam était sexy. L'article était plein de *'ce jeune gourou des nouvelles technologies'*, et autres *'pas de doute que sa jeunesse et sa belle petite gueule ajoutent à son attrait'*. Il y avait même cette perle : *'Boughton défie tous les stéréotypes sur les geeks avec son mètre quatre-vingts de pur muscle. Avec son sourire de petit garçon et quelques taches de rousseur sur le nez, on s'attendrait à le trouver sur un plateau de cinéma et non pas dans un bureau ou une salle de réunion. J'ai plaisanté avec lui sur le fait qu'il ne faisait rien pour casser le cliché à propos des gays et de leur narcissisme, mais il prétend qu'il ne fait du sport que pour évacuer le stress'*.

Ce n'était qu'à la fin de l'article que l'auteur mentionnait la vie amoureuse d'Adam. *'Malheureusement pour nous, il n'est pas célibataire. S'il y a une chose dont Boughton n'est pas peu fier, c'est son petit ami'*. 'J'ai quelqu'un à Chicago, *dit-il, d'une voix passionnée*. Il est vraiment merveilleux, c'est la personne la plus géniale que je connaisse. Je suis complètement dingue de lui'.

Eh bien. Bonjour la pression.

Je pris un taxi depuis la gare jusqu'à chez mes parents. Lorsque j'avais appelé, ma mère m'avait dit de venir directement, je fus donc étonnée de trouver Linda Boughton à la maison. La seule personne que j'avais encore moins envie de voir que la mère d'Adam, à ce moment-là, c'était probablement Adam lui-même.

J'entrai dans la cuisine, où ma mère et Linda étaient assises, et je les saluai toutes les deux poliment. Ma mère se leva. Elle me serra dans ses bras et m'embrassa sur la joue, avant de me demander ce qui n'allait pas. Je tournai les yeux vers Linda. Ma mère hocha la tête comme si elle comprenait que je souhaitais lui parler seule. Elle fit un geste vers le magazine que j'avais dans les mains.

— Qu'est-ce que c'est ?

J'aurais pu juste faire comme si de rien n'était, dire que c'était quelque chose que j'avais pris pour lire sur la route et le balancer à la poubelle. Au lieu de ça, je le laissai tomber sur la table de la cuisine. Linda eut un hoquet.

— C'est Adam, dit-elle.

— Ouais.

— Il ne m'a pas dit qu'il allait faire un article comme ça, encore moins qu'il serait sur la couverture.

— Et bien en fait, je crois qu'il ne voulait pas que vous le sachiez. D'ailleurs, il ne me l'a pas dit non plus.

Linda me regarda d'un air désapprobateur.

— Et pourquoi est-ce qu'il te l'aurait dit ? Il ne te parle plus.

Son ton était plein d'accusations et de colère.

Est-ce qu'Adam ne lui avait vraiment pas dit que nous avions repris contact ? Je sentis la colère monter en moi, jusqu'à ce que je réalise que moi non plus je n'avais pas vraiment dit à ma mère que je le revoyais. Eh bien, il était grand temps d'y remédier, pensai-je.

— Ce n'est pas vrai, dis-je. Adam et moi avons repris contact depuis l'enterrement de M. Lombard. En fait, on a fait plus que reprendre contact.

Ma mère me jeta un coup d'œil et se rassit en face de Linda. Elle prit le magazine et étudia la couverture.

— Il est très beau. C'est une photo flatteuse.

Linda secoua la tête.

— Je ne peux pas croire qu'Adam fasse quelque chose comme ça. *'Les dix hommes d'affaires gays les plus brillants* ? Pourquoi est-ce qu'il étalerait sa vie privée de cette façon ?

Elle prit le magazine des mains de ma mère.

— Parce que quelqu'un lui a demandé ? Parce qu'il est fier de qui il est ? suggérai-je.

Linda eut un petit reniflement de dédain et commença à feuilleter le magazine.

— Page 58, dis-je.

Pour m'occuper les mains, j'allai chercher un soda dans le frigo. Pendant ce temps, ma mère et Linda lisaient l'article. Je sus tout de suite qu'elles étaient arrivées à la fin lorsque Linda eut un nouveau hoquet.

— Il voit quelqu'un à Chicago ? Il ne m'a rien dit. Qui est-ce ?

Je m'assis à la table et pointai du doigt vers ma propre poitrine. Les deux femmes en restèrent bouche bée.

— Jacob.

Le ton de ma mère était désapprobateur, même si je n'étais pas vraiment sûr de ce qu'elle me reprochait. D'avoir gardé le secret, ou de tout balancer à Linda de cette manière ? Elle tendit la main et repoussa mes cheveux de mon visage.

— Tu avais parlé de quelqu'un que tu voyais à la fête d'anniversaire de ton père, mais je n'étais pas sûre que tu étais sérieux. Cela fait combien de temps que cela dure ?

— Presque six mois. Depuis l'enterrement, je suppose.

— Pourquoi est-ce que tu n'as rien dit ?

C'est vrai, pourquoi ?

— Je suppose que je n'arrivais pas à y croire. Et nous avions beaucoup de choses à résoudre. J'étais encore blessé par ce qui s'est passé avant qu'il parte en Californie.

J'avais raconté à ma mère une version abrégée de ce qui s'était passé. Je n'avais pas admis que j'avais le béguin pour Adam, je lui avais juste dit que nous avions eu une altercation. Je crois qu'elle avait supposé qu'il s'agissait d'une dispute.

Linda se leva.

— Il a eu raison de quitter Chicago. Je croyais qu'il ne voudrait jamais revenir.

J'avais passé cinq ans convaincu que c'était quelque chose que j'avais fait qui avait poussé Adam à partir. Le fait que sa mère ait joué un si grand rôle dans toute cette histoire était encore relativement récent pour moi, et j'avais eu du mal à le comprendre. Mais maintenant je le voyais bien. Linda avait dit à Adam de s'éloigner de moi. Elle lui avait dit de partir. Pendant tout ce temps, elle avait su ce qui c'était passé, et avait pensé que la meilleure solution était de nous séparer. Son vœu avait presque été exaucé.

Je me mis en colère.

— Il revient à Chicago pour moi, déclarai-je. Il a fait cette interview pour moi, parce qu'il voulait me prouver qu'il n'avait pas peur d'être gay. Mais le fait est qu'il a encore un peu peur. Je crois que c'est en grande partie parce que ses parents n'arrêtent pas de dire qu'ils le soutiennent, mais qu'en fait c'est faux.

Linda ferma les yeux.

— Il ne sait pas ce qu'il veut vraiment.

— Il sait exactement ce qu'il veut, dis-je.

Il le savait même bien mieux que moi.

— C'est une phase.

Je regardai ma mère, espérant obtenir son aide. Je vis que nous avions tous les deux eu la même réaction. Ma mère fixa Linda pendant un long moment avant de dire :

— Ça n'est pas une phase, Linda.

Puis elle me fit signe de parler.

— Une phase c'est quelque chose qu'on a à l'université, quand on est curieux et que toutes les possibilités nous sont ouvertes. Pour moi, ce n'est pas une phase. J'ai toujours été gay. J'ai 31 ans le mois prochain, et je sors avec des hommes depuis que j'ai 18 ans. Avant cela, j'avais le béguin pour des hommes. Ce n'est pas une phase.

— Mais Adam… commença Linda.

— C'est la même chose pour Adam. C'est exactement la même chose. Et il a passé presque toute sa vie terrifié à l'idée que les gens qu'il aime le plus l'abandonnent s'il leur avouait ce qui se passait dans sa tête. C'est seulement maintenant qu'il commence à pouvoir s'aimer pour ce qu'il est, qu'il commence à pouvoir aimer un autre homme et être aimé, que les choses commencent à avoir du sens pour lui. Et je suppose qu'il ne vous a rien dit à propos de nous deux parce qu'il savait très bien que vous réagiriez de la façon dont vous le faites maintenant.

Je me tus. Une ampoule s'alluma dans ma tête. C'était aussi ce qui s'était passé cet après-midi. Il ne voulait pas être abandonné, alors il repoussait tout le monde avant que cela se produise. Eh bien, plus maintenant, décidai-je. S'il voulait bien me laisser faire, je prévoyais de m'accrocher à lui et de tenir bon pour toujours. Je pris une profonde inspiration.

— Je vous dis ça maintenant, pour que vous ayez le temps de vous y faire. Et que quand il viendra vous annoncer qu'il emménage avec moi, qu'il sort avec moi ou que, à Dieu ne plaise, il veut m'épouser, vous le souteniez et l'aimiez beaucoup plus que vous le faites maintenant, et que vous l'avez fait jusqu'à présent. Parce qu'Adam a passé tellement d'années à se haïr qu'il a besoin qu'on l'aime pour lui, et non pas pour qui vous voulez qu'il soit.

Le visage de Linda se crispa, elle fit un pas en arrière comme si je l'avais frappée.

— Il m'a dit que vous nous aviez vus nous embrasser. Ce jour-là, juste avant son départ, il m'a embrassé. Et vous lui avez dit de ne plus me revoir. Vous l'avez convaincu d'accepter ce travail à l'autre bout du pays. Vous l'avez poussé à partir. Je n'ai jamais voulu lui faire de mal. Je tiens vraiment à Adam, et lui aussi tient à moi. C'est pour cela que nous nous sommes embrassés. Et vous avez essayé de mettre fin à ça parce que… Je ne sais pas, vous pensez qu'il s'agit d'une phase peut-être, ou vous ne voulez pas qu'il soit ce qu'il est. Mais ça n'est pas à vous de faire ce choix. Adam est un homme bien. Il a besoin de votre amour et de votre soutien, pas de votre déni.

Linda s'agrippa au dos d'une des chaises de la cuisine et baissa les yeux. Elle murmura quelque chose que ma mère sembla comprendre puis, plus fort, déclara :

— Il faut que je rentre maintenant.

— Je vais te raccompagner, dit ma mère.

Je restai assis à la table de la cuisine et attendis que ma mère revienne. Je l'entendis parler avec Linda tandis qu'elles se dirigeaient vers l'avant de la maison, mais je ne pouvais pas comprendre ce qu'elles disaient.

Mes propres mots résonnaient dans ma tête. Je savais que ce que j'avais dit était vrai, mais que je devais m'en souvenir tout autant que la mère d'Adam.

La porte d'entrée claqua et je me renversai en arrière dans ma chaise en attendant que ma mère revienne. À cet instant, une vague de panique me submergea comme une avalanche dévalant la montagne, d'abord minuscule puis de plus en plus énorme lorsque je réalisai que j'avais réellement dit tout ça à la mère d'Adam. J'étais horrifié d'avoir été aussi brutal. Et je regrettais d'avoir été méchant, même si j'étais certain que tout cela devait être dit. Mais bien sûr, ça n'aurait plus vraiment d'importance si c'était moi qui avais réussi à repousser Adam définitivement, cette fois-ci. Il y avait une réelle possibilité que je l'aie perdu définitivement.

Enfin peut-être que cela aurait tout de même de l'importance. David m'avait dit un jour qu'il voulait juste que je sois heureux. Peut-être que c'était ça l'amour. Cela me détruirait de perdre Adam, mais si balancer tout cela à sa mère pouvait avoir des conséquences positives, alors peut-être que cela en valait la peine. La vie d'Adam serait plus belle à partir de maintenant, que ce soit avec ou sans moi.

Ma mère revint dans la pièce avec sur le visage une expression que j'avais vue des milliers de fois étant enfant. Ses sourcils étaient haussés et ses lèvres pincées, et son regard était rempli d'amour et de compassion. C'était l'expression qu'elle avait eue à chaque fois que je m'étais écorché un genou, à chaque fois que quelqu'un m'avait embêté à l'école, à chaque fois que j'avais eu du mal à faire mes devoirs. Le même amour dans ses yeux qui avait été si évident le jour où je lui avais dit ainsi qu'à mon père que j'étais gay.

Je fondis en larmes.

En un instant, elle fut à côté de moi, tirant une chaise pour s'asseoir et m'attirer à elle, de la même manière qu'elle l'avait fait un nombre incalculable de fois lorsque j'étais petit. Elle referma ses bras sur moi, et m'attira à elle afin que je puisse pleurer sur son épaule.

— Je suis désolé, gémis-je.

Je sentis sa poitrine bouger contre moi lorsqu'elle prit une profonde inspiration.

— Oh, Jacob, *bubelé*. Depuis combien de temps est-ce que tu gardes tout ça pour toi ?

— Je ne sais pas, répondis-je à travers mes larmes.

Maintenant que les grandes eaux avaient commencé, je n'arrivais pas à m'arrêter.

— J'ai juste réalisé d'un seul coup que j'étais assis juste à côté de la personne à cause de qui Adam avait tellement de mal à accepter son homosexualité, reniflai-je. J'ai réalisé que ça n'était pas de ma faute.

Ma mère me caressa les cheveux.

— Qu'est-ce qui n'est pas de ta faute ?

— Je croyais qu'il détestait le fait d'être gay, et cela voulait dire qu'une partie de lui me haïrait toujours. Parce que je suis gay et fier de l'être, et que je représenterais toujours quelque chose qu'il déteste. Mais il... Il a fait cette interview parce qu'il a trouvé le moyen de ne plus avoir peur. C'est ce qu'il essayait de me dire cet après-midi, mais je... J'étais tellement enfermé dans mes propres conneries.

Je réussis à m'arrêter de pleurer assez longtemps pour pouvoir parler sans que cela soit trop embrouillé.

— Je croyais que s'il n'était pas fier d'être gay, cela voulait dire qu'il n'était pas fier de moi, qu'il avait honte de moi, honte de m'aimer. Mais maintenant je comprends que ça n'est pas ça. Il est vraiment... Il veut que les gens l'aiment. Il est terrifié à l'idée de décevoir qui que ce soit.

C'est comme cela que je compris qu'il était revenu pour de bon. Il avait résolu les choses qui l'avaient fait fuir. Il était prêt maintenant, comme il ne l'était pas cinq ans auparavant.

— Est-ce qu'il s'est passé quelque chose ?

La voix de ma mère était douce, et je sentais sa poitrine vibrer en même temps. Ma mère était tendre, de cette façon que j'avais toujours prise pour acquise, tellement aimante et réconfortante. Avoir cinq frères et sœurs voulait dire qu'Adam avait dû se battre pour obtenir l'attention de ses parents, réalisai-je. Personne ne lui avait jamais fait cadeau de quoi que ce soit, encore moins d'amour.

Et j'avais fait pareil. Je n'étais pas mieux que ce dont j'avais accusé Adam. Je me retenais d'être complètement avec lui, j'attendais des choses impossibles. Adam avançait dans la vie, planifiait, et s'adaptait à la façon dont la situation avait changé. Moi j'étais toujours bloqué au même endroit.

— On est sortis aujourd'hui et on s'est disputé. Il croit toujours que je ne lui fais pas confiance et que je ne le respecte pas. Ce n'est pas vrai, je le respecte vraiment. Mais j'avais peur que ça soit le cas, au début, alors je n'ai pas répondu quand il m'a accusé de ne pas lui faire confiance, et il s'est énervé. Il m'a planté là. Mais ça n'était pas le problème, maman. Je l'aime. Je l'aime tellement. Quand je pense à ce qu'il a subi, ça me brise le cœur. Et maintenant je l'ai mis en colère et peut-être qu'il va me quitter, et je ne sais pas ce que je ferai si...

— Chut, dit-elle. La façon dont tu as tenu tête à Linda il y a cinq minutes, c'était... Eh bien, ce n'était pas vraiment la façon dont j'aurais géré la situation, mais on voyait clairement que tu tiens beaucoup à lui.

Je m'écartai d'elle pour me frotter les yeux.

— Il te plairait beaucoup, maintenant, maman. Il est tellement intelligent, il a été complètement honnête avec moi. Et j'ai tout foutu en l'air parce que je ne pensais pas que j'étais prêt. Parce que j'avais l'impression de ne pas être à la hauteur.

Elle eut de nouveau ce regard. Elle tendit la main vers mon visage pour effacer mes larmes avec son pouce.

— Oh, mon cœur ! Les relations en général sont déjà assez difficiles. Je n'imagine pas à quel point cela doit être compliqué pour Adam et toi, avec toutes les autres choses que vous devez gérer.

— Maintenant qu'il revient à Chicago, on veut qu'on habite ensemble. Qu'est-ce que tu en penses ?

— Est-ce que tu es prêt pour ça ?

— Je ne sais pas.

Est-ce que j'étais prêt ? Cela me terrifiait, mais comment pouvais-je continuer à avancer si je ne sautais pas le pas ?

— Oui, je crois. Je veux être avec lui.

Elle aplatit mes cheveux.

— Tu sais que je t'aime. Je veux ce qu'il y a de mieux pour toi. Je veux que tu prennes soin de toi, y compris de ton cœur. En tant que mère, je me sens obligée de te dire toutes ces choses que les mères sont censées dire. Normalement, j'exigerais de rencontrer ton petit ami, mais je suppose que là je n'en ai pas besoin. À la place, je vais te dire exactement ce que j'ai dit à Rachel lorsqu'elle a emménagé avec Ken.

Je repensai au jour où ma sœur nous avait annoncé qu'elle emménageait avec celui qui deviendrait plus tard son mari. Je ne me rappelais pas ce que ma famille lui avait dit.

— Qu'est-ce que tu as dit ?

— Si c'est ce que tu veux et que tu te sens prête à faire ce pas, alors tu as ma bénédiction. Mais que disent les mamans à leur fils lorsqu'elles sont certaines qu'ils ont commencé à avoir une vie sexuelle ? Sois prudent. Utilise un préservatif. Tu sais.

— Beurk, maman !

Elle rit.

— Lorsque lorsqu'Adam et toi aurez résolu tout ça, amène-le dîner ici avec ton père et moi, d'accord ?

Elle sourit.

— Tu sais quelle est l'autre question que j'ai posée à Rachel lorsqu'elle a emménagé avec Ken ?

— Quoi ?

— Je lui ai dit *'Est-ce que tu vas épouser ce garçon ?'* Mais je me demande si c'est bien approprié. Je veux dire, si ta réponse est oui, tu ne vas pas faire quelque chose de stupide comme déménager à Toronto, n'est-ce pas ? Parce que peut-être que Linda était d'accord pour que son fils parte en Californie, mais moi, égoïstement, je veux te garder près de moi.

— Je ne vais pas déménager au Canada. Mais s'il me pardonne, oui, je veux passer le reste de ma vie avec lui.

Elle sourit.

— Je crois que c'est la meilleure réponse que j'aurais pu espérer.

Elle se pencha pour m'embrasser sur le front.

— Je t'aime, Jake. Ne l'oublie jamais, d'accord ?

— Je n'oublierai pas. Merci, maman.

Elle se leva.

— Et bien, qu'est-ce que tu fais encore là, à me regarder ? Va le récupérer.

XX

JE ME levai et courus hors de la rame dès qu'elle arriva à Union Station. Puis je hélai un taxi et me rendis à l'hôtel d'Adam. J'entrai d'un air décidé et m'engouffrai dans le couloir menant à la chambre. Ce ne fut qu'une fois devant sa porte, prêt à frapper, que j'eus des doutes sur ce que j'étais sur le point de faire. Je pressai mon oreille contre la porte pour savoir s'il était seul, me souvenant soudain qu'une grande partie de ses employés était descendue au même hôtel. J'entendis le bruit d'un match quelconque à la télé, mais aucune conversation. Je frappai.

Je l'entendis venir jusqu'à la porte, puis il y eut une pause pendant laquelle je supposai qu'il regardait par l'œil-de-bœuf et se demandait s'il allait ouvrir la porte. Il finit par le faire.

— Salut, dis-je. Est-ce que je peux entrer ? Je veux te parler.

Il soupira.

— Ouais, d'accord.

Il s'effaça pour me laisser entrer et me tint la porte.

J'entrai dans ce qui était une assez grande chambre d'hôtel, avec un grand lit et deux canapés. Il éteignit la télé et me désigna un des sofas. J'hésitai. J'avais toujours le magazine entre les mains, même s'il avait fini roulé en tube. Je le déroulai et le lui montrai.

— Ah, dit-il.

— Pourquoi est-ce que tu ne m'as rien dit ?

Il haussa les épaules.

— Honnêtement ? Je pensais qu'il sortait la semaine prochaine, je voulais te faire la surprise.

— D'accord. Oh, il faut que tu saches, je suis allée voir ma mère ce soir. La tienne était là, et je leur ai montré. Puis je leur ai avoué que c'était moi, ton mec génial à Chicago.

Il fronça les sourcils.

— Eh bien, ça explique pourquoi ma mère m'a appelé quatre fois depuis une heure. Je n'avais pas vraiment envie de parler à qui que ce soit, donc je n'ai pas décroché.

Il tendit la main vers le magazine et je le lui passai.

— Donc elle a bien inclus ce que j'ai dit à propos de toi, hein ? Cette journaliste voulait me présenter comme un bon parti, mais je lui ai dit que j'avais un petit ami.

— Je croyais que tu ne voulais pas faire l'interview.

— Je ne voulais pas. Au début, en tout cas. Mais ensuite j'ai réfléchi, et je me suis dit que peut-être ce genre de choses pouvait vraiment m'aider à prouver que je n'avais plus honte. À moi-même comme à toi. J'ai aussi pensé que l'article pouvait être une bonne publicité pour mon entreprise. Pour montrer que nous avons des valeurs modernes, ce genre de truc. Une autre entreprise de nouvelles technologies a fait le buzz récemment en étendant les avantages matrimoniaux aux couples de même sexe, et leurs actions ont grimpé. Enfin, ce n'était pas uniquement une décision commerciale, mais j'ai aussi pensé à ça.

— Ouah.

— Oui. Alors quand elle m'a rappelé encore une fois, j'ai dit *'Oui bien sûr, j'accepte l'interview'*. Mais je ne m'attendais pas à être sur la couverture, honnêtement. Elle me l'a seulement dit il y a quelques semaines.

— Eh bien, tu es plus beau que tous les autres mecs qu'ils ont photographiés.

Il rit.

— Je ne crois pas que j'irai jusque-là.

La tension était quelque peu retombée et je le laissai me guider vers un des canapés. Nous nous assîmes l'un à côté de l'autre.

— Écoute, dis-je. Je veux m'excuser pour cet après-midi, pour avoir hésité à propos de notre emménagement ensemble. Je… Euh, je suis allé voir ma mère, et il est possible que j'aie engueulé la tienne. Et j'ai réalisé certaines choses.

Il haussa un sourcil.

— Alors là, il va falloir que tu reprennes à zéro. Tu as engueulé ma mère ?

Je lui racontai ce qui s'était passé lorsque j'étais allé à Glenview. Comment j'avais montré l'article à nos mères, et comment j'avais défendu Adam contre Linda. Lorsque je lui dis qu'elle continuait à prétendre que son

205

homosexualité était juste une phase, il ferma les yeux et eut l'air si triste pendant un instant que j'eus envie de tendre les bras et de le serrer contre moi, mais je n'en fis rien. Je pensais que ça n'était pas encore le moment. Je lui racontai presque mot pour mot ce que j'avais dit, et répétai que je pensais qu'il était un homme bien, et que je comprenais maintenant comment j'avais pu me méprendre sur la situation.

— Oh, dit-il lorsque j'eus fini. Tu as vraiment dit ça ?

— Eh oui. Et ensuite ta mère s'est plus ou moins enfuie de la maison. Je me sens mal d'avoir été peut-être un peu méchant.

Incapable de me retenir plus longtemps, je tendis la main vers lui et laissai mes doigts parcourir le côté de son visage.

— Et je lui ai dit que tu mérites d'être aimé pour qui tu es, et non pas pour qui elle veut que tu sois. J'ai réalisé que c'est la même chose pour moi. Tu avais raison quand tu es parti du café tout à l'heure. Si je veux que tu m'aimes pour moi, alors il faut que je t'aime pour toi. Si on veut avancer, il faut que j'avance avec toi. Je suis… Je suis vraiment désolé, Adam. Si je suis venu ce soir, c'est parce que je refuse de te perdre encore une fois.

Il ferma de nouveau les yeux et se laissa aller légèrement contre ma main. Je pris sa joue au creux de ma paume.

— Je sais que tu es réticent à l'idée d'emménager avec moi parce que tu crois que je vais à nouveau te quitter, dit-il. Je te promets que ça n'arrivera pas.

— Je sais ça. Je comprends maintenant. Ce n'est même pas vraiment la raison pour laquelle j'ai paniqué. Tu as fait énormément de changements dans ta vie pour être avec moi, alors que moi je n'avais pas envie de quitter ma petite bulle où je me sentais en sécurité. Ce n'est pas juste.

— D'accord. Je veux dire, si tu veux aller plus doucement…

— Je ne veux pas, pas vraiment. La raison principale, c'était que je m'inquiétais à l'idée que tout change. On entre en territoire inconnu, maintenant. Je paniquais à l'idée que tu partes encore, que tu te réveilles un matin et que tu réalises qu'en fait il y a avait une bonne raison pour que tu sois parti. Je me disais que revenir à Chicago serait régresser pour toi. Mais pas du tout, c'est un pas en avant. Et maintenant je comprends que la seule raison pour laquelle tu risquerais de partir, c'est si moi, je t'y pousse. Comme je l'ai fait cet après-midi.

— Jake, on s'est disputé. Je n'avais pas l'intention de partir. Tu te rappelles ce que tu m'as dit il y a quelques mois ? Tu as dit qu'il n'y avait pas de toi sans moi. Eh bien, c'est la même chose pour moi. On est allés bien trop loin ensemble pour faire machine arrière maintenant juste parce qu'on s'est disputé. Il fallait que je quitte le café parce que j'étais tellement en colère que j'avais peur de me mettre à hurler et à jeter des choses, mais j'avais prévu de t'appeler demain.

— Vraiment ?

— Oui, vraiment. Crétin.

Je ris malgré moi.

— Je n'aurais pas dû dire ce que j'ai dit. Ce n'est même pas une question de savoir si tu t'assumes ou pas. Maintenant, c'est à propos de moi et de mes propres problèmes. Je n'ai même pas envie que tu changes. Je veux juste que l'on soit ensemble. Mais c'est assez terrifiant, et mon appartement est un endroit qui me rassure tellement. Tout est arrivé si vite que je crois que je me suis laissé prendre au piège de mes propres insécurités. Et puis, tu sais, mon fonctionnement par défaut pendant très longtemps c'était 'Je ne peux pas m'impliquer parce qu'Adam va peut-être revenir'. Et tu es revenu, et tu es avec moi maintenant. Je suppose que j'ai paniqué. Rien de tout ça ne me semble réel, parfois.

Adam tendit les bras et me serra contre lui. Je me laissai faire. Il sentait tellement bon. Son odeur se mélangeait à celle du dentifrice, et le tee-shirt qu'il portait était vraiment très doux.

— Je suis tellement désolé, dis-je. Je t'aime vraiment. Je te fais confiance, je te respecte, et tout ce que tu peux imaginer. Complètement. Je suis tout à toi. Et je te crois quand tu dis que tu m'aimes. Je veux passer ma vie avec toi. Mais j'ai eu peur pour notre avenir. Et Brendan est encore en colère contre toi, ce qui n'a pas vraiment aidé, parce que je pensais… Je ne sais pas ce que j'ai pensé.

— Tu pensais que quand j'allais revenir, tout redeviendrait comme avant. Qu'on serait à nouveau les quatre coins du diamant, comme au lycée.

Je m'extirpai de ses bras et essayai d'essuyer discrètement mes larmes.

— Oui. C'est ce que j'ai pensé, en gros. Maintenant, je réalise que les choses étaient déjà en train de changer entre nous bien avant que tu quittes Chicago. On a grandi et on est devenus adultes, et on a appris comment avancer dans le monde sans les autres. Moi, j'étais bloqué, j'attendais que les choses redeviennent simples et au lieu de ça, tout devenait de plus en plus compliqué. En plus, franchement, je ne veux pas retourner en arrière. Ma relation avec toi, notre avenir ensemble, c'est ça que je veux.

Il sourit.

— C'est ce que je veux aussi.

— Alors oublie ce que j'ai dit avant. On se lance. On va avoir une relation de dingues et emménager ensemble et faire l'amour aussi souvent que possible.

Il m'embrassa. C'était un baiser rapide, dur et agressif. Tout ce que j'aurais pu vouloir dans un baiser. Je portai mes mains à son visage et le maintint en place tandis que j'ouvrais la bouche pour laisser entrer sa langue, et je me sentis plus proche de lui que je ne l'avais jamais été. Il était là, l'homme que j'avais attendu toute ma vie.

— Tu crois que notre nouvel appartement ressemblera au cabanon ? demanda-t-il lorsqu'il eut fini d'essayer d'aspirer mes amygdales.

— Ouais, à peu près, sauf que tu n'as pas le droit de mettre des posters de Nine Inch Nails sur les murs.

ÉPILOGUE

JE L'AI donc épousé.

Ce fut un mariage tout simple, dans le jardin de mes parents. Il n'y avait que nous, nos amis proches, et notre famille.

Cela vint sur le tapis d'une façon peut-être pas très traditionnelle. Un après-midi, Adam et moi étions assis à la table que nous avions installée dans le salon de notre appartement du North Side. Nous étions tous les deux en train de travailler, même si mon attention n'était pas vraiment sur ma paperasse. Adam tentait d'essayer de démêler un morceau de code particulièrement difficile. Toute son attention était concentrée sur son travail tandis qu'il prenait des notes sur un bout de papier millimétré et comptait sur ses doigts. J'adorais voir comment son cerveau fonctionnait, parfois. Il aurait été le premier à dire que toute la publicité à propos de son supposé génie était exagérée. Lui-même se trouvait seulement un peu plus intelligent que la moyenne. Il me l'avait souvent répété. Mais je me demandais s'il n'était pas juste modeste.

Il sembla comprendre quelque chose, eut un léger hoquet tandis qu'une connexion se faisait dans son cerveau, et se mit à taper furieusement sur son ordinateur portable. Lorsqu'il me sembla que je pouvais l'interrompre, je dis :

— Hé, Adam ? Regarde-moi, mon cœur. Donne-moi ta main.

Il releva la tête, me lança un coup d'œil et haussa un sourcil, mais il me tendit tout de même la main. Je la pris dans la mienne.

— Je viens juste de penser à un truc dingue.

— À propos du rapport sur laquelle tu travailles ?

— Non.

Je serrai sa main.

— À propos de nous. Et si on se mariait ?

Lentement, un sourire s'épanouit sur ses lèvres.

— Eh bien, je crois que ce serait assez génial.

Ensuite, nous découvrîmes en un temps record tout ce que les couples hétéros tiennent pour acquis. Nous parlâmes d'organiser la cérémonie en Nouvelle-Angleterre, pour que le mariage soit au moins légal quelque part, mais cela semblait idiot une fois que nous eûmes établi que ni l'un ni l'autre ne souhaitions vivre ailleurs qu'à Chicago. Cela nous prit des mois de rendez-vous avec un avocat pour mettre au point tout le côté légal. Puis il y eut une journée mémorable au palais de justice, où nous avions essayé d'enregistrer notre union civile, face à un clerc qui avait l'air de n'avoir jamais vu de couple gay de sa vie. Nous décidâmes que la cérémonie aurait lieu dans le jardin de mes parents à Glenview – non loin de la scène du crime, avais-je pensé – à quelques mètres à peine de l'endroit où Adam et moi avions échangé notre premier baiser. Adam trouvait que c'était plus romantique que la cérémonie ait lieu dans ce même jardin où nous avions joué si souvent étant enfants, où notre amitié s'était forgée, et où nous étions tombés amoureux l'un de l'autre à l'adolescence. Nous avions beaucoup de mal à accepter le fait que le mariage ne serait pas légalement reconnu. Ma mère n'arrêtait pas d'argumenter qu'une union civile était mieux que rien, ce qui menait à des disputes sur des histoires de ségrégation et de citoyens de seconde zone… Et ce n'était pas très joli à voir.

— Écoute, ça ne va pas être facile, me dit Adam un soir après un rendez-vous avec notre avocat. Peut-être que ce serait mieux d'aller dans un état où notre mariage serait complètement légal et pas un lot de consolation. Ou peut-être que bientôt l'état de l'Illinois nous permettra de nous marier légalement ici. Peut-être que ce n'est pas un 'vrai' mariage. Mais cela me semble la bonne chose à faire.

Cela me semblait aussi la bonne chose à faire.

J'avais même appelé David pour lui apprendre que je me mariais, surtout parce que je pensais qu'il devait l'entendre de ma bouche et non d'une tierce personne. Il me félicita et ne parut pas le moins du monde surpris.

— Je te souhaite d'être heureux, Jake, je te le souhaite vraiment.

Voilà ce qu'il me dit.

— Merci, répondis-je. Je suis désolé de comment les choses se sont terminées entre nous. J'ai toujours accordé beaucoup d'importance à ton amitié.

— Oui, dit-il d'une voix triste. Mais on n'était plus amis depuis longtemps, n'est-ce pas ?

— Je suppose que oui.

Je pris aussi le temps de faire le deuil de cette amitié. C'était étrange, après que David ait fait partie de ma vie pendant si longtemps, qu'il ne soit plus là à mes côtés. Je reçus une carte quelques années plus tard me disant qu'il avait déménagé dans l'Ontario avec l'amour de sa vie et qu'ils avaient adopté une petite fille et quelques chats. Il avait l'air vraiment heureux.

Et donc, presque deux ans après qu'Adam soit revenu dans ma vie, nous avons mis nos plus beaux costumes et avons échangé nos vœux et nos anneaux devant le rabbin de ma synagogue familiale. Mes parents étaient là, et ma sœur avec sa famille. Les quatre frères d'Adam et sa petite sœur vinrent avec leurs partenaires et leurs enfants. Ses parents, et surtout sa mère, lui en avaient fait baver à propos de son mariage avec moi, mais ils vinrent tout de même et s'assirent au premier rang. J'aimerais pouvoir dire qu'Adam et sa mère se réconcilièrent et tombèrent dans les bras l'un de l'autre, mais leur relation resta tendue. Sa mère tolérait notre amour, mais ne l'accepta jamais vraiment.

Brendan vint aussi, accompagné d'une Maggie enceinte jusqu'aux yeux. Brendan s'était fait une raison, finalement. Les choses étaient encore un peu tendues entre Adam et lui, mais lorsqu'il eut compris que notre relation était vraiment sérieuse, il arrêta d'être aussi borné. Kyle amena Alexa. Sa mère avait piqué une crise lorsque Kyle lui avait dit qu'il amenait leur fille à un mariage gay, mais Kyle avait argumenté que cela serait positif pour elle de voir qu'il existait plein de façons d'aimer différentes, et il avait eu gain de cause. Mara, l'amie d'Adam, prit l'avion depuis New York. Et une petite poignée de nos autres amis était là aussi. Dans l'ensemble, ce fut une petite cérémonie, mais tout était parfait.

Nous trouvions tous les deux étrange de passer notre nuit de noces chez ses parents ou les miens, donc nous prîmes une chambre d'hôtel à Glenview, où j'eus l'impression de passer des heures à faire l'amour.

Finalement, nous nous allongeâmes tous les deux dans le lit, complètement emmêlés dans les draps et dans les bras l'un de l'autre. Il me serra très fort contre lui, et je posai ma tête sur sa poitrine. Je mis ma main sur son ventre, il posa la sienne par-dessus. C'était étrange de voir l'anneau en platine à son doigt. Adam avait choisi les alliances, et il avait été très fier de trouver quelque chose d'à la fois beau et très masculin.

— Quelle jolie bague vous avez là, dis-je.

— Ah oui ?

— Oui. J'ai exactement la même.

— Non ? Impossible.

— C'est mon mari qui me l'a donnée.

Sa respiration se bloqua un instant, puis il soupira et embrassa le sommet de mon crâne.

— Ton mari, murmura-t-il. Eh bien, je suppose que nous sommes vraiment partenaires en tout maintenant, non ? Notre vœu a été exaucé.

— Oui... Attends, quel vœu ?

Il passa une main dans mes cheveux.

— Enfin, je sais que notre appartement n'est pas aussi glamour que le cabanon, mais...

Je ris.

— Tu voulais qu'on se marie. Qui a besoin de ces stupides filles, hein ?

— Exactement. Mon rêve est devenu réalité. Qui l'eût cru ? J'aurais aimé savoir il y a vingt ans qu'un jour je serai aussi heureux. Que tout cela serait même possible.

— Je trouve que ça valait le coup d'attendre. »

Son rire résonna dans sa poitrine.

— Oui. Après tout, je pense que ce que nous avons vécu rend les choses encore plus précieuses. Je t'aime, Jake.

— Et je t'aime aussi.

KATE MCMURRAY est rédactrice d'ouvrages généraux de jour. Elle aime, entre autres choses, les loisirs créatifs (principalement le tricot et la couture, mais elle sait également bricoler), le baseball, et jouer du violon. Elle possède un diplôme d'anglais et vit à Brooklyn (New York).

Consulter son site Internet : http://www.katemcmurray.com.

LISA M. OWENS

REVIENS -MOI

CŒUR À
Prendre

ANDREW GREY

www.ingramcontent.com/pod-product-compliance
Lightning Source LLC
Chambersburg PA
CBHW022139240626
47153CB00007B/2425